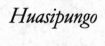

Huasipungo

Letras Hispánicas

Jorge Icaza

Huasipungo

Edición de Teodosio Fernández

NOVENA EDICIÓN

CÁTEDRA

LETRAS HISPÁNICAS

1.ª edición, 1994
9.ª edición, 2013

Ilustración de cubierta: *Indios*, de Camilo Egas

© Herederos de Jorge Icaza
© Ediciones Cátedra (Grupo Anaya, S. A.), 1994, 2013
Juan Ignacio Luca de Tena, 15. 28027 Madrid
Depósito legal: M. 33.749-2009
I.S.B.N.: 978-84-376-1251-5
Printed in Spain

Índice

Jorge Icaza.

Introducción

1. Una historia agitada

Como muchos escritores de su generación, Jorge Icaza vio en sí mismo y en sus obras una consecuencia final de las transformaciones que el liberalismo había introducido en el Ecuador de las primeras décadas del siglo. Sin duda con razón: difícilmente se puede entender el significado de esa literatura sin recordar que una prolongada sucesión de expectativas y frustraciones había agitado a la sociedad ecuatoriana desde que el 5 de junio de 1895 una sublevación del general Eloy Alfaro aprovechó la debilidad del conservadurismo, radicado sobre todo en la sierra, y ganó el poder para los comerciantes liberales de la costa. Así se iniciaba un período de reformas que comprendería básicamente los dos mandatos de Alfaro (1895-1901 y 1906-1911) y el intermedio del general Leónidas Plaza Gutiérrez (1901-1905). La Iglesia, aliada tradicional de los conservadores, no pudo impedir que el matrimonio civil fuese ahora el único reconocido, ni la legalización del divorcio. La Constitución de 1906 —la «constitución atea», al decir de los clérigos y de la oligarquía terrateniente— refrendó esos logros y otros, al reconocer la libertad de conciencia y establecer las bases de una educación laica y gratuita, y en 1908 una «ley de Beneficencia» creó la asistencia pública a la vez que transfería al Estado los latifundios de las comunidades religiosas. Los esfuerzos modernizadores se tradujeron también en un ambicioso programa de obras públicas —la construcción del ferrocarril entre Guayaquil y Quito fue la más destacada—, y en medidas para el desarrollo de la industria y de la agricultura.

Es difícil saber si las proclamas de Alfaro encontraron eco entre los indios de la sierra, a quienes los liberales trataron de utilizar contra la oligarquía latifundista y el clero que la apoyaba, pero es evidente su impacto entre una incipiente clase obrera y, sobre todo, entre los sectores sociales medios que surgían de las últimas transformaciones experimentadas por la sociedad ecuatoriana[1]. Esos sectores parecían los principales beneficiarios de las reformas —al menos de las relacionadas con las libertades públicas y con la educación en sus distintos niveles—, pero pronto se comprobó que sus intereses no eran los de los plantadores de cacao de la costa ni los del núcleo comercial y financiero de Guayaquil, que habían apoyado la revolución. Las diferencias se manifestaron muy pronto en el seno del partido gobernante, y permiten explicar el proceder de Alfaro, a veces irresponsable en apariencia: al menos desde 1901, el «Viejo Luchador» se mostró hostil a cuantos pretendían ocupar el poder, incluso a los que él mismo había designado, e intervino una y otra vez en nombre de la pureza del liberalismo. Su actitud terminó por costarle la vida, en un episodio sangriento que marcó la historia ecuatoriana contemporánea: el 28 de enero de 1912, en Quito, fue asesinado con algunos de los suyos en el penal García Moreno. Los cadáveres fueron arrastrados por las calles y finalmente quemados en El Ejido por una multitud enloquecida.

Con ese incidente, el liberalismo radical —o la integridad de los viejos principios liberales— pareció llegar a su fin. El «constitucionalismo» que terminó con Alfaro actuaba en buena medida desde la sierra: era el liberalismo

---

[1] Desdeñada por la oligarquía como «revolución de los cholos», la subida del alfarismo «fue, incontrastablemente, la de la clase media al poder. La burguesía ecuatoriana, ya con una conciencia de clase, se creía madura para gobernar. La mesocracia entra a actuar francamente en la historia» (Angel F. Rojas, *La novela ecuatoriana,* México, Fondo de Cultura Económica, 1948, pág. 79).

aliado con una oligarquía terrateniente semifeudal, con los enemigos que antes habían significado una rémora para los intentos de modernizar el país, y en el juego entraban también clérigos y clases profesionales de esa zona que albergaba a dos tercios de la población ecuatoriana. Durante la segunda presidencia de Plaza (1912-1916), conseguida por la fuerza de las armas y agitada por la revolución que afectó durante tres años a la provincia costeña de Esmeraldas —los campesinos reclamaban sus derechos y los relacionaban con el alfarismo ahora marginado—, la política liberal se mantuvo, pero pronto quedaron al descubierto los intereses que verdaderamente la determinaban: si había sido expresión de la economía agroexportadora del litoral y de un capitalismo bancario naciente, ahora se situó al servicio de una plutocracia poderosa que estuvo representada sobre todo por el Banco Comercial y Agrícola de Guayaquil. La «tiranía bancaria» gobernó el Ecuador a través de los sucesivos gobiernos «placistas» de Alfredo Baquerizo Moreno (1916-1920) y José Luis Tamayo (1920-1924). El país había alcanzado un desarrollo económico desconocido y la modernización era cada vez más visible, pero los beneficios terminaban casi exclusivamente en manos de la oligarquía financiera de la costa, y también, en alguna medida, de los latifundistas serranos. Así se diluyeron diferencias ideológicas que parecían insalvables, entre los defensores del Estado confesional y de unas libertades restringidas, y quienes pretendían instaurar un Estado laico, con un poder legislativo fuerte y las libertades fundamentales garantizadas.

En consecuencia, resultaba cada día más evidente que el liberalismo era incapaz de responder a las esperanzas que había despertado en la sociedad ecuatoriana. No satisfacía a las clases medias urbanas, quizá las más beneficiadas por las reformas legales emprendidas y también las más defraudadas en sus expectativas de hacerse con un lugar en la economía nacional, pues veían cómo el poder permanecía en las manos de siempre. La situación tampoco podía halagar a la incipiente clase obrera, constituida en su gran mayoría por los trabajadores de las plantaciones costeñas y en escasa medida por empleados de la naciente industria, del ferrocarril o del puerto. Sobre ella repercutían especialmente los efectos de las crisis, relacionadas casi siempre con las oscilaciones en el precio del cacao, base fundamental de las exportaciones ecuatorianas hasta los años 20. Artesanos y asalariados habían comenzado a organizarse, cada vez más conscientes de sus derechos y aspiraciones, y un tímido despertar de la legislación social, que se registraba desde hacía algún tiempo, no conseguiría apaciguar los ánimos. La insurgencia proletaria se acentuó a partir de 1919, para culminar en 1922 con la huelga general y concentración masiva que se produjo en Guayaquil: la jornada del 15 de noviembre se saldó con más de un millar de víctimas. En ese mismo mes hubo manifestaciones en Quito, en Riobamba y en Ambato, y en las márgenes del sistema no faltó —sobre todo entre los intelectuales— quien comprendiese que el país estaba subordinado a intereses extranjeros, con la complicidad de la burguesía o de los terratenientes. La peor parte volvía a recaer sobre los campesinos indios, que, a pesar de la abolición del «concertaje», apenas habían podido beneficiarse de las reformas liberales. En 1923 fueron masacrados los de la hacienda Leyto, y parecida suerte corrieron los que se sublevaron en Simincay, Jadán, Pichibuela y Urcuquí[2]. Los levantamientos fueron frecuentes a partir de ese año, en distintas regiones.

Al calor de tales sucesos nacieron los partidos de izquierda —el Partido Socialista se fundaría en 1926—, y resultó evidente que el liberalismo se había mantenido en el poder gracias al fraude sistemático y a las asonadas militares, no por voluntad popular. El gobierno pareció dispuesto a abordar las cuestiones sociales, al menos desde 1923, pero eso no fue suficiente: el 9 de julio de 1925,

---

[2] Los menciona Agustín Cueva en «Ecuador: 1925-1975», en Pablo González Casanova (coordinador), *América Latina: historia de medio siglo. I. América del Sur*, México, Siglo XXI Editores, 1979, págs. 291-326 (294).

otra fecha decisiva en la historia contemporánea del país, un grupo de jóvenes oficiales del ejército derrocó al presidente placista Gonzalo S. Córdova. La «Revolución Juliana» pretendía poner fin a la «bancocracia», y parecía defender los intereses de las clases medias, conjugados con los del cada vez más poderoso movimiento obrero e incluso con las aspiraciones de los trabajadores indios. La creación del Banco Central del Ecuador supuso un progreso en la organización financiera del Estado, que trató de completarse con otras medidas modernizadoras, y la declarada voluntad de perseguir «la igualdad de todos y la protección del hombre proletario» se tradujo en leyes laborales progresistas y en principios como el de la función social de la propiedad, consagrado en la Constitución de 1929.

Pero la crisis económica que se desencadenó a partir de ese año pondría en entredicho tales logros, a la vez que dejaba en evidencia alianzas contradictorias, determinadas por coincidencias coyunturales de intereses: la revolución, «pequeñoburguesa» en sus orígenes —sus protagonistas fueron oficiales de carrera formados en las nuevas escuelas militares, molestos ante la imposibilidad de ocupar los altos mandos de un ejército controlado por quienes detentaban el poder político y económico—, tuvo que limitar sus pretensiones en cuanto militares y clases medias necesitaron aliarse con los hacendados serranos para enfrentarse a la oligarquía comercial y financiera de Guayaquil, que por su parte era también terrateniente. Eso supuso que la posesión de la tierra permaneciese intocable, y dio lugar a situaciones paradójicas: los principios progresistas de la Constitución de 1929 no impidieron en ese mismo año la represión brutal de los levantamientos indígenas de Columbe y Colta, ni la respuesta violenta recibida por los estudiantes y obreros que se manifestaban el 1 de mayo de 1931.

A merced de esas contradicciones se vivió uno de los periodos más turbulentos de la vida política ecuatoriana, sobre todo después de que en agosto de 1931 los militares derrocaran a Isidro Ayora, presidente desde 1926. El coronel socialista Luis A. Larrea Alba y el liberal Alfredo Baquerizo Moreno pasaron fugazmente por el gobierno antes de que se produjese el triunfo electoral de Neptalí Bonifaz, un gamonal apoyado por los sectores populares que habían sido el enemigo natural de la burguesía agroexportadora de Guayaquil —víctima principal del proceso iniciado por la Revolución Juliana— y que ahora resultaban los más afectados por la crisis económica que desde 1929 golpeaba con dureza a los trabajadores agrícolas de la costa y a los pequeños comerciantes, artesanos y profesionales independientes. Cuando el Congreso descalificó a Bonifaz —por peruano—, se produjo el levantamiento cuya represión sangrienta, realizada por la oficialidad «progresista», se conoce como «la guerra de los cuatro días», del 27 de agosto al 1 de septiembre de 1932. Durante ese año el país vio desfilar a cinco mandatarios, y de esa situación caótica saldría el abrumador triunfo electoral conseguido en 1933 por un caudillo populista llamado José María Velasco Ibarra, destinado a jugar un papel importante en la política del Ecuador. Por el momento lo rigió desde septiembre de 1934 hasta octubre de 1935, cuando fue derrocado por otro levantamiento militar «progresista». Como antes Ayora, había sido acusado de autoritarismo, y no faltaban razones para sostener esa opinión.

Por entonces las fuerzas de izquierda parecían decididas a conquistar un lugar en la política ecuatoriana, y esa voluntad condicionó la actividad de mandatarios como Federico Páez y Alberto Enríquez. Pero a medida que la situación económica mejoraba —venía haciéndolo desde 1934—, las dificultades crecían para esas clases medias que se habían enfrentado a la burguesía guayaquileña: ésta, también afectada con extrema dureza por la crisis del 29, apenas había conseguido llevar al gobierno en 1932 —por menos de un año, y mediante un escandaloso fraude electoral— a Juan de Dios Martínez Mera, pero en 1938 se había recuperado lo suficiente como para hacerse con el poder y mantenerlo a cualquier precio, a través sobre todo de las presidencias de Aurelio Mosquera Narváez y Carlos Alberto Arroyo del Río. El nuevo gobierno oligárquico restableció la alianza con los latifundistas de la sierra, y la represión alcanzó límites inusitados: se eliminó a la facción progresista del ejército, se reorganizaron o cerraron universidades y colegios laicos, y se actuó con notable dureza en las calles. Nada quedaba ya de las expectativas abiertas por la Revolución Juliana, y nadie sufría más el desencanto que los sectores medios que la habían impulsado. La bases tradicionales del poder político y económico permanecían otra vez inalterables.

2. El contexto literario ecuatoriano

Esos avatares políticos son inseparables del proceso seguido por la cultura ecuatoriana de la época. El liberalismo contó pronto con manifestaciones literarias propias —como tales se consideran las novelas *Pacho Villamar* (1900), de Roberto Andrade, y *A la costa* (1904), destacada contribución de Luis A. Martínez a una narrativa realista de preocupaciones sociales—, pero en los años 20 es cuando se vive el nacimiento de la literatura contemporánea. Significativamente, las manifestaciones más notables de la vanguardia coincidieron con los tiempos de la insurgencia popular que se manifestó sobre todo a partir de 1919. Por entonces la atención antes modernista hacia las novedades europeas —algo se sabía ya sobre el futurismo y el cubismo[3]— permitía descubrir en la agresividad vanguardista un arma utilizable contra la cultura «oficial», precisamente cuando se extendían las noticias relativas a la revolución soviética. Así encontraban su voz aquellos sectores medios que habían accedido a la educación tras el esfuerzo liberal por imponer una enseñanza laica y gratuita. Su rebeldía creciente determinaría la evolución desde la vanguardia hacia el socialismo, que

---

[3] Véase Humberto E. Robles, «La noción de vanguardia en el Ecuador: recepción y trayectoria (1918-1934)», en *Revista Iberoamericana,* núms. 144-145, julio-diciembre de 1988, págs. 651-674 (652).

contó con algunos núcleos estables desde 1925. Ese fue el caso de quienes se reunían en torno a la revista *Hélice*, dirigida por el pintor Camilo Egas en 1926: en ese mismo año fueron a parar al recién fundado Partido Socialista, que más que un partido obrero fue un grupo de descontentos con la injusticia social, decididos a elaborar un arte y un pensamiento para las masas.

Por un tiempo la renovación literaria y la subversión política parecieron conciliables, y de hecho lo fueron, entendidas como facetas distintas de una única lucha por la libertad. Los jóvenes optaban por el arte de la sinrazón y de lo inverosímil, en una actitud que a veces, sobre todo al principio, pareció iconoclasta y nihilista, pero que mostró pronto su profunda relación con los cambios sufridos por el país. Hugo Mayo fue el poeta más representativo de aquella vanguardia, y otros como Gonzalo Escudero y Jorge Carrera Andrade contribuyeron menos ruidosamente a la introducción de nuevas técnicas y motivos inéditos, enfrentándose a una crítica empeñada en mantener el culto intransigente a la Belleza de un modernismo ya académico. En cuanto a la narrativa, los mejores resultados se alcanzaron ya en los últimos años 20, desde que en 1927 Pablo Palacio reunió la mayor parte de sus cuentos en *Un hombre muerto a puntapiés* y publicó su novela *Débora,* muestras relevantes de una literatura que reclamaba autonomía para la creación artística y afrontaba una escritura declaradamente de ficción, que no por eso dejaba de ser crítica con el medio intelectual que trataba de transformar y con la propia clase media en la que surgía[4]. Por entonces se acogían con entusiasmo las teorías freudianas, en las que con frecuencia se encontró un instrumento para adentrarse en la psicología de los personajes y de la sociedad ecuatoriana, y a la vez se perfilaban otras orientaciones literarias determinadas por preocupaciones sociales y americanistas: 1927 vio también la pu-

---

[4] Véase María del Carmen Fernández, *El realismo abierto de Pablo Palacio. En la encrucijada de los 30,* Quito, Ediciones Libri Mundi, 1991.

blicación del relato *La mala hora,* donde Leopoldo Benítez Vinueza ofrecía una muestra de lo que luego se llamaría «realismo social», y de *Plata y bronce,* novela de Fernando Chaves en la que se ha visto una manifestación precursora del indigenismo. Eran obras relacionables con una corriente nativista que abogaba por un arte propio, y afectaba en buena medida a las propias manifestaciones de la vanguardia y a sus representantes más destacados. Ese fue el caso de Hugo Mayo, que abandonó una vanguardia formalista ya envejecida para sumarse a los que pretendían expresar los intereses y preocupaciones de la colectividad.

La dificultad para conjugar las diferentes búsquedas renovadoras había quedado ya de manifiesto. La disputa pareció plantearse sobre todo entre quienes favorecían una actitud cosmopolita y una renovación formal de la literatura, porque concebían el arte como una creación autónoma, y los imbuidos de preocupaciones sociales y nacionalistas, decididos a reflejar en la literatura la realidad del país e incluso a convertirse en portavoces de un pensamiento socialista revolucionario y antiimperialista. Esas posiciones se volvían irreconciliables a medida que el fracaso de la Revolución Juliana se hacía evidente —sobre todo para quienes habían esperado de ella alguna orientación hacia el socialismo—, y la decepción se vio agravada por la crisis económica derivada del crac de 1929. La frustración de las clases medias, imposibilitadas para intervenir en las decisiones políticas y económicas, se traducía en la actitud crítica cada vez más radical adoptada por los intelectuales que provenían de ellas. La indignación se transformaba en literatura a medida que los escritores prestaban su voz a los marginados, en una época en que los estudios sociológicos —introducidos en una Universidad en la que era cada día más numerosa la presencia de los beneficiados por la educación liberal, profesores y estudiantes, estos últimos aún más escorados hacia la izquierda cultural y política— forzaban a encarar un medio difícil y necesitado de profundas reformas, tanto si se observaba desde una óptica positivista como si se acudía a planteamientos marxistas, cada vez más extendidos.

El descubrimiento de «los de abajo» puso en entredicho la retórica con que los conservadores trataban de disimular sus intereses —una retórica difundida desde 1925 por la revista *América* y por la Sociedad de Amigos de Montalvo, que aún predicaban la fe arielista en el porvenir espiritual de la América española—, pero también afectó a la pretensión de crear un arte autónomo, en apariencia ajeno a los acuciantes problemas nacionales: la verdadera vanguardia era ésta que buscaba la transformación del país a la vez que mostraba la vida y las inquietudes de sus habitantes. Los «cuentos del cholo y del montuvio» reunidos en *Los que se van* (1930) se convirtieron en verdadero manifiesto de una nueva narrativa ecuatoriana, decidida a remover un ambiente literario que otra vez se juzgaba anquilosado. Demetrio Aguilera-Malta, Joaquín Gallegos Lara y Enrique Gil Gilbert eran sus autores, y los tres formaron el llamado «Grupo de Guayaquil», junto a José de la Cuadra y Alfredo Pareja Diezcanseco. Todos habían compartido la violenta historia reciente de la capital costeña, con episodios tan sangrientos como la matanza de trabajadores de 1922, e irrumpían con un lenguaje popular de agresiva crudeza, con la voluntad manifiesta de hacer una literatura enraizada en el medio ecuatoriano. Con los relatos reunidos por Gil Gilbert en *Yunga* (1932) y por De la Cuadra en *Horno* (1932), y luego con las novelas *Don Goyo* (1933), de Aguilera-Malta, y *El muelle* (1933), de Pareja Diezcanseco, el realismo social afianzaba decididamente su presencia en el panorama literario del país.

Con la colaboración posterior de Adalberto Ortiz y de otros narradores, el Grupo de Guayaquil había de significar una excepcional contribución a la literatura nacional. También en Quito y en otros lugares de la sierra aparecieron escritores con inquietudes similares, como Jorge Icaza, Humberto Salvador y Jorge Fernández. Entre unos y otros hicieron que en la narrativa ingresasen el indio, el cholo, el montuvio, el negro, en relatos a veces descarnados hasta la brutalidad, con la obsesión de descubrir por doquier las lacras del hombre humillado por una naturaleza hostil y por la explotación a que lo sometían sus semejantes. Tal voluntad no fue siempre ajena a una actitud esperanzada y a su manera vanguardista: se trataba de recrear el ambiente y la vida de personajes primitivos, pero en los que con frecuencia se pudo advertir «una extraña hombría, grandeza, se diría, que los vuelve respetables en su ignorancia y en sus crímenes»[5]. Eso es perceptible en *Los que se van,* y mejor aún en novelas como *Don Goyo* o *Los Sangurimas* (1934) —De la Cuadra volvió en esta última sobre la brutalidad de los montuvios, esa otra «vegetación» tropical crecida en un medio dominado por la violencia—, cuyo realismo se enriquecía con ingredientes mágicos. Aquella visión era una consecuencia del criollismo americanista surgido en los años 20, cuando se trató de vindicar el instinto (la vida) frente a la razón, y se desarrolló la convicción —tan extendida entonces en Europa— de que América significaba el futuro de la humanidad, la alternativa a un Occidente en decadencia. Sobre ese futuro se proyectaron vagos ideales de justicia y de solidaridad, válidos para todo tipo de descontentos, y desde luego para los escasamente definidos socialistas ecuatorianos.

Cuando la oligarquía latifundista amenazó con recuperar el poder —la victoria de Bonifaz en las elecciones de 1931 era una prueba evidente—, hubo de afrontar la oposición decidida de los intelectuales de izquierdas, con frecuencia afiliados a partidos revolucionarios que disputaban entre sí por un espacio político. La actitud más radical fue la asumida por el Partido Comunista, fundado en enero de 1931 por quienes no estaban dispuestos a transigir con las vacilaciones pequeñoburguesas del socialismo. Entre éstas se contó de inmediato la literatura vanguardista, que a principios de los 30 aún contaba con manifestaciones vigorosas. Gallegos Lara, miembro del

---

[5] Véase Isaac J. Barrera, *Historia de la literatura ecuatoriana,* Quito, Libresa, 1979, pág. 1200.

Partido Comunista e ideólogo del Grupo de Guayaquil, preconizaba una narrativa acorde con los cánones del realismo socialista, como la que él y sus compañeros concretaban en relatos acusadores sobre las condiciones de vida de los campesinos costeños y de los obreros del puerto[6]. Su influencia se extendió a todo el país, y en todas partes se trató de abolir los restos de los *ismos* burgueses, de esa vanguardia deshumanizada y decadente que nada decía ya a quienes se entregaban a la transformación de la sociedad. Esa convicción sirvió a Gallegos Lara para descalificar a Humberto Salvador cuando dio a conocer *En la ciudad he perdido una novela* (1931), y a Palacio cuando con *Vida del ahorcado* (1932) insistió en ofrecer otra obra de estructura fragmentaria e indagación psicológica, pues tampoco la literatura de carácter introspectivo, deudora a menudo de las teorías psicoanalíticas entonces de actualidad, se mostraba preocupada por la explotación del hombre por el hombre y atenta a los intereses de la revolución. Incluso el primitivismo, difícil de conjugar con la ortodoxia comunista, se volvió sospechoso de disolver las preocupaciones sociales en disquisiciones metafísicas sobre el ser ecuatoriano. Para 1934 las posiciones radicales habían ganado la batalla, a juzgar por los relatos que se dedicaron por entonces a plantear conflictos de explotadores y explotados, como *Huasipungo* (1934), de Jorge Icaza, o *Novelas del páramo y la cordillera* (1934), de Sergio Núñez, o *Agua* (1935), de Jorge Fernández, o —sobre todo— *Trabajadores* (1935), de Humberto Salvador, sólo entre los escritos por autores de la sierra. El triunfo del «realismo socialista» significaba hacer de la literatura una manifestación de la lucha de clases, optar por un arte proletario o al servicio del proletariado internacional, cuyos

---

[6] Desde luego, no todos asumieron la militancia política en el mismo grado: como Gallegos Lara, Gil Gilbert militó en el Partido Comunista, y De la Cuadra y Aguilera-Malta (éste sin demasiado entusiasmo) fueron miembros del Partido Socialista. Pareja Diezcanseco no militó en partido alguno, aunque compartió con los demás los planteamientos de izquierda.

representantes ecuatorianos eran los indios y otros sectores populares del país. Esa fue la época más radical de los planteamientos que determinarían el destino de la narrativa nacional durante dos décadas: al menos desde *Los que se van* hasta *El éxodo de Yangana* (1949), de Angel Felicísimo Rojas.

La narrativa de esos años no se redujo a la creada por afiliados al Sindicato Socialista de Escritores, fundado en 1938, o identificados con sus inquietudes: la burguesía y la oligarquía terrateniente mantuvieron activa una producción atenta a la exaltación del espíritu y de la raza, tarea que el Grupo América asumió desde 1931, y estimulada por la convicción de que en el nuevo mundo se gestaba una nueva cultura, relacionable con el instinto y con otros aspectos no racionales de la existencia. Esos planteamientos, que más de una vez impregnaron también la presentación de los indios y de otros sectores maltratados de la población nacional, resultaban particularmente atractivos en obras orientadas hacia la introspección psicológica e inspiradas en ambientes de clase media. Pero esa variedad no basta para modificar la imagen dominante de una literatura a la que —como a los cuentos de *Los que se van* que la iniciaron— se ha reprochado una excesiva dureza, el lenguaje brutal y la exageración en la pintura de los caracteres y de las pasiones. Hasta se acusó a sus autores de buscar el escándalo internacional y el desprestigio del país. Tampoco han faltado justificaciones para su pintura descarnada de las condiciones de vida del campesino y otras clases bajas, ni alabanzas para su pretensión de ofrecer lenguajes directos y expresivos: se trataba de ceder la palabra al Ecuador postrado, y la voluntad testimonial determinaba el «realismo» de las ficciones. Nadie ha podido negar que con esa narrativa la literatura del Ecuador logró su momento de mayor interés.

3. La obra literaria de Jorge Icaza

Icaza provenía de esas clases medias urbanas beneficiadas por las reformas liberales relativas a la libertad de expresión o a la enseñanza laica y gratuita, y a la vez defraudadas ante la imposibilidad de acceder al poder político y económico. A la hora de traducir su protesta en arte y literatura, se inclinó inicialmente por el teatro[7] y, después de trabajar durante algunos años como actor, descubrió su condición de dramaturgo: en 1928 la Compañía Dramática Nacional estrenó su «comedia dramática en tres actos» *El intruso,* y al año siguiente *La comedia sin nombre* y *Por el viejo.* La crítica halló en esas piezas una denuncia de la hipocresía, de la corrupción y de las perversiones ocultas tras los hábitos burgueses. Eso no bastó a Icaza, insatisfecho ante la aceptación de un teatro acomodado a los gustos vigentes y relacionable con la alta comedia. Por eso se mostró decididamente renovador en *¿Cuál es?,* «un acto de gran guiñol» que la Compañía de Variedades estrenó en 1931. Los planteamientos freudianos, entonces muy difundidos, le permitían mostrar a una familia unida por el amor y el odio. La factura expresionista y la introducción en escena de ambientes oníricos demostraban una voluntad de renovación artística que era a la vez una búsqueda de cauces eficaces para la protesta contra los

---

[7] Había abandonado los estudios de Medicina iniciados hacia 1924 —al parecer tras la muerte de su padrastro y de su madre, en 1925 y 1926 respectivamente— y, tras ocupar algunos empleos burocráticos para ganarse la vida —trabajó como amanuense en la policía, y luego en la Tesorería nacional—, emprendió los de arte dramático con el español Abelardo Reboredo. Se desempeñó como «galán joven» en la Compañía Dramática Nacional, que había iniciado sus actividades en el Teatro Sucre de Quito el 19 de diciembre de 1925. En ella trabajaba como actriz Marina Moncayo, con quien Icaza contraería matrimonio en 1936. Véase Eduardo Almeida Naveda, «1905-1960: del costumbrismo a la temática social» (sobre el teatro ecuatoriano), en *Escenarios de dos mundos. Inventario teatral de Iberoamérica,* Madrid, Centro de Documentación Teatral, 1988, tomo 2, pág. 132.

poderosos. A esas inquietudes respondieron también *Como ellos quieren* (1931) y *Sin sentido* (1932), donde se volvía sobre problemas inconfesables de las clases acomodadas. Quizás Icaza no se había desembarazado por completo de los planteamientos del drama «burgués», pero esos se veían profundamente afectados por el radicalismo de la denuncia social y por la novedad de las soluciones escénicas.

Así quedaban atrás el costumbrismo y el naturalismo que habían dominado en el mediocre ambiente teatral ecuatoriano. Ahora la atención se desplazaba hacia verdades ocultas —complejos, traumas infantiles, desviaciones sexuales—, lo que guardaba estrecha relación con las innovaciones aportadas por los movimientos de vanguardia: con el interés surrealista por los sueños, con las aportaciones del expresionismo a la hora de crear climas oníricos, de hacer visibles los deseos oscuros, las pesadillas, los enigmas de la personalidad. Por otra parte, entre las fórmulas entonces recuperadas para la imaginación escénica estuvo la farsa, que ponía de manifiesto la autonomía del hecho teatral, y a la superación del verismo realista contribuía también el énfasis «pirandelliano» en la teatralidad del teatro. Icaza aprovecharía esas lecciones de libertad para mostrar las preocupaciones sociales que sentía cada vez con mayor intensidad: en *Flagelo,* «drama en un acto» que publicó en 1936 y que no logró estrenar[8], quedaban patentes su voluntad de utilizar el teatro como un arma, como una denuncia y un desafío, y su alejamiento total de las convenciones en que se había iniciado. Sucesivos cuadros de factura expresionista, presentados y explicados al público por «El Pregonero», mostraban la degradación y la miseria de los indios, al ritmo marcado por los chasquidos de un látigo, y descubrían la alianza opresora del latifundismo con los militares y el clero.

Para entonces hacía tiempo que Icaza había entrado en contacto con núcleos quiteños de activismo izquierdista,

---

[8] En 1940 lo llevó a escena en Buenos Aires el Teatro del Pueblo de Leónidas Barletta, dentro del «Noveno Ciclo de Teatro Polémico».

había descubierto lo ajenas al medio nacional que resultaban sus primeras obras y, aunque pronto pareció defraudado por el arribismo y las ansias de poder de los socialistas[9] —prontos a renunciar a sus principios si tenían opción a gobernar, aun apoyando a los poderosos de siempre—, se había sumado a la tarea de transformar la sociedad ecuatoriana[10]. En 1933 había publicado *Barro de la sierra,* seis cuentos que mostraban la búsqueda de nuevas posibilidades de expresión literaria y una violenta crítica de los agravios sufridos por la población serrana, sometida a la explotación de los poderosos tanto en la ciudad como en las zonas rurales. Algunos denunciaban sobre todo la vida difícil del campesino indígena, tema del que se ocuparía *Huasipungo,* la novela que apareció en 1934 y a la que Icaza debe en gran medida su fama. Otros preferían adentrarse en los desequilibrios sociales y psicológicos de indios o mestizos incorporados a la vida urbana y sus valores «burgueses». Esa doble orientación de sus preocupaciones se confirmó en 1935 con la publicación de *En las calles:* el narrador seguía al indio hasta la ciudad donde se forjaba su infortunio —allí vivían los latifundistas que controlaban la vida del país, incluidos los cuartelazos y los disturbios destinados a concluir en masa-

---

[9] «Para disipar cualquier duda al respecto es oportuno recordar que, aunque es evidente que su literatura recibió el apoyo "logístico" de una concepción (convertida en él en *capacidad de percepción*) materialista de la historia, Icaza, en lo personal, nunca se distinguió por la claridad teórica. Incluso era penoso comprobar, al escucharlo en conferencias o en la simple conversación, la gran dificultad que tenía para expresar en conceptos esa realidad que tan admirablemente recreaba con imágenes literarias. Y en su vida política jamás fue un militante marxista: perteneció a la Concentración de Fuerzas Populares, organización populista fundada y en aquel entonces dirigida por el ambiguo caudillo Carlos Guevara Moreno». Véase Agustín Cueva, «En pos de la historicidad perdida (contribución al debate sobre la literatura indigenista del Ecuador)», en *Revista de crítica literaria latinoamericana,* año IV, núms. 7-8, Lima, 1er y 2o semestres 1978, págs. 23-38 (34).

[10] También había abandonado el teatro. Trabajó como oficinista en la Pagaduría General de la Provincia de Pichincha (Quito), entre 1932 y 1937. En esta última fecha dejó la burocracia para abrir una librería en la capital.

cres—, y a la vez mostraba un profundo interés por los problemas y la identidad del mestizo ecuatoriano. Los campesinos cholos compartían ahora abusos y miseria con los indígenas, a los que servían de intermediarios interesados ante los latifundistas que detentaban el poder y los curas, jueces y autoridades que lo administraban. Su ignorancia, su cinismo y su crueldad no impedían que de ellos surgieran las iniciativas para dar una solución, legal o violenta, a los problemas planteados, pues son ellos los que estimulan la rebelión y los que aportan las primeras ideas e iniciativas para la lucha obrera. Son ellos —soldados, policías, mayordomos o capataces en las haciendas— los que se descubren al servicio de intereses ajenos o enemigos, cómplices en la represión de los sectores populares a los que pertenecen. Es entre ellos donde aparece la esperanza, en la medida en que comprenden su destino paradójico de víctimas y a la vez aliados de los verdugos, arribistas ante los poderosos y brutales con los débiles.

Así se abrían paso las inquietudes que determinaron la obra posterior de Icaza. Si *En las calles* supuso un análisis político y económico de la realidad serrana —una realidad en crisis, donde la modernidad urbana e industrial comportaba el alcoholismo, la prostitución y otras degradaciones de los campesinos—, *Cholos,* publicada en 1937, siguió adentrándose en la compleja psicología de esa población mestiza condicionada siempre por el drama de su origen. La inestable sociedad ecuatoriana permitía mostrar la aparición de cholos en ascenso, situados en cargos políticos de relieve y convertidos en hacendados a costa de los sectores en decadencia del latifundismo tradicional. Ese relevo no resulta positivo en la novela: el cholo «amayorado» se avergüenza de los suyos y los traiciona, y no se muestra menos inhumano con los indígenas. Pero es en él donde otra vez radica la esperanza, cuando alguno comprende por fin que el indio está en la sangre de todos, que es necesaria la solidaridad de los débiles frente a los terratenientes y curas aliados en defensa de su injusticia armada.

En *Huasipungo* ya se mostraban las consecuencias de la

irrupción del capital extranjero que los gobiernos liberales habían propiciado, y que de inmediato conjugó sus intereses con los de la oligarquía nacional en perjuicio de la modernización real del país. Icaza volvió sobre el tema en *Media vida deslumbrados* (1942), para demostrar que la denuncia de la explotación y de la injusticia ya no era su inquietud fundamental, aunque esas preocupaciones siguieran vivas. Decididamente acaparaba su atención el drama del mestizo, aquí forzado por las circunstancias y por sus complejos a aparentar lo que no es, a escamotear su origen indio, incapaz de aceptar ese pecado mortal que lleva en las entrañas. Desde otros ángulos abordó la misma obsesión en *Huairapamushcas* (1948), otro profundo análisis de las transformaciones económicas y sociales cuyos agentes decisivos eran los cholos «amayorados», capaces de aprovechar las debilidades del latifundismo tradicional para competir por la propiedad de la tierra, y decididos a afianzar su nueva condición a costa de los indios. Estos son una vez más las víctimas fundamentales del proceso, cuyas secuelas se perciben con plena claridad porque en esta ocasión afectan a una comunidad indígena —a diferencia de Perú y Bolivia, las comunidades no eran abundantes en Ecuador, pero igualmente representaban la pervivencia más pura del orden prehispánico— y no a peones o huasipungueros sometidos o asimilados por el gamonalismo. El futuro parece pertenecer sobre todo a los cholos, a los engendrados en las indias por los «huairapamushcas» que llegaron con los malos vientos. Para los indios ellos son también «hijos del viento», ahora decididos a afrontar el desarraigo y asumir una personalidad propia.

La mayoría de los *Seis relatos* publicados en 1952 —y el titulado «En la casa chola», que en 1959 apareció en Quito, en la revista *Anales de la Universidad Central*— insistieron en mostrar la postración de los indios y los complejos de los mestizos. La búsqueda de Icaza culminaría en 1958 con su novela más elogiada, *El chulla Romero y Flores*, donde el cholo (aunque el «chulla» sea ya un tipo netamente quiteño, ajeno al Ecuador campesino) representa el destino difícil del país, español e indígena a la vez. Esa íntima realidad individual y colectiva, conformada y condicionada por la inestabilidad psíquica derivada del mestizaje, justifica la presentación de la sociedad ecuatoriana como una mascarada interminable. Ahora lo que importa es descubrir cuanto se oculta bajo las apariencias, disfraces o mentiras: el vacío angustioso de un origen traumático —lo que por entonces era una forma de presentar la angustia existencial—, pero también la posibilidad de aceptar la oscura y humillante ascendencia materna que había permanecido oculta, objeto simultáneo de amor y rechazo. El drama del cholo se convertía así en un pretexto para la reflexión sobre la identidad ecuatoriana, desgarrado espacio interior en el que habían de convivir dos mundos irreconciliables, el orgullo del blanco y la sumisión del indio.

La evolución de Icaza no era ajena a la trayectoria política y cultural seguida por el Ecuador de aquellos años. El 28 de mayo de 1944 una revolución militar, apoyada por la Alianza Democrática Ecuatoriana (un frente patriótico formado por conservadores, socialistas, comunistas y liberales disidentes) y por otras fuerzas políticas menores, desalojaba del poder al presidente Carlos Arroyo del Río, y trataba de poner fin al dominio de una oligarquía liberal sólidamente instalada de nuevo. Ese año vio también la fundación de la Casa de la Cultura Ecuatoriana, cuyo programa, determinado por la voluntad explícita de salvar al país, mostraba inquietudes que limarían progresivamente las actitudes revolucionarias de antaño: las clases medias y los terratenientes podían compartir sin problemas el interés por cuanto permitiese el acercamiento a una identidad nacional difícil de precisar. Esa preocupación, obsesiva y creciente, exigía recuperar la literatura de introspección psicológica, incluso a la hora de denunciar la situación de los indios y de otros sectores maltratados de la población ecuatoriana. Los relatos de Icaza permiten observar de algún modo esa evolución[11], que lo llevaba hacia planteamientos semejantes a los abandonados por los escritores de su generación en los años 30.

Pero los cambios políticos tampoco ahora significarían verdaderas soluciones. Velasco Ibarra, que en 1944 volvió a la presidencia del país entre el entusiasmo general, se alejó pronto de quienes lo habían apoyado para ejercer un poder personal y autoritario, hasta que en 1947 fue derrocado por los militares. Eso tampoco le impediría jugar un papel fundamental en la vida ecuatoriana durante las décadas siguientes: el terrateniente liberal Galo Plaza asumió el poder en 1948, pero Velasco Ibarra se impuso en las elecciones de 1952, y esta vez consiguió completar su mandato. En 1956 fue derrotado por los conservadores, pero triunfó en 1960, para ser expulsado en 1961. Esa historia agitada muestra que las esperanzas de cambio se habían depositado en un único personaje, y que se veían defraudadas una y otra vez. Velasco Ibarra aún regresaría al poder en 1968, para seguir una trayectoria previsible: en 1970 asumió poderes dictatoriales, y en 1972 fue destituido por una junta militar, que entregó el poder al general Guillermo Rodríguez Lara.

Ese mismo año —el año en que se iniciaba para el país una nueva etapa, la del Ecuador petrolero y de algún modo contemporáneo— Icaza publicó *Atrapados*[12], un «tríptico» cuyos cuadros se titulaban sucesivamente *El juramento, En la ficción* y *En la realidad,* y parecían dominados

---

[11] También las circunstancias personales de Icaza eran ya otras, derivadas en buena medida de su éxito literario. En 1938 se le designa director de Publicaciones del Sindicato de Escritores y Artistas de Ecuador, luego sería miembro fundador de la Casa de la Cultura Ecuatoriana, y en 1963 recibió el nombramiento de director de la Biblioteca Nacional de Ecuador. Fue agregado cultural en Buenos Aires desde 1949 hasta 1953, y embajador en Moscú desde 1970 a 1973, aproximadamente. Entre sus viajes, conviene recordar el que en 1961 lo llevó a Cuba, para mostrar su solidaridad con la Revolución.

[12] A su muerte, ocurrida en Quito el 26 de mayo de 1978, dejó inconcluso el borrador de una octava novela. Véase Manuel Corrales Pascual, «Estudio introductorio» a Jorge Icaza, *Cholos,* Quito, Libresa, 1990, página 16.

por una obsesión común: el narrador traducía en literatura su sensación de estar atrapado en una «cárcel impalpable» contra la que se estrellaban su odio y su coraje. Rememoraba primero los tiempos en que su madre viuda fue expulsada de la hacienda serrana del tío Enrique —un clásico «amo, su mercé, patrón grande»—, y el juramento que él hizo de vengar aquel atropello, y después la infancia y la adolescencia difíciles en la capital, y su deambular por los distintos centros escolares que permitía la precaria economía familiar; más tarde, su descubrimiento del teatro, y su pretensión de utilizar su condición de dramaturgo y luego de narrador como un arma contra los poderosos, mientras se dejaba ganar en alguna medida por preocupaciones políticas y sociales; por último, su trabajo burocrático y su inútil empeño en dar con los verdaderos autores del crimen cometido en una aldea chola, los mismos de siempre: los latifundistas, los detentadores del poder. En resumen, era la historia de una humillación y de un resentimiento, determinantes de los intentos de venganza que sucesivamente fracasan: primero «en la ficción», entre el desprecio y la burla de unos y la hostilidad de otros; después «en la realidad», a la hora de actuar, aunque al final la voz y la figura de un cholo alzado atenúen la sensación de impotencia y de desesperanza.

Abundante en ingredientes autobiográficos[13], *Atrapa-*

---

[13] No es difícil encontrar datos que remiten a otros de la aún mal conocida biografía de Icaza. Hijo de José Antonio Icaza Manso y de Carmen Amelia Coronel Pareja, nació en Quito el 10 de junio de 1906. Perdió a su padre en 1909, y en 1910 vivió por algún tiempo en la hacienda serrana de un tío materno, don Enrique Coronel. En 1911 su madre se casó en segundas nupcias con L. A. Peñaherra, de tendencia liberal alfarista. En *Atrapados* recordó con particular interés los años decisivos de su educación: forzado por las crecientes dificultades económicas de su madre, el narrador sigue un proceso relacionable con la experiencia personal de Icaza, que asistió a varias instituciones religiosas antes de recibir la enseñanza laica del Colegio Nacional Mejía. No sin vacilaciones, esa evolución fue la que caracterizó al Ecuador de su infancia y juventud, cuando las congregaciones religiosas, que antes enseñaban por cuenta del Fisco, hubieron de cobrar por sus servicios, y sólo encontraron alumnos entre las familias pudientes. Eso determinó su orientación

dos ayuda a descubrir el significado profundo de la literatura de Icaza y de sus compañeros de generación. A ese respecto es de especial interés la atención que se presta a la historia del Ecuador liberal, nacido con unas clases medias en las que se integraban algunos marginados por la oligarquía latifundista. El narrador, pariente y víctima a la vez de la poderosa clase terrateniente de la sierra, comparte las dificultades de quienes luchan por encontrar un lugar en la sociedad ecuatoriana, y también el desencanto de los decepcionados por el liberalismo. El relato deja constancia de la corrupción y de las disidencias internas que condujeron a la muerte de Alfaro, ese suceso que marcó a los escritores del 30 y los llevó a participar en la construcción del mito de un «Viejo Luchador» identificado con el anticlericalismo radical y con los intereses populares. La responsabilidad última del fracaso liberal recaía así sobre los partidarios de Plaza, sobre quienes se apresuraron a emparentar con herederas terratenientes y contribuyeron a que se mantuviesen intocadas las estructuras feudales de la sociedad ecuatoriana. No por casualidad en las obras de Icaza habían sido frecuentes los latifundistas de nuevo cuño, ajenos a los viejos modos patriarcales, interesados en convertirse en industriales y financieros, decididos a entrar en tratos con los gringos.

Atrapados descubre la antigua voluntad de utilizar contra ellos la literatura: el narrador había encontrado en sus lecturas juveniles inspiración para imaginar venganzas personales que luego concretaría en su teatro[14] y final-

---

conservadora y aristocratizante, mientras la enseñanza pública se democratizaba: tuvieron acceso a ella sectores populares, sobre todo desde que Alfaro estableció la enseñanza normalista, que maestros de nueva formación difundieron por todo el país. A la enseñanza estatal hubieron de recurrir las ramas arruinadas o marginales del gamonalismo que no podían pagar la educación reservada a su clase de origen.

[14] Icaza integró *¿Cuál es?* y *Flagelo* en *Atrapados* (Buenos Aires, Losada, 1972, II, págs. 15-33 y 36-55), dando a esas piezas un significado profundo en relación con las obsesiones de su personaje y con su propia trayectoria literaria, identificando claramente su rebelión con el dolor propio y el de los seres queridos, y también con el de los indios y cholos oprimidos y despreciados.

mente en una narrativa que se ocupó del indio y sobre todo —en busca de nuevos aliados, como ahora queda de manifiesto[15]— del mestizo y de su complicada psicología. Su búsqueda había sido también la de una identidad ecuatoriana que se descubría lentamente como fusión de elementos étnicos y culturales a la que indios y blancos habían contribuido. Pero al mirar hacia atrás sólo se veía una sucesión de esfuerzos inútiles para liberar a un país atrapado en las garras de los propietarios de la tierra. Víctimas suyas eran los campesinos indios y cholos, pero también los burócratas de la ciudad, y los políticos de la oposición, y los que buscaban la libertad por la cultura: el Ecuador, en suma[16]. La identificación con ese dolor y esos resentimientos no ocultaba que las razones del narrador habían sido diferentes a las de otros también humillados por los gamonales: él era un amo sin tierras que buscaba venganza —esa había sido la razón última de su literatura—, incapaz de prosperar entre el arribismo y el palanqueo de una clase media dispuesta a servir a dictaduras civiles o militares, a democracias conservadoras o izquierdistas, a la justicia y a la Iglesia, sin participar jamás en el verdadero reparto de los beneficios. El tiempo transcurrido le permitía también volver con ironía sobre sus actitudes políticas de antaño, cuando se convirtió en fiscal y juez de ciudadanos «honorables» —los que iban

---

[15] En *Atrapados*, II, págs. 66-68, el fragmentario monólogo interior que a lo largo de la obra declara las obsesiones del narrador, manifiesta la pretensión de usar cholos o de disparar con cholos, comprobada la nula efectividad de la utilización de los indígenas para la denuncia, cuando ni siquiera se les considera seres humanos. Aunque en su autobiografía novelada Icaza se centró en el teatro para recordar la etapa anterior, que es la de *Huasipungo*, alude a esa novela más tarde, al recordar que alguna vez había descrito el atropello sexual del que un latifundista y un cura habían hecho víctima a una chola (*Atrapados*, III, pág. 115).

[16] No es imposible que se aluda también a la condición humana, como la interrogación de algún personaje permitiría deducir: «¿Y quién no está atrapado por lo que es y representa dentro de un sistema?» (*Atrapados*, II, pág. 198). Eso deja entrever Benito Varela Jácome, «El último testimonio novelístico de Jorge Icaza», en *Anales de literatura hispanoamericana*, núm. 7, 1978, págs. 305-329 (305-306).

en automóvil, las señoras endomingadas que entraban o salían de las iglesias, los caballeros de anacrónico y lujoso vestir, los arribistas profesionales, los militares de alta graduación, las altas dignidades de la Iglesia— al tiempo que anunciaba la próxima redención para indios y cholos. Icaza ofrecía así una reflexión extraordinariamente lúcida sobre las razones y el alcance de su obra literaria.

4. UN HITO EN LA HISTORIA DEL INDIGENISMO

Como *Atrapados* permite deducir, el indigenismo de Icaza fue consecuencia de la pretensión de utilizar la literatura contra el tío Enrique, el clásico «amo, su mercé, patrón grande» de esa última novela. Su condición de miembro desheredado de una familia terrateniente no debe ignorarse al explicar la actitud del escritor[17], pero también el clima intelectual de su generación resultó decisivo a la hora de escribir *Huasipungo,* muestra destacada de esa literatura ecuatoriana que en los años 30 se orientaba hacia el realismo social o socialista. Por el tema que abordó, esa obra también estaba destinada a ser pieza fundamental en el desarrollo de la narrativa indigenista andina, en la ruta que llevó desde *Raza de bronce* (1919), del boliviano Alcides Arguedas, hasta *El mundo es ancho y ajeno* (1941), del peruano Ciro Alegría. La novela de Icaza sobresalía por la crudeza con que mostraba la vida de los indios ecuatorianos, acosados por una naturaleza hostil y

---

[17] Más discutible resulta la relación directa de *Huasipungo* con el pasado campesino de Icaza, a pesar de sus propias declaraciones y de opiniones como la de J. Eugenio Garro (*Jorge Icaza. Vida y obra. Bibliografía. Antología,* Nueva York, Hispanic Institute, 1947, pág. 23): «El hecho es éste: Jorge Icaza a los nueve años, abandona la ciudad y *va a vivir* en unos latifundios que se extienden por páramos, montañas y valles. Allí permaneció hasta la adolescencia, y pudo contemplar, larga y monótonamente, la servidumbre, la miseria y la opresión del indio. El niño no tiene idea del cómo ni del por qué, sólo contempla con ojos aturdidos, pero el cerebro ávido de las realidades del mundo, absorbe y digiere hombres, escenas y cosas».

a merced de los tradicionales abusos de los latifundistas, de los eclesiásticos y de las autoridades civiles. A la hora de medir su alcance revolucionario no pueden olvidarse las circunstancias en que se escribió y publicó, pues tanto en su nacimiento como en su desarrollo el indigenismo obedeció a conflictos políticos y sociales de signo diverso, en los que el indio apenas desempeñó un papel de comparsa.

El indigenismo ecuatoriano contaba con precedentes escasos. El más importante era la novela que Fernando Chaves —determinado quizá por el recuerdo de *Raza de bronce*— tituló *Plata y bronce,* referencia obligada para advertir la novedad y el significado de los planteamientos de Icaza[18]. Como Alcides Arguedas, Chaves relataba la pasión de un hacendado por una india de sus propiedades, que culminaba en violación y determinaba la sangrienta venganza de los indígenas. Pero esa historia se complicaba con la presencia de una joven maestra, amenazada por las asechanzas sexuales de los patrones al acercarse a la hacienda e imposibilitada por las artimañas del cura para desarrollar en el pueblo su tarea educadora. Este conflicto resulta muy significativo, porque Chaves era un «normalista» —dirigía una escuela en Otavalo cuando dio a conocer la obra—, y su actitud la que cabía esperar de alguien comprometido en las reformas de la educación o al menos formado en ellas. Fiel a la tradición del alfarismo, centró sus ataques en un clero hostil a la enseñanza de los liberales «descreídos», un clero que explotaba la ignorancia de cholos e indios, y saciaba en ellos sus bestiales apetitos. En tales circunstancias perdía relieve la perversidad de un feudalismo «anacrónico y repugnante» encarnado en latifundistas holgazanes y fatuos —y crue-

---

[18] El propio Chaves había aportado un vago precedente con el cuento largo *La embrujada* (1923). Como manifestaciones tempranas del indigenismo ecuatoriano merecen mención también los cuentos reunidos por César Andrade y Cordero en *Barro de siglos* (1932) y por Alfonso Cuesta y Cuesta en *Andes arriba* (1932), además de «Tierra del indio», el último de los relatos que Jorge Fernández incluyó en *Antonio ha sido una hipérbole* (1932).

les con los vencidos, como sus antepasados españoles—, pero que a la hora de la verdad se situaban al lado de la civilización —de la maestra— en la lucha contra el verdadero enemigo: ese clero bárbaro e inquisitorial que manejaba al populacho y lo empujaba hasta el crimen con tal de eliminar cualquier amenaza para su dominio sobre la ignorancia de las gentes.

Nada se decía sobre la necesidad de modificar las estructuras socioeconómicas del país: apenas parecía exigirse una reforma moral que corrigiese las actuaciones de los blancos libidinosos que acosaban a las indias, y terminase con la ignorancia y con las supersticiones, caldo de cultivo para el temor y las resignación ancestrales de los indios. El problema terminaba así convertido en un conflicto entre dos razas o dos psicologías, en la consecuencia de un choque brutal entre distintas culturas. El paso del tiempo había acrecentado las distancias entre los vencedores y los vencidos, y ahora se trataba de reducirlas por medio de la educación. De esta pretensión nacía el indigenismo de Chaves, cuyos indios demuestran las enormes dificultades que había de superar la tarea redentora: sus aspiraciones máximas se relacionan con las fiestas religiosas, con la embriaguez o con «pleitos» de los que resultan inevitablemente explotados, y una herencia secular —el mismo impulso atávico que los hacía ladrones o idólatras de groseros fetiches— determina el comportamiento de esos seres animalizados, silenciosos y sumisos hasta que sus sentimientos y emociones estallan en manifestaciones violentas de amor o de odio. En suma, nadie tendría razones serias para inquietarse ante el mensaje de la obra, que pudo verse como un intento de profundizar en el alma de la raza por medio de la observación y el análisis de la población nacional, con sus costumbres, sus alegrías y sus sufrimientos: como una contribución notable a la novela regional, exigencia del nacionalismo literario de la época[19].

_____

[19] Véase el «Prólogo» de Isaac J. Barrera a *Plata y bronce,* Quito, Talleres Tipográficos Nacionales, 1927, págs. 13-18. A la hora de medir el al-

Plata y bronce fue un fruto de la insatisfacción que se transformó en literatura tras la Revolución Juliana, pero sus planteamientos eran los del liberalismo que se había visto obligado a descubrir un país aquejado por graves problemas y trataba de evitar males mayores —como en otras obras de la época, ronda el fantasma de una revolución justiciera y terrible[20]— corrigiendo las deficiencias de un orden económico y social cuya legitimidad no se cuestionaba. El problema de la tierra se había abordado ya en términos más drásticos dentro del país: en *El indio ecuatoriano* (1922), «contribución al estudio de la psicología nacional» que Pío Jaramillo Alvarado dedicó «a la juventud liberal en América», quedó constancia de que el gran mal del Ecuador era la servidumbre del campesino, pues el acuerdo o «concierto» que la perpetuaba —deudas con el patrón que nunca se terminaban de pagar, derivadas de adelantos en artículos o en dinero para adquirir aguardiente, alimentos o ropas en la «tienda de raya», o hacer frente a los gastos de «priostazgo» en alguna fiesta— se seguía practicando aunque se disimulase tras la cesión de un terreno en que el campesino podía levantar su choza a cambio de su trabajo en la hacienda. Más aún: se necesitaba una clase media poderosa y la difusión de la cultura en el campo, y eso no podía conseguirse mientras la tierra estuviese en unas pocas manos improductivas. «La división de los latifundios —aseguraba Jaramillo Alvarado— es el imperativo de la época»[21]. La recupera-

cance crítico que se concedió a *Plata y bronce,* conviene tener en cuenta que fue «Novela laureada con la Estrella "Isidro Ayora" en el Concurso Nacional de Literatura, promovido por la revista *América* con motivo del XCV aniversario del nacimiento de Don Juan Montalvo».

[20] El eco de la revolución soviética es evidente, y queda también testimonio del entonces muy compartido interés por la literatura rusa. Los sentimientos de culpa del latifundista se relacionan con la Rusia dolorida de Dostoiewsky, y surge una comparación inevitable: «Mira el "knut" en manos de los mayorales. Esta tierra no tiene zares pero tiene amos por todas partes. Políticos, civiles y religiosos. Cada blanco es un "padrecito Zar" para los indios», observa el compasivo hacendado de Chaves (*Plata y bronce,* pág. 193).

[21] *El indio ecuatoriano,* Quito, Editorial Quito, 1922, pág. 10.

ción de sus tierras y un salario justo permitirían al indio conseguir las condiciones económicas indispensables para su rehabilitación. Así se evitaría una revolución sangrienta como la que México había vivido en fechas aún recientes, y que parecían anunciar levantamientos en las provincias ecuatorianas de León, Chimborazo, Azuay e Imbabura, las más pobladas de indígenas esclavizados.

A la hora de relacionar el problema del indio con la injusta distribución de la tierra, resulta inevitable recordar los planteamientos que José Carlos Mariátegui había difundido por medio de la revista *Amauta* (1926-1930) y de sus *Siete ensayos de interpretación de la realidad peruana* (1928). Había seguido la ruta abierta por Manuel González Prada en «Nuestros indios», un artículo de 1904 que sólo se difundió al incluirse en la segunda edición de sus *Horas de lucha* (1924). Allí se explicaba que la supuesta inferioridad del indígena era una consecuencia del trato recibido —se hizo famosa su denuncia de la «trinidad embrutecedora» del indio: la que formaban el juez de paz, el gobernador y el cura—, y que el problema era ante todo económico y social, relacionado con la propiedad de la tierra. Mariátegui acogió con entusiasmo ese análisis, lo enriqueció desde una perspectiva marxista y convirtió en obsoletas las posiciones liberales que fiaban a la educación y a los buenos sentimientos la mejora de las condiciones de vida del indio, que se convertía así en un explotado entre los explotados, otro más entre los desheredados del mundo.

Esos planteamientos tuvieron que llegar hasta Icaza, al menos por medio de *Amauta,* que sin duda encontró lectores en Ecuador[22]. El hecho es que en su novela —a diferencia de *Plata y bronce*— los factores socioeconómicos importan tanto o más que las pecualiaridades étnicas al

---

[22] Véase Humberto E. Robles, art. cit., pág. 661. Aunque es improbable que Icaza lo conociese antes de publicar *Huasipungo,* conviene recordar que el mexicano Moisés Sáenz ya había publicado su análisis, también desde una óptica social, *Sobre el indio ecuatoriano y su incorporación al medio nacional* (México, Publicaciones de la Secretaría de Educación Pública, 1933).

analizar la marginación de los indios, cuya condición subhumana o animalizada se relaciona con los siglos de explotación brutal a que fueron sometidos. El propio título de la obra prueba ya el cambio de valoración, al utilizar el vocablo de origen quechua —de *wassi* (casa) y *punku* (puerta): «casa a la entrada»— con que se designaba el terreno que el latifundista cedía a los campesinos de la hacienda para que instalasen su vivienda y sus animales, y para que desarrollasen una agricultura de subsistencia. Significativamente también, la rebelión característica de las novelas indigenistas está determinada aquí por la pérdida del huasipungo. Por lo demás, al identificar a los culpables Icaza se desentendería de la herencia colonial[23] para concentrarse en el ataque al gamonalismo. No le interesaron las esperanzas que los liberales habían depositado en la educación, ni vio con optimismo el posible éxito de una revolución entre los indios, ni hizo suya la idealización del pasado prehispánico que Mariátegui había compartido con los numerosos escritores de la época que imaginaron el «comunismo inkaiko» y lucharon por recuperarlo[24]. Ni siquiera entendió como positiva la estre-

---

[23] «Esa invención de los *insurgentes* acerca de la crueldad española, del yugo español, de la ignorancia en que mantenía el español al americano, que quedó en la literatura durante casi un siglo, es una superchería en la que ningún americano culto puede insistir. Para crueles, esclavizadores y oscurantistas los regímenes republicanos independientes» (Jaramillo Alvarado, *op. cit.,* pág. 219). Esa actitud significaba una desautorización del antiespañolismo liberal, que consideraba herencia de la colonia el atraso y otros problemas de Hispanoamérica.

[24] Icaza no creía que los indios hubieran sido más felices bajo el manto paternal de los Incas, y esa actitud es frecuente entre los escritores ecuatorianos, quizá para fundamentar una identidad nacional distinta de la peruana. Para Chaves sólo añoraban la antigua posesión de la tierra, pues nunca habían conocido la libertad: «Bajo el reinado patriarcal de los intrusos hijos del Sol, se arrodillaron reverentes ante Huainacapac y su prole. Antes, los jefes de tribu eran indiscutidos y feroces» (*Plata y bronce,* pág. 203). Pío Jaramillo Alvarado, para quien «la legislación incásica aplastó la personalidad del aborigen con el comunismo» (*El indio ecuatoriano,* pág. 2), defendió la historicidad del reino de los Schyris, que habrían gobernado los territorios del futuro Ecuador desde el año 1000 de la era cristiana, aproximadamente, hasta ser sometidos por el Inca Huayna Capac en 1487.

cha relación con la naturaleza que se asignaba a los indígenas —Mariátegui fue uno de los responsables de esa visión, que subrayaron desde distintas posiciones compatriotas suyos como Luis E. Valcárcel, con *Tempestad en los Andes* (1927), o José Uriel García, con *El nuevo indio* (1930)—: los suyos muestran un apego ancestral a la tierra que cultivan —son parte de ella, a juzgar por un título como *Barro de la sierra*[25]—, pero, expuestos a los rigores de una naturaleza inmisericorde, resultan ajenos a las bondades atribuidas a ese arraigo por el telurismo vigente en aquel momento de la literatura hispanoamericana.

Huasipungo era una obra ajena a todo intento de elaborar un indio mítico, fiel a sí mismo desde antes de la conquista española. Aunque su izquierdismo resultaba difícil de precisar, Icaza parecía sumarse a quienes pretendían hacer de la literatura una manifestación de la lucha de clases, un arte proletario o al servicio del proletariado internacional, cuyos mejores representantes en la sierra ecuatoriana eran los indios y otros sectores populares. A la hora de mostrar esa realidad, podría así limitarse a entenderla como un conflicto entre explotados y explotadores, entre huasipungueros concebidos como siervos de la gleba y gamonales que encuentran en el sistema social el apoyo y los cómplices que necesitan, sin otras complejidades. Lo cierto, sin embargo, es que su visión de la sierra ecuatoriana fue más minuciosa de lo que habitualmente se supone[26]. El mundo reflejado en *Huasipungo* nada tiene de estático: es una realidad feudal en proceso de transformación, conmocionada por los intentos mo-

---

[25] Véase Antonio Lorente Medina, «*Barro de la sierra* y las tensiones de la modernidad en el Ecuador de los 30», en sus *Ensayos de literatura andina*, Roma, Bulzoni, 1993, págs. 73-90 (77).

[26] Como advirtió Agustín Cueva, «se insiste, como si fuese la obviedad misma, en que la obra de Icaza tiene por tema "situaciones feudales típicas", siendo que la tensión dramática de toda o casi toda la producción de este autor está dada por el avance del capitalismo que remueve formas de vida y organización». Véase «Literatura y sociedad en el Ecuador: 1920-1960», en *Revista Iberoamericana*, núms. 144-145, julio-diciembre de 1988, págs. 629-647 (639).

TEATRO — SUCRE

COMPAÑIA DE VARIEDADES

2 OBRAS 2
NACIONALES

JORGE
ICAZA

¿Cuál es?

Quito, 23 de Mayo-1931

dernizadores de la burguesía nacional y por la irrupción del capital extranjero o «imperialismo de turno». Aunque en la versión inicial de su novela —la más virulenta y amenazadora, acorde con el espíritu de su tiempo— no dudó en agitar el fantasma de la revolución, Icaza nunca ofreció soluciones para una situación en la que a los abusos de los poderosos respondía la violencia de los desposeídos —manifestación periódica de una rebeldía ancestral—, y a ésta la brutal represión que inevitablemente ponía fin a los levantamientos. Sin razones para la esperanza, se limitaba a mostrar un tiempo difícil, y a analizar los factores que lo habían determinado.

Quizá recordó las tesis de Mariátegui que interpretaban la lucha contra el feudalismo como versión andina de la que en las sociedades industrializadas sostenían burguesía y proletariado —una forma de resaltar el fracaso de las burguesías locales, prescindibles por no haber cumplido la función modernizadora que les correspondía—, pero su análisis se ajustó rigurosamente a las peculiaridades de la vida política y social ecuatoriana. El liberalismo resultó así responsable principal de los males del país: no el liberalismo alfarista, cuyo anticlericalismo parecía ya lo único aprovechable, sino el constitucionalista que en la sierra se había aliado con sus antiguos enemigos, con los terratenientes que siempre habían significado una rémora para la modernización del país. Esa complicidad condicionaba el destino del capital extranjero, invertido sobre todo en la extracción de oro e hidrocarburos —había ido creciendo desde que en 1908 Alfaro concluyó el ferrocarril entre Guayaquil y Quito con dinero norteamericano—, y complicado en una red de intereses que no eran ajenos al sostén o al derrocamiento de los gobiernos locales. Tanto para la izquierda como para descontentos como Icaza, liberalismo e imperialismo resultaban así indisociables de los dueños de la sierra ecuatoriana, unos y otros apoyados ahora por un clero cuya posición social se sostenía también sobre el trabajo y las contribuciones de los campesinos. De poco había servido que Alfaro declarase a los indios «ciudadanos ecuatorianos», eximiéndolos de la contribución territorial que antes habían de pagar. Los gobiernos posteriores resultaban culpables de mantener la ignominia —sus reformas legales se habían limitado en la práctica a suprimir la prisión por deudas, ya en 1917—, de acentuarla al fijar un salario miserable para los peones de las haciendas, e incluso de llevarla hasta límites intolerables cuando el latifundista metido a hombre de negocios trató de obtener de la tierra el máximo rendimiento.

En esas circunstancias ya no tenían sentido las vacilaciones de Chaves a la hora de denunciar los problemas nacionales. Resultaba evidente la responsabilidad de unos terratenientes «progresistas» que se apoyaban en el clero más reaccionario y vendían el país al capital extranjero a cambio de míseras ventajas personales. De paso quedaba en entredicho la supuesta modernización del Ecuador: el latifundista de *Huasipungo* (como el mestizo Montoya de *Cholos,* y como otros gamonales de Icaza) es un «liberal», o guarda relación con la política «civilizadora» de los liberales, cuyos esfuerzos se observan con sarcasmo feroz. Bajo los proyectos capitalistas e industrializadores —o la mera construcción de puentes y carreteras— se descubre la pervivencia de los comportamientos feudales del latifundismo más rancio y retrógrado. Su alianza con los inversores extranjeros supone para los indios el empeoramiento de las condiciones laborales, pues la mentalidad capitalista les exige mayor rendimiento sin trasformarlos en verdaderos asalariados, e incluso los priva de la tierra y de las ayudas o socorros que el gamonalismo tradicional, paternalista en algunos aspectos, había puesto a su disposición.

La visión de las víctimas que ofrece *Huasipungo* ha sido criticada desde posiciones diversas, hasta poner en entredicho la legitimidad del título de «Defensor del indio ecuatoriano» con que Icaza participó en el Congreso Indigenista celebrado en México en 1940: no había sabido apreciar sus valores culturales, había reducido sus creencias ancestrales a supersticiones que los dejaban atemorizados e indefensos ante las fuerzas de la naturaleza, las añagazas del cura y los abusos del gamonal. La verdad es que Icaza estaba sobre todo interesado en su ataque al latifundista y a sus aliados —a ellos dedicó el mayor número de páginas—, y mostró los siervos de la gleba que su denuncia exigía: en versiones posteriores de su novela trató de darles una mayor capacidad de sentir y pensar, pero no modificó esencialmente su comportamiento de seres animalizados, sumisos con los poderosos, desconfiados y crueles a veces entre ellos mismos, capaces de criminales explosiones de cólera, forzados por las circunstancias al robo, degradados por la ignorancia, la pobreza y el alcohol. No podía hacer otra cosa sin disminuir la fuerza de su denuncia, sin atenuar la gravedad de las consecuencias derivadas de siglos de explotación inmisericorde. Por eso había centrado su atención en los huasipungueros, los más castigados por el latifundismo, sin dedicar ninguna —apenas se mencionan de pasada— a los «pongos», «servicias» y demás indios con otras y diferentes funciones en el entorno del gamonal.

Aunque Icaza apenas se detiene esta vez en el análisis de la psicología de los cholos, en *Huasipungo* queda constancia de que ellos proveen de personal a las tropas regulares y a la policía, hacen de capataces y mayordomos en las haciendas, son comerciantes o propietarios de escasa significación en las aldeas. En todas esas circunstancias son víctimas del blanco al que tratan de acercarse, y verdugos de los indios o de otros cholos en peor situación. La novela insinúa alguna vez el malestar de esa tropa de choque que se sabe utilizada por los poderosos, y perjudicada por los cambios que acarrea la modernización: ha llegado el fin para una vida pobre e indolente, sustituida por la miseria, el desarraigo, el alcoholismo, la prostitución y otras degradaciones. El tema preferido de Icaza enriquece también su novela más famosa.

5. ¿Una novela mal escrita?

Como he señalado, desde la aparición de *Los que se van* los jóvenes narradores ecuatorianos llamaron la atención por la rudeza de su lenguaje y las deficiencias de su estilo. La crítica ha insistido después en lamentar las carencias artísticas de esa literatura, y en censurar su exageración en la pintura de las infrahumanas condiciones de vida de los obreros y campesinos. Sin duda afectado por esos reproches, pero también decidido a facilitar la tarea a unos lectores cada vez más numerosos y menos familiarizados con el medio reflejado, Icaza revisó reiteradamente el texto de *Huasipungo* para ediciones posteriores. Eso no alteró sustancialmente la significación de la obra en el proceso seguido por la narrativa indigenista, pero ha de tenerse en cuenta a la hora de pronunciarse sobre los valores «literarios» de una u otra versión.

Quizá no es imposible advertir las razones que justifican o explican las deficiencias aparentes o comprobables de la novela. Desde luego, poco puede decirse sobre la fidelidad de una obra de ficción a la realidad que pretende mostrar: las novelas indigenistas del Ecuador estuvieron menos condicionadas por una visión precisa del indio que por los factores sociales, económicos, políticos y culturales que determinaban a sus autores, exigiendo de ellos un registro literario acorde con sus intereses personales y los de su grupo. Para entender el proceso que lleva a *Plata y bronce* y a *Huasipungo* tal vez es necesario recordar que en la fecha lejana de 1910 Gonzalo Zaldumbide había regresado de París, resuelto a descubrir los encantos místicos de la tierra americana. Había mostrado ya un persistente interés por José Enrique Rodó, en cuyo célebre ensayo *Ariel* (1900) nada se decía sobre indios y mucho sobre la fe en el porvenir de la América española, heredera de Grecia y de Roma, patria del espíritu y para espíritus selectos. Aunque no la publicó completa hasta 1956, Zaldumbide dio a conocer en 1916 algunos capítulos de su novela *Égloga trágica*[27], suficientes para mostrar los efectos del arielismo: bastaba con que la herencia de la latinidad se volcase sobre el paisaje andino para que los rigores del clima y de la geografía se atenuasen hasta desaparecer, y para que la presencia esporádica de los indígenas, mansos siervos de la gleba sometidos a la paternal autoridad de los hacendados, no alterase la placidez de un mundo arcádico, de una sociedad patriarcal en la que el viajero —modernista aún— reencontraba su pasado, los encantos de la familia y la infancia, la naturaleza[28].

Cuando en el Ecuador de los años 20 las crecientes preocupaciones de izquierda determinaron el destino de la vanguardia, el arielismo se reveló como la estética de los sectores oligárquicos del liberalismo placista, de inmediato —porque tampoco amenazaba sus intereses— asimilada en alguna medida por los conservadores. En consecuencia, sus ideales americanistas se convirtieron en una retórica sin contenido alguno a medida que resultaban defraudadas las esperanzas de la sociedad ecuatoriana. *Plata y bronce* demuestra que las contradicciones del liberalismo tuvieron una dimensión estética: con ellas guardan relación las deficiencias aparentes o reales de esa novela, que han permitido advertir falta de correspondencia entre su tema y su lenguaje, entre las infrahumanas condiciones de vida de los indígenas y la «beldad broncínea» que protagoniza el relato, entre el feudalismo repugnante que se denuncia y los atractivos de un joven hacendado de distinguida familia, entre la idealización de la maestra y los tonos grotescos y sombríos reservados

---

[27] Aparecieron en la *Revista de la Sociedad Jurídico Literaria,* que desde 1902 había asumido la defensa de la tradición y del progreso espiritual frente al utilitarismo burgués.

[28] El narrador aprovecha la ocasión para relacionar a su padre con las reformas liberales que afectaron a los indios: «para liberarlos de la esclavitud del concertaje, supervivencia de las encomiendas coloniales, había adoptado para los siervos de la gleba la forma de trabajo más liberal: por el lote de tierra, que les daba a cultivar para ellos solos, pagaban a la hacienda tres días de servicio a la semana» (*Égloga trágica,* Madrid, Ediciones Cultura Hispánica, 1958, pág. 61).

Representación de una versión teatral de *Huasipungo*.

para describir la figura y los actos del cura, piltrafa humana de insaciable avidez y bestiales apetitos, sin olvidar una visión del paisaje andino que continuaba la tradición de *Égloga trágica*. Incluso la pasión del blanco con la india y la violación consiguiente guardan más relación con antecedentes literarios como *Raza de bronce* que con la realidad que Chaves pudo observar[29].

Libres de esas vacilaciones, los narradores del 30 eliminaron todo resto del registro literario arielista, responsable de ocultar los graves problemas que aquejaban a la realidad ecuatoriana y que ellos trataban de revelar con su literatura de denuncia y combate. Los afectados por sus críticas les reprocharían falta de «objetividad», valoración entonces negativa —e inevitable desde las posiciones conservadoras— que hoy puede contribuir a precisar la auténtica condición de las ficciones en que su violento realismo se concretó. Desde luego, el realismo social o socialista de aquella generación poco tenía que ver con la tradición realista decimonónica que había culminado Luis A. Martínez con *A la costa*. En cuanto a *Huasipungo*, Icaza tampoco había pretendido ofrecer una novela «regionalista» al gusto de su época: aunque probablemente veía en la ciudad algo negativo, relacionable con existencias vanas y superficiales, no sintió como Chaves la necesidad de imaginar un espacio rural primitivo, y por eso auténtico y viril. Escribía menos sobre el indio que contra los gamonales, y usó los recursos que tenía a su alcance. En ocasiones se ha atribuido a su formación de dramaturgo la propensión que muestran sus relatos a la rápida sucesión de cuadros, de indudable eficacia descriptiva, y sobre todo a los diálogos, estilizados a veces hasta convertirse en murmullo despersonalizado o anónimo, o en-

---

[29] En su «Prólogo» a *Plata y bronce* (pág. 17), Isaac J. Barrera recuerda la novela de Alcides Arguedas precisamente al cuestionar la verosimilitud de una rebelión indígena como la presentada: «¿Alguna vez vengó un indio el honor ofendido de una hija o de una esposa de la manera como se verifica en la novela de Chaves? ¿Y, cuál será, en el indio, el concepto de honor? El patrón tiene el derecho de pernada y el indio lo agradece humilde.»

marcados en un discurso narrativo que podía recordar las acotaciones teatrales[30]. Si sus proyectos escénicos más ambiciosos ofrecen una indudable factura expresionista, bien puede explicarse desde esa misma estética la tendencia «a lo exagerativo, a lo hiperbólico» que determina tanto la presentación de una masa indígena animalizada como la configuración caricaturesca de quienes la explotan en su novela más famosa. Al cabo, factura vanguardista tienen algunas de sus imágenes —la «página gris» de la calzada, los «tumbos de escalofrío y puñalada» en que ruedan las voces tras el ganado—, y un sabor de la misma época conservan también algunos términos —«subconsciente», «acto fallido»— relacionables con el gran interés por el psicoanálisis que Icaza compartió.

Desde esa perspectiva pierden interés tanto las descalificaciones —incluso para la validez de su denuncia— basadas en la exageración antiestética de las descripciones repugnantes, en la sordidez o los horrores del mundo reflejado, como los elogios a la fuerza o intensidad con que se muestra la degradación bestial de los indios, víctimas de una explotación inhumana que se condena sin paliativos. Icaza evitaba la simpatía condescendiente hacia la clase «inferior» que parecía condicionar a muchos escritores revolucionarios —en cuyas obras los explotados eran «verdaderos dechados de perfección humana»[31]—, aunque compartiera su execración y repudio de la clase dominante. La ausencia de matices en la presentación de los personajes, si es que la hay, es una peculiaridad de la novela, no necesariamente una limitación. Y no constituía una novedad absoluta: la caracterización caricaturesca del cura libidinoso y simoníaco podía invocar incontables antecedentes en la literatura hispánica —incluido el reciente de *Plata y bronce*—, e incluso puede comprobarse que alguna observación sobre el comportamiento de los indios ya se había reiterado en la literatura ecuatoriana[32].

---

[30] Sobre las relaciones del teatro con «Interpretación» y otros cuentos de *Barro de la sierra,* véase Lorente Medina, art. cit., pág. 80 y ss.

[31] Véase Angel F. Rojas, *op. cit.,* págs. 161-162.

[32] Es el caso de la india capaz de defender al marido que la golpea,

La valoración inicial de *Huasipungo*, nunca desinteresada, se concretó también en comentarios sobre la crudeza de su lenguaje y las reales o supuestas deficiencias de su estilo. Como las críticas que se centraban en la objetividad de la visión ofrecida, las que afectaron a la calidad literaria de la novela —a pesar de su éxito, sin parangón en el Ecuador[33]— deben leerse en el contexto en que se hicieron. No faltó quien juzgara a Icaza ajeno a la literatura y entendiera eso como una virtud, pero fueron sobre todo los que lo acusaban de desconocer a los indios quienes lo desdeñaron a la vez como miembro de una juventud generosa e impaciente, entregada a la tarea de vitalizar una sociedad adormecida, pero menos interesada en la lectura que en el escándalo. Las consecuencias estaban a la vista:

---

cuyo origen probable se encuentra en las *Catilinarias* (1880) de Juan Montalvo:

«Una noche, paseando con luna por los alrededores de una ciudad del Ecuador, di con un indio ebrio que, ciego de cólera, estaba matando a su mujer. No contento con los puños, se apartó de prisa, cogió una piedra enorme, y se vino para la víctima derribada en el suelo. Verlo yo, dar un salto, echar a mis pies al furioso, pisarle en el pescuezo, todo fue uno. La india se levanta, se viene a mí, sacándose de la boca con los dedos un mundo de tierra de que el irracional le había henchido; y cuando puede hablar, suelta la tarabilla y me atesta de vergüenza: ¡Mestizo ladrón! ¿Qué te va ni qué te viene en que mi marido me mate? Hace bien de pegarme; para eso es mi marido... *Shúa, manapinga, huairu-apamushca,* andate de aquí: quiero que me pegue, que me mate mi marido» (*Las Catilinarias,* Caracas, Ayacucho, 1985, pág. 222).

Fernando Chaves adaptó esa anécdota a la ficción:

«... Sólo las bocas femeninas rechazaron la paz insultando a los *cholos:*
—*Mishos entrometidos, por qué no dejarán que pegue marido ca, para eso es pes marido.*

Eso gritaba con voz atiplada, metálica, una india joven que fue arrancada de las garras férreas de su esposo que le agarraba en el suelo arenoso y caliente.» (*Plata y bronce,* págs. 95-96)

[33] «La sola novela *Huasipungo* había alcanzado hasta 1968 —última fecha para la que dispongo de datos— los siguientes *records* de difusión: 20 ediciones en lengua española incluyendo tirajes de hasta 50.000 ejemplares; traducciones a 16 idiomas; tres adaptaciones para niños y varias para teatro; selección, en el *Diccionario de la Literatura Universal Laffont-Bompiani,* como una de las cinco obras maestras publicadas en el mundo en 1934» (Agustín Cueva, «En pos de la historicidad perdida...», pág. 24, nota 2).

sucesiones informes de cuadros que pretendían ser novelas, ignorancia absoluta de la gramática en un lenguaje
desfigurado por dialectalismos y vocablos malsonantes.
Y la verdad es que la generación del 30 recurrió con frecuencia a la violencia léxica de las «malas palabras», para
romper con un paradigma vigente que nada tenía que ver
«con una escritura burguesa propiamente dicha, que no
había llegado a cuajar, sino con aquella escritura oligár-
quica, hispanizante, almibarada y creadora de espacios
"sublimes", que hasta entonces fungía como tipo ideal»[34]:
el representado por obras como *Égloga trágica*, que ni la rebelión de la vanguardia ni las crecientes preocupaciones
sociales de los años 20 habían erradicado, como *Plata y
bronce* permitía comprobar.

El «feísmo» de los nuevos narradores trataba, pues, de
marcar diferencias generacionales y sociopolíticas. Icaza
compartió esa actitud, pero no fue sordo a los comentarios provocados por la aparición y el éxito de su obra, al
menos a los que cuestionaban su capacidad de escritor.
En las revisiones posteriores trató de corregir las debilidades que se le reprochaban, a la vez que atenuaba la
agresividad de su mensaje y la rudeza de su formulación.
Consciente de que los ataques a la calidad de *Huasipungo*
enmascaraban a veces el profundo disgusto provocado
por sus críticas a los poderes establecidos —y obligado
quizá también por la evolución de su propia búsqueda literaria—, eliminó las más evidentes y molestas «irrup-
ciones» del autor: juicios o explicaciones que hacían referencia al fin inminente de la «burguesía» serrana, o descalificaciones insultantes para los explotadores y hasta para
sus víctimas. Con esas deficiencias técnicas desaparecieron algunas «malas palabras» del discurso del narrador,
donde no quedaban justificadas por la práctica lingüística
«real» de los personajes llevados a la novela. Y trató también de poner fin a la pobreza literaria que pudiera deri-
varse de la carencia de caracteres y de conflicto moral, de

---

[34] Agustín Cueva, «Literatura y sociedad en el Ecuador: 1920-1960»,
pág. 640.

la condición esquemática de los personajes y de los conflictos: no sólo dotó a sus indios de pensamientos y pasiones elementales que les dieran alguna condición humana, sino que también multiplicó los detalles destinados a perfilar la degradada psicología «burguesa» del gamonal y de su familia. Los soliloquios de unos y otros simularon su vida interior, mientras descubrían frustraciones, necesidades, falsedades, convenciones, ambiciones y otras miserias. Los paréntesis explicativos y descriptivos —una característica que marca el estilo de Icaza— se multiplicaron para puntualizar y enriquecer el relato de los hechos y la pintura de espacios exteriores e interiores, unos y otros opresivos, cerrados, asfixiantes.

El texto inicial resultó así considerablemente ampliado[35]. Por otra parte, a la vez que buscaba una expresión más refinada y eficaz, Icaza atenuó la condición regionalista del lenguaje empleado, como para probar la voluntad de ofrecer un texto asequible a los lectores de cualquier latitud. Esos cambios impiden incurrir en el entusiasmo con que a veces se ha alabado el rigor o la fidelidad del novelista al reproducir el habla de la sierra, pues los indios de su última redacción ya no son los de antaño: apenas vosean, casi nunca confunden las vocales e/i[36],

---

[35] Hasta un veinte por ciento en la última versión, según Ross F. Larson, quien realiza un minucioso análisis de los cambios en «La evolución textual de *Huasipungo* de Jorge Icaza», en *Revista Iberoamericana*, núm. 60, 1965, págs. 209-222 (213). Al estudiar las transformaciones sufridas por tres cuentos de *Barro de la sierra*, Antonio Lorente Medina ofrece observaciones también válidas para la novela (véase *La narrativa menor de Jorge Icaza*, Valladolid, Universidad de Valladolid, 1980, pág. 68).

[36] Con mucha frecuencia aún confunden las vocales o/u, imprecisión vocálica derivada también de que el sistema fonológico del quichua ecuatoriano —no se dice «quechua», como en Bolivia y Perú— carece de *e* y *o*. Similares razones pueden justificar alguna vez la aparición de *j* en lugar de *f*, fonema que no existe en quichua, así como la ausencia de artículos, o la muy escasa presencia de pronombres en función de complemento directo o indirecto, o la supresión de algunas preposiciones, o el uso abundante del gerundio en el castellano de los indios, entre otras peculiaridades de su lenguaje que no suponen gran dificultad para el lector. Icaza transcribe como *sh* la *ll* fuertemente rehilada —la palatal sono-

hasta han olvidado parcialmente el quichua, aunque aún abundan en peculiaridades propias del lenguaje rústico ecuatoriano —arcaísmos, alteración de tiempos verbales— y padecen una notoria incapacidad para expresarse: usan frases muy breves, entrecortadas, inconexas, no sólo aptas para expresar sentimientos y necesidades elementales, sino también para configurar pasajes corales que reflejan con singular eficacia el dolor o la rebeldía. La misma técnica sirve para elaborar estilizados cuadros —el mercado, la pelea de gallos— sobre las costumbres de los cholos, que ahora se han ilustrado hasta conseguir un castellano próximo al que utilizan el gamonal y el cura.

Los cambios han merecido escasa atención de una crítica más atenta a su propia tradición que a la realidad final de la novela, y que con frecuencia repite atolondradamente las descalificaciones de los años 30. Estas apenas resultan ya justificadas por algunas ambigüedades e incorrecciones gramaticales, no siempre ajenas a la sucesión de las redacciones. La utilización sistemática del presente de subjuntivo en cláusulas dependientes que exigirían el imperfecto —«necesitaba que sus peones le expliquen», «era mejor que él crea»— es una práctica discutible, pero esa ruptura y otras que afectan a la correlación de los tiempos verbales parecen propias del lenguaje coloquial de la sierra e incluso de la literatura ecuatoriana, usos que también justifican el *leísmo* característico de Icaza. Metáforas, ironías, hipérboles y otras habilidades demuestran el profundo interés que puso en elaborar una obra que conjugase la eficacia de su denuncia con la calidad artística.

---

ra no es lateral, sino fricativa— que se escucha a los hablantes quichuas de la sierra tanto en su idioma como cuando utilizan el español (*ashco, gashina*), solución que también se aplica (por ejemplo, en *hoshota:* ojota) a un fonema quichua equivalente al que en antiguo castellano se transcribía *x*. Véase Humberto Toscano Mateus, «El habla de la novela indigenista ecuatoriana», *Acta salmanticensia*, X, I, 1956, págs. 439-444.

Esta edición

Huasipungo fue publicada en 1934 por la Imprenta Nacional de Quito. Además de introducir correcciones de escaso relieve en ocasiones diversas, Icaza llevó a cabo las dos amplias revisiones que la Editorial Losada publicó en Buenos Aires en septiembre de 1953 y en mayo de 1960. La última, que amplió el texto considerablemente, es la incluida en las *Obras escogidas* del autor (México, Aguilar, 1961). Es también la que ofrezco aquí, liberada en lo posible de las erratas en que abundan algunas ediciones recientes. Desde la segunda, ya tan lejana (Buenos Aires, Editorial Avance, 1935), *Huasipungo* contó con un vocabulario «agregado por el autor» que también fue variando con el tiempo. Porque es un testimonio de los avatares sufridos por la novela —hasta registra términos ausentes del texto definitivo— y porque resulta útil para el lector, lo he incluido en su última versión. Como podrá comprobarse, sus explicaciones no siempre coinciden con las que ofrezco en notas a pie de página y que yo prefiero.

Bibliografía

a) *Obras de Jorge Icaza (primeras ediciones):*

¿Cuál es?. Como ellos quieren (teatro), Quito, Editorial Labor, 1931.
Sin sentido (teatro), Quito, Editorial Labor, 1932.
Barro de la sierra (cuentos), Quito, Editorial Labor, 1933.
Huasipungo (novela), Quito, Imprenta Nacional, 1934.
En las calles (novela), Quito, Imprenta Nacional, 1935.
Flagelo (teatro), Quito, Imprenta Nacional, 1936.
Cholos (novela), Quito, Sindicato de Escritores y Artistas, 1937.
Media vida deslumbrados (novela), Quito, Editorial Quito, 1942.
Huairapamushcas (novela), Quito, Casa de la Cultura Ecuatoriana, 1948.
Seis relatos (cuentos), Quito, Casa de la Cultura Ecuatoriana, 1952.
El chulla Romero y Flores (novela), Quito, Casa de la Cultura Ecuatoriana, 1958.
Atrapados (novela), Buenos Aires, Losada, 1972.

b) *Sobre Jorge Icaza y su obra:*

ADOUM, Jorge Enrique, prólogo a *Narradores ecuatorianos del 30*, selección y cronología de Pedro Jorge Vera, Caracas, Biblioteca Ayacucho, 1980, págs. IX-LXI.
AGUINAGA, Susana, *«Atrapados» de Jorge Icaza. Situación del relato ecuatoriano* (nueve estudios), Quito, Centro de Publicaciones de la Pontificia Universidad Católica del Ecuador, 1977.
ALARCÓN, Jorge, *et alii, Literatura icaciana*, Quito, Su Librería, 1977.
ALBÁN GÓMEZ, Ernesto, «Presente y futuro de *Huasipungo*», *Mundo Nuevo*, núm. 49, julio de 1970, págs. 70-79.

Carrión, Benjamín, *El nuevo relato ecuatoriano. Crítica y antología,* Quito, Casa de la Cultura Ecuatoriana, 2.ª edición 1958.

Cometta Manzoni, Aída, *El indio en la novela de América,* Buenos Aires, Futuro, 1960.

Corrales Pascual, Manuel, *Jorge Icaza: frontera del relato indigenista,* Quito, Centro de Publicaciones de la Pontificia Universidad Católica del Ecuador, 1974.

— «Estudio introductorio» a Jorge Icaza, *Huasipungo,* Quito, Libresa, 1988, págs. 7-66.

— «Estudio introductorio» a Jorge Icaza, *Cholos,* Quito, Libresa, 1990, págs. 7-70.

Cueva, Agustín, *Jorge Icaza,* Buenos Aires, Centro Editor de América Latina, 1969.

— «En pos de la historicidad perdida: contribución al debate sobre la literatura indigenista del Ecuador», *Revista de crítica literaria latinoamericana,* núms. 7-8, 1978, págs. 23-38.

— «Literatura y sociedad en el Ecuador: 1920-1960», *Revista Iberoamericana,* núms. 144-145, 1988, págs. 629-647.

Descalzi, Ricardo, y Renaud, Richard (coordinadores), edición crítica de Jorge Icaza, *El chulla Romero y Flores,* Madrid, Colección Archivos, 1988.

Donoso Pareja, Miguel, *Los grandes de la década del 30,* Quito, Editorial El Conejo, 1985.

Dulsey, Bernard M., «Icaza sobre Icaza», *Modern Language Journal,* núm. 54, 1970, págs. 233-245.

Ferrándiz Alborz, Francisco (feafa), estudio preliminar a Jorge Icaza, *Flagelo,* Quito, Imprenta Nacional, 1936, páginas V-LX.

— «Prólogo» a Jorge Icaza, *Obras escogidas,* México, Editorial Aguilar, 1961, págs. 9-71.

Flores Jaramillo, Renán, *Los huracanes,* Madrid, Editora Nacional, 1979.

García, Antonio, *Sociología de la novela indigenista en el Ecuador. Estructura social de la novelística de Jorge Icaza,* Quito, Casa de la Cultura Ecuatoriana, 1969.

Garro, J. Eugenio, *Jorge Icaza. Vida y obra. Bibliografía, Antología,* Nueva York, Hispanic Institute of the United States, 1947.

Giberti, Eva, *El complejo de Edipo en la literatura («Cachorros», cuento de Jorge Icaza),* Quito, Casa de la Cultura Ecuatoriana, 1964.

Gutiérrez Girardot, Rafael, «Algunos problemas de la novela indigenista, a propósito de Jorge Icaza», en *Primeras jorna-*

das de literatura hispanoamericana, Salamanca, Universidad de Salamanca, 1956, págs. 453-460.

LARSON, Ross F., «La evolución textual de *Huasipungo* de Jorge Icaza», *Revista Iberoamericana,* núm. 60, 1965, págs. 209-222.

LAZO, Raimundo, *La novela andina. Pasado y futuro,* México, Porrúa, 1971.

LORENTE MEDINA, Antonio, *La narrativa menor de Jorge Icaza,* Valladolid, Servicio de Publicaciones de la Universidad, 1980.

—— *Ensayos de literatura andina,* Roma, Bulzoni, 1993.

MARCH, Kathleen N., y MARTUL TOBÍO, Luis, «Las sorpresas del virtuoso compromiso: el indigenismo de Jorge Icaza», *Ideologies and Literature,* núm. 17, septiembre-octubre 1983, páginas 163-180.

OJEDA, Enrique, *Cuatro obras de Jorge Icaza,* Quito, Casa de la Cultura Ecuatoriana, 1961.

PÉREZ, Galo René, *Jorge Icaza,* fascículo 29 de la *Historia de la Literatura Latinoamericana,* Madrid, Planetá-De Agostini, 1985.

RODRÍGUEZ CASTELO, Hernán, *La literatura ecuatoriana, 1830-1980,* Quito, Gallo Capitán, 1980.

RODRÍGUEZ-LUIS, Julio, *Hermenéutica y praxis del indigenismo: la novela indigenista, de Clorinda Matto a José María Arguedas,* México, Fondo de Cultura Económica, 1980.

ROJAS, Ángel Felicísimo, *La novela ecuatoriana,* México, Fondo de Cultura Económica, 1948.

SACKETT, Theodore A., *El arte en la novelística de Jorge Icaza,* Quito, Casa de la Cultura Ecuatoriana, 1974.

—— «Metaliteratura e intertextualidad en la última ficción de Jorge Icaza», *Revista iberoamericana,* núms. 144-145, 1988, págs. 753-762.

SACOTO, Antonio, *The indian in the ecuadorian novel,* Nueva York, Las Américas, 1967.

VARELA JÁCOME, Benito, «El último testimonio novelístico de Jorge Icaza», en *Anales de literatura hispanoamericana,* núm. 7, 1978, págs. 305-329.

VETRANO, Anthony J., *La problemática psico-social y su correlación lingüística en las novelas de Jorge Icaza,* Miami, Ediciones Universal, 1974.

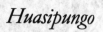

Huasipungo

Cubierta de la edición de *Huasipungo* de 1934.

Aquella mañana se presentó con enormes contradicciones para don Alfonso Pereira. Había dejado en estado irresoluto, al amparo del instinto y de la intuición de las mujeres —su esposa y su hija—, un problema que él lo llamaba de «honor en peligro». Como de costumbre en tales situaciones —de donde le era indispensable surgir inmaculado—, había salido dando un portazo y mascullando una veintena de maldiciones. Sus mejillas, de ordinario rubicundas y lustrosas —hartazgo de sol y aire de los valles de la sierra andina—, presentaban una palidez verdosa que, poco a poco, conforme la bilis fue diluyéndose en las sorpresas de la calle, recuperaron su color natural.

«No. Esto no puede quedar así. El poco cuidado de una muchacha, de una niña inocente de diecisiete años, engañada por un sinvergüenza, por un criminal, no debe deshonrarnos a todos. A todos... Yo, un caballero de la alta sociedad... Mi mujer, una matrona de las iglesias... Mi apellido...», pensó don Alfonso, mirando sin tomar en cuenta a las gentes que pasaban a su lado, que se topaban con él. Las ideas salvadoras, las que todo pueden ocultar y disfrazar hábil y honestamente, no acudían con prontitud a su cerebro. A su pobre cerebro. ¿Por qué? ¡Ah! Es que se quedaban estranguladas en sus puños, en su garganta.

—Carajo.

Coadyuvaban al mal humor del caballero los recuerdos de sus deudas —al tío Julio Pereira, al señor arzobispo, a los bancos, a la Tesorería Nacional por las rentas, por los predios, por la casa; al Municipio por...—. «Impuestos. Malditos impuestos. ¿Quién los cubre? ¿Quién los paga?

¿Quién...? ¡Mi dinero! Cinco mil... Ocho mil... Los intereses... No llegan los billetes con la facilidad necesaria. Nooo...», se dijo don Alfonso mientras cruzaba la calle, abstraído por aquel problema que era su fantasma burlón: «¿Surge el dinero de la nada? ¿Cae sobre los buenos como el maná del cielo? O...» La acometida de un automóvil de línea aerodinámica —costoso como una casa— y el escándalo del pito y el freno liquidaron sus preocupaciones. Al borde de esa pausa fría, sin orillas, que deja el susto de un peligro sorteado milagrosamente, don Alfonso Pereira notó que una mano amistosa le llamaba desde el interior del vehículo que estuvo a punto de borrarle de la página gris de la calzada con sus gomas. ¿Quién podía ser? ¿Tal vez una disculpa? ¿Tal vez una recomendación? El desconocido sacó entonces la cabeza por la ventanilla de su coche y ordenó con voz familiar:

—Ven. Sube.

Era la fatalidad, era el acreedor más fuerte, era el tío Julio. Tenía que obedecer, tenía que acercarse, tenía que sonreír.

—¿Cómo...? ¿Cómo está, tío?

—Casi te aplasto de una vez.

—No importa. De usted...

—Sube. Tenemos que hablar de cosas muy importantes.

—Encantado —concluyó don Alfonso trepando al automóvil con fingida alegría y sentándose luego junto a su poderoso pariente —gruesa figura de cejas pobladas, de cabellera entrecana, de ojos de mirar retador, de profundas arrugas, de labios secos, pálidos—, el cual tenía la costumbre de hablar en plural como si fuera miembro de alguna pandilla secreta o dependiente de almacén.

El argumento del diálogo de los dos caballeros cobró interés y franqueza sólo al amparo del despacho particular del viejo Pereira —un gabinete con puerta de cristales escarchados, con enorme escritorio agobiado por papeles y legajos, con ficheros de color verde aceituna por los rincones, con amplios divanes para degollar cómodamente a las víctimas de los múltiples tratos y contratos de la habilidad latifundista, con enorme óleo del Corazón de Jesús pintado por un tal señor Mideros[1], con viejo perchero de madera, anacrónico en aquel recinto de marcado lujo de línea moderna, y que, como era natural, servía para colgar chistes, bromas y sonrisas junto a los sombreros, a los abrigos y a los paraguas alicaídos.

—Pues sí... Mi querido sobrino.

—Sí.

—Hace tres semanas...

«Que se cumplió el plazo de uno de los pagarés... El más gordo...», concluyó mentalmente don Alfonso Pereira, presa de un escalofrío de angustia y desorientación. Pero el viejo, sin el gesto adusto de otras veces, con una chispa de esperanza en los ojos, continuó:

—Más de veinte días. Tienes diez mil sucres[2] en descubierto. No he querido ejecutarte, porque...

—Por...

—Bueno. Porque tenemos entre manos un proyecto que nos hará millonarios a todos.

—Ji... Ji... Ji...

—Sí, hombre. Debes saber que hemos ido en viaje de exploración a tu hacienda, a Cuchitambo.

—¿De exploración?

—Da pena ver lo abandonado que está eso.

—Mis ocupaciones aquí...

—¡Aquí! Es hora de que pienses seriamente —murmuró el viejo en tono de consejo paternal.

—¡Ah!

—Quizá mis indicaciones y las de míster Chapy pudieran salvarte.

—¿Míster Chapy?

—El gerente de la explotación de la madera en el Ecuador. Un caballero de grandes recursos, de extraordinarias posibilidades, de millonarias concesiones en el ex-

---

[1] *Víctor Mideros* (1888-1969): pintor ecuatoriano de gran éxito en los años treinta y cuarenta, en especial con cuadros de pretensiones simbólicas e inspiración bíblica.

[2] *Sucre:* unidad monetaria del Ecuador.

tranjero. Un gringo de esos que mueven el mundo con un dedo.

—Un gringo —repitió, deslumbrado de sorpresa y esperanza, don Alfonso Pereira.

—En el recorrido que hicimos con él por tus propiedades, metiéndonos un poco en los bosques, hallamos excelentes maderas: arrayán, motilón, canela negra, huilmo, panza[3].

—¡Ah!

—Podemos abastecer de durmientes a todos los ferrocarriles de la República. Y también exportar.

—¿Exportar?

—Comprendo tu asombro. Pero eso no debe ser lo principal. No. Creo que el gringo ha olido petróleo por ese lado. Hace un mes, poco más o menos, *El Día* comentaba una noticia muy importante acerca de lo ricos en petróleo que son los terrenos de la cordillera oriental. Los parangonaba con los de Bakú. No sé dónde queda eso. Pero así decía el periódico.

Don Alfonso, a pesar de hallarse un poco desconcertado, meneó la cabeza afirmativamente como si estuviera enterado del asunto.

—Es muy halagador para nosotros. Especialmente para ti. Míster Chapy ofrece traer maquinaria que ni tú ni yo podríamos adquirirla. Pero con toda razón, y en eso estoy con él, no hará nada, absolutamente nada, sin antes no estar seguro y constatar las mejoras indispensables que requiere tu hacienda, punto estratégico y principal de la región.

—¡Ah! Entonces... ¿Tendré que hacer mejoras?

—¡Claro! Un carretero para automóvil.

—¿Un carretero?

—La parte pantanosa de tu hacienda y del pueblo. No es mucho.

—Varios kilómetros.

---

[3] *Motilón, huilmo, panza:* árboles maderables muy apreciados en ebanistaría.

—¡Los inconvenientes! ¡Los obstáculos de siempre! —chilló el viejo poniendo cara de pocos amigos.

—No. No es eso.

—También exige unas cuantas cosas que me parecen de menor importancia, más fáciles. La compra de los bosques de Filocorrales y Guamaní. ¡Ah! Y limpiar de huasipungos las orillas del río. Sin duda para construir casas de habitación para ellos.

—¿De un momento a otro? —murmuró don Alfonso acosado por los mil problemas que tendría que resolver en el futuro. Él, que como auténtico «patrón grande, su mercé»[4], siempre dejó que las cosas aparezcan y lleguen a su poder por obra y gracia de Taita[5] Dios.

—No exige plazo. El que sea necesario.

—¿Y el dinero para...?

—Yo. Yo te ayudaré. Haremos una sociedad. Una pequeña sociedad.

Aquello era más convincente, más protector para el despreocupado latifundista, el cual, con mueca de sonrisa nerviosa, se atrevió a interrogar:

—¿Usted?

—Sí, hombre. Te parece difícil un trabajo de esta naturaleza porque has estado acostumbrado a recibir lo que buenamente te mandan tus administradores o tus huasicamas[6]. Una miseria.

—Eso...

—Las consecuencias no se han dejado esperar. Tu fortuna se va al suelo. Estás casi en quiebra.

Sin hallar el refugio que le libre de la mirada del buen tío, don Alfonso Pereira se contentó con mover los brazos en actitud de hombre acosado por adverso destino.

—No. Así, no. Debes entender que no estamos en el momento de los gestos de cobardía y desconsuelo.

---

[4] *«Patrón grande, su mercé»:* tratamiento de respeto que los indios dan al gamonal o hacendado.

[5] *Taita:* padre.

[6] *Huasicama:* indio cuidador de la casa del amo. Como otras palabras de origen quechua que se inician con diptongo, se escribe también y se pronuncia normalmente con *g* (*guasicama*).

—Pero usted cree que será necesario que yo mismo vaya y haga las cosas.

—Entonces, ¿quién? ¿Las almas benditas?

—¡Oh! Y con los indios, que no sirven para nada.

—Hay muchos recursos en el campo, en los pueblos. Tú los conoces muy bien.

—Sí. No hay que olvidar que las gentes son fregadas[7], ociosas, llenas de supersticiones y desconfianza.

—Eso podríamos aprovechar.

—Además... Lo de los huasipungos...

—¿Qué?

—Los indios se aferran con amor ciego y morboso a ese pedazo de tierra que se les presta por el trabajo que dan a la hacienda. Es más: en medio de su ignorancia lo creen de su propiedad. Usted sabe. Allí levantan la choza, hacen sus pequeños cultivos, crían a sus animales.

—Sentimentalismos. Debemos vencer todas las dificultades por duras que sean. Los indios... ¿Qué? ¿Qué nos importan los indios? Mejor dicho... Deben... Deben importarnos... Claro... Ellos pueden ser un factor importantísimo en la empresa. Los brazos... El trabajo...

Las preguntas que habitualmente espiaban por la rendija del inconsciente de Pereira el menor —«¿surge el dinero de la nada? ¿Cae sobre los buenos como el maná del cielo? ¿De dónde sale la plata para pagar los impuestos?»—, se escurrieron tomando forma de evidencia, de...

—Sí. Es verdad. Pero Cuchitambo tiene pocos indios como para una cosa tan grande.

—Con el dinero que nosotros te suministremos podrás comprar los bosques de Filocorrales y Guamaní. Con los bosques quedarán los indios. Toda propiedad rural se compra o se vende con sus peones.

—En efecto.

—Centenares de runas[8] que bien pueden servirte para abrir el carretero. ¿Qué me dices ahora?

---

[7] *Fregado:* enredado, fastidioso.

[8] *Runa* (*hombre* en quechua): indio. Blancos y mestizos lo utilizan con sentido despectivo.

—Nada.

—¿Cómo nada?

—Quiero decir que en principio...

—Y en definitiva también. De lo contrario... —concluyó el viejo blandiendo como arma cortante y asesina unos papeles que sin duda eran los pagarés y las letras vencidas del sobrino.

—Sí. Bueno...

Al salir del despacho del tío, don Alfonso Pereira sintió un sabor amargo en la boca, un sabor de furia reprimida, de ganas de maldecir, de matar. Mas, a medida que avanzaba por la calle y recordaba que en su hogar había dejado problemas irresolutos, vergonzosos, toda su desesperación por el asunto de Cuchitambo se le desinfló poco a poco. Sí, se le escapaba por el orificio de su honor manchado. La ingenuidad y la pasión de la hija inexperta en engaños de amor tenían la culpa. «Tonta. Mi deber de padre. Jamás consentiría que se case con un cholo[9]. Cholo por los cuatro costados del alma y del cuerpo. Además... El desgraciado ha desaparecido. Carajo... De apellido Cumba... El tío Julio tiene razón, mucha razón. Debo meterme en la gran empresa de... Los gringos. Buena gente. ¡Oh! Siempre nos salvan mismo[10]. Me darán dinero. El dinero es lo principal. Y... Claro... ¿Cómo no vi antes? Soy un pendejo. Sepultaré en la hacienda la vergüenza de la pobre muchacha. Donde le agarre al indio bandido... Mi mujer todavía puede... Puede hacer creer... ¿Por qué no? ¿Y Santa Ana?[11]. ¿Y las familias que conocemos? Uuu...», se dijo con emoción y misterio de novela romántica. Luego apuró el paso.

---

[9] *Cholo:* mestizo de indio y blanco. Con frecuencia se usa con valor despectivo.

[10] *Mismo:* en el español de la sierra ecuatoriana es un adverbio sin significado preciso, usado como refuerzo de otro elemento gramatical.

[11] *Santa Ana:* según los Evangelios Apócrifos, concibió a la Virgen María tras veinte años de matrimonio con San Joaquín y cuando ya temían quedar sin descendencia.

En pocas semanas don Alfonso Pereira, acosado por las circunstancias, arregló cuentas y firmó papeles con el tío y míster Chapy. Y una mañana de los últimos días de abril salió de Quito con su familia —esposa e hija—. Ni los parientes, ni los amigos, ni las beatas de la buena sociedad capitalina se atrevieron a dudar del motivo económico, puramente económico, que obligaba a tan distinguidos personajes a dejar la ciudad. El ferrocarril del Sur —tren de vía angosta, penacho de humo nauseabundo, lluvia de chispas de fuego, pito de queja lastimera, cansada— les llevó hasta una pequeña estación perdida en la cordillera, donde esperaban indios y caballos.

Al entrar por un chaquiñán[12] que bordeaba el abismo del lecho de un río, empezó a garuar fuerte, ligero. Tan fuerte y tan ligero que a los pocos minutos el lujo de las damas —cintura de avispa, encajes alechugados, velos sobre la cara, amplias faldas, botas de cordón— se chorreó[13] en forma lamentable, cómica. Entonces don Alfonso mandó a los indios que hacían cola agobiados bajo el peso de los equipajes:

—Saquen de la bolsa grande los ponchos de agua y los sombreros de paja para las niñas.

—Arí[14]. Arí, patrón, su mercé —respondieron los peones mientras cumplían con diligencia nerviosa la orden.

Y la caravana, blindados los patrones contra la lluvia —sombrero alón de hombre, impermeable oscuro, brilloso—, siguió trepando el cerro por más de una hora. Al llegar a un cruce del camino —vegetación enana de paja y frailejones[15] extendida hacia un sombrío horizonte—,

---

[12] *Chaquiñán:* sendero.
[13] *Chorrearse:* empaparse.
[14] *Arí:* sí.
[15] *Frailejón:* arbusto de hojas fibrosas y flor semejante a la del girasol. Produce una resina muy apreciada.

con voz entrecortada por el frío, don Alfonso anunció a las mujeres que iban tras él:

—Empieza el páramo[16]. La papacara[17]... Ojalá pase pronto... ¿No quieren un traguito?

—No. Sigamos no más[18] —contestó la madre de familia con gesto de marcado mal humor. Mal humor que en los viajes a caballo se siente subir desde las nalgas.

—¿Y tú?

—Estoy bien, papá.

«Bien... Bien jodida...», comentó una voz sarcástica en la intimidad inconforme del padre.

Desde ese momento la marcha se volvió lenta, pesada, insufrible. El páramo, con su flagelo persistente de viento y agua, con su soledad que acobarda y oprime, impuso silencio. Un silencio de aliento de neblina en los labios, en la nariz. Un silencio que se trizaba levemente bajo los cascos de las bestias, bajo los pies deformes de los indios —talones partidos, plantas callosas, dedos hinchados.

Casi al final de la ladera la caravana tuvo que hacer un alto imprevisto. El caballo delantero del «patrón grande, su mercé», olfateó en el suelo, paró[19] las orejas con nerviosa inquietud y retrocedió unos pasos sin obedecer las espuelas que le desgarraban.

—¿Qué quiere, carajo? —murmuró don Alfonso mirando al suelo al parecer inofensivo.

—¿Qué...? ¿Qué...? —interrogaron en coro las mujeres.

—Se estacó[20] este pendejo. No sé... Vio algo... Mañoso[21]... ¡José, Juan, Andrés y los que sean! —concluyó a gritos el amo. Necesitaba que sus peones le expliquen.

—Amituuu[22]... —respondió alguien, y, de inmediato,

---

[16] *Páramo:* terreno yermo, raso y frío del altiplano.

[17] *Papacara:* aguanieve, llovizna helada.

[18] *No más:* adverbio enfático, sin significado preciso. A veces equivale a *solamente*.

[19] *Parar:* levantar.

[20] *Estacarse:* quedarse clavado, inmóvil.

[21] *Mañoso:* resabiado.

[22] *Amitu:* la influencia del quichua ecuatoriano, que suele contar sólo con las vocales *a, i, u,* justifica la abundante confusión *o/u* y la rara *e/i* que

surgió en torno del problema de don Alfonso un grupo de indios.

—No quiere avanzar —dijo en tono de denuncia el inexperto jinete mientras castigaba a la bestia.

—Espere no más, taiticu, patroncitu —murmuró el más joven y despierto de los peones.

De buena gana Pereira hubiera respondido negativamente, lanzándose a la carrera por esa ruta incierta, sin huellas sobre la hierba húmeda, velada por la neblina, enloquecida y quejosa por un pulso afiebrado de sapos y alimañas, pero el maldito caballo, las mujeres, la inexperiencia —pocas veces visitó su hacienda, en verano, con buen sol, con tierra seca— y los indios, que después de hacer una inspección le informaron de lo peligroso de seguir adelante sin un guía que sortee los hoyos de la tembladera[23] lodosa, agravada por las últimas tempestades, le serenaron.

—Bien. ¿Quién va primero?

—El Andrés. Él sabe. Él conoce, pes[24], patroncitu.

—Entonces... Vamos.

—No así. El animal mete no más la pata y juera[25]. Nosotrus hemus de cargar.

—¡Ah! Comprendo.

—Arí, taiticu.

—A ver tú, José, como el más fuerte, puedes encargarte de ña[26] Blanquita.

Ña Blanquita de Pereira, madre de la distinguida familia, era un jamón que pesaba lo menos ciento sesenta libras. Don Alfonso continuó:

---

en *Huasipungo* ofrece el lenguaje de los indios. También es característico el uso muy frecuente de diminutivos, incluso con adverbios (*despuesitu*) o interjecciones (*achachaycitu*). A veces se combinan los sufijos *-ito* e *-ico* para formar un doble diminutivo *-itico* (*ahoritica*) o *-iquito* (*taitiquitu*).

[23] *Tembladera:* terreno pantanoso.

[24] *Pes:* pues.

[25] *Juera:* el quichua carece de *f,* frecuentemente sustituida por *j* en el español de los indios. *Huasipungo* ofrece otros ejemplos de ese uso.

[26] *Ña:* aféresis de *niña,* tratamiento respetuoso que los indios y cholos dan a las mujeres blancas, sin especificación de edad.

—El Andrés, que tiene que ir adelante, para mí; el Juan, para Lolita. Los otros que se hagan cargo de las maletas.

Después de limpiarse en el revés de la manga de la cotona[27] el rostro escarchado por el sudor y por la garúa, después de arrollarse los anchos calzones de liencillo hasta las ingles, después de sacarse el poncho y doblarlo en doblez de pañuelo de apache, los indios nombrados por el amo presentaron humildemente sus espaldas para que los miembros de la familia Pereira pasen de las bestias a ellos.

Con todo el cuidado que requerían aquellas preciosas cargas, los tres peones entraron en la tembladera lodosa:

—Chal... Chal... Chal...

Andrés, agobiado por don Alfonso, iba adelante. No era una marcha. Era un tantear instintivo con los pies el peligro. Era un hundirse y elevarse lentamente en el lodo. Era un ruido armónico en la orquesta de los sapos y las alimañas:

—Chaaal... Chaaal... Chaaal...

Y era a la vez el temor de un descuido lo que imponía silencio, lo que agravaba la tristeza del paraje, lo que helaba al viento, lo que enturbiaba a la neblina, lo que imprimía en la respiración de hombres y caballos un tono de queja:

—Uuuy... Uuuy... Uuuy...

Largo y apretado aburrimiento que arrastró a don Alfonso hasta un monólogo de dislocadas intimidades: «Dicen que la mueca de los que mueren en el páramo es una mueca de risa. Soroche[28]. Sorochitooo... Cuánta razón tienen los gringos al exigirme un camino. Pero ser yo... Yo mismo el elegido para semejante cosa... Paciencia... Qué paciencia ni qué pendejada... Esto es el infierno al frío... Ellos saben... Y el que sabe, sabe... ¿Para qué? Gen-

---

[27] *Cotona:* camisa de algodón que usan los campesinos.
[28] *Soroche:* mal de la altura, opresión o angustia producida por la rarefacción del aire.

te acostumbrada a una vida mejor. Vienen a educarnos. Nos traen el progreso a manos llenas, llenitas. Nos... Ji... Ji... Ji... Mi padre. Barbas, levita y paraguas en la ciudad. Zamarros[29], poncho y sombrero de paja en el campo... En vez de ser cruel con los runas, en vez de marcarles en la frente o en el pecho con el hierro al rojo como a las reses de la hacienda para que no se pierdan, debía haber organizado con ellos grande mingas[30]... Me hubiera evitado este viajecito jodido. Jodidooo... En esa época el único que tuvo narices prácticas fue el Presidente García Moreno[31]. Supo aprovechar la energía de los delincuentes y de los indios en la construcción de la carretera a Riobamba. Todo a fuerza de fuete[32]... ¡Ah! El fuete que curaba el soroche al pasar los páramos del Chimborazo, que levantaba a los caídos, que domaba a los rebeldes. El fuete progresista. Hombre inmaculado, hombre grande». Fue tan profunda la emoción de don Alfonso al evocar aquella figura histórica que saltó con gozo inconsciente sobre las espaldas del indio. Andrés, ante aquella maniobra inesperada de estúpida violencia, perdió el equilibrio y defendió la caída de su preciosa carga metiendo los brazos en la tembladera hasta los codos.

—¡Carajo! ¡Pendejo! —protestó el jinete agarrándose con ambas manos de la cabellera cerdosa del indio.

—¡Aaay! —chillaron las mujeres.

Pero don Alfonso no cayó. Se sostuvo milagrosamente aferrándose con las rodillas y hundiendo las espuelas en el cuerpo del hombre que había tratado de jugarle una mala pasada.

---

[29] *Zamarros:* calzones de cuero.

[30] *Minga:* trabajo colectivo. La cooperación en la cosecha y otros trabajos se supone de origen prehispánico. La persona favorecida (el *mingado*) retribuía a los concurrentes con comida y bebida abundantes, en una ambiente festivo. Tras la colonización, la minga se convirtió en una posibilidad de aprovechar la capacidad de trabajo de los indios.

[31] *Gabriel García Moreno* (1821-1875): con apoyo del clero y de los elementos conservadores, ocupó la presidencia del Ecuador de 1861 a 1865, y de 1869 a 1875. Murió asesinado.

[32] *Fuete:* látigo, azote.

—Patroncitu... Taitiquitu... —murmuró Andrés en tono que parecía buscar perdón a su falta mientras se enderezaba chorreando lodo y espanto.

Después de breves comentarios la pequeña caravana siguió la marcha. Ante lo riesgoso y monótono del camino, doña Blanca pensó en la Virgen de Pompeya, su vieja devoción. Era un milagro avanzar sobre ese océano de lodo. «Un milagro palpablito... Un milagro increíble», pensó más de una vez la inexperta señora sin apartar de su imaginación la pompa litúrgica de la fiesta que sin duda alguna harían a la Virgen sus amigas cuatro semanas después. No obstante, ella, doña Blanca Chanique de Pereira, estaría ausente. Ausentes sus pieles, sus anillos, sus collares, sus encajes, su generosidad, su cuerpo de inquietas y amorosas urgencias, a pesar de los años. De los años... Eso... Eso procuraba aplacarlo después de la cosa social, de la cosa pública. Sí. Cuando se hallaban apagadas todas las luces del templo —discreta penumbra por los rincones de las naves—, en silencio el órgano del coro; cuando parecía que chorreaba de los racimos y de las espigas eucarísticas —adorno y gloria de las columnas salomónicas de los altares— un tufillo a incienso, a rosas marchitas, a afeites de beata, a sudor de indio; cuando el alma —su pobre alma de esposa honorable poco atendida por el marido— se sentía arrastrada por un deseo de confidencias, por un rubor diabólico y místico a la vez, impulsos que le obligaban a esperar en el umbral de la sacristía el consejo cariñoso del padre Uzcátegui, su confesor. Así... Así por lo menos...

—¿Vas bien, hijita? —interrogó doña Blanca tratando de ahuyentar sus recuerdos.

—Sí. Es cuestión de acomodarse —respondió la muchacha, a quien el olor que despedía el indio al cual se aferraba para no caer le gustaba por sentirlo parecido al de su seductor. «Menos hediondo y más cálido que el de... Cuando sus manos avanzaban sobre la intimidad de mi cuerpo. ¡Desgraciado! Si él hubiera querido. ¡Cobarde! Huir, dejarme sola en semejante situación. Fui una estúpida. Yo... Yo soy la única responsable. Era incapaz de

protestar bajo sus caricias, bajo sus besos, bajo sus mentiras... Yo también...», se repetía una y otra vez la joven con
obsesión que le impermeabilizaba, librándola del frío, del
viento, de la neblina.

En la mente de los indios —los que cuidaban los caballos, los que cargaban el equipaje, los que iban agobiados
por el peso de los patrones—, en cambio, sólo se hilvana-
ban y deshilvanaban ansias de necesidades inmediatas:
que no se acabe el maíz tostado o la mashca[33] del cucayo[34], que pase pronto la neblina para ver el fin de la tembladera, que sean breves las horas para volver a la choza,
que todo en el huasipungo permanezca sin lamentar cala-
midades —los guaguas[35], la mujer, los taitas, los cuyes[36],
las gallinas, los cerdos, los sembrados—, que los amos
que llegan no impongan órdenes dolorosas e imposibles
de cumplir, que el agua, que la tierra, que el poncho, que
la cotona... Sólo Andrés, sobre el fondo de todas aquellas
inquietudes, como guía responsable, rememoraba las en-
señanzas del taita Chiliquinga: «No hay que pisar donde
la chamba[37] está suelta, donde el agua es clara... No hay
que levantar el pie sino cuando el otro está bien firme...
La punta primero para que los dedos avisen... Despacito
no más... Despacito...»

Atardecía cuando la cabalgata entró en el pueblo de
Tomachi. El invierno, los vientos del páramo de las laderas cercanas, la miseria y la indolencia de las gentes, la
sombra de las altas cumbres que acorralan, han hecho de

---

[33] *Mashca:* máchica, harina de cebada.
[34] *Cucayo:* conjunto de alimentos que el campesino lleva en los viajes o
al trabajo.
[35] *Guagua:* niño pequeño.
[36] *Cuy:* cobaya, conejillo de Indias.
[37] *Chamba:* hierbas y raíces enredadas en barro.

aquel lugar un nido de lodo, de basura, de tristeza, de actitud acurrucada y defensiva. Se acurrucan las chozas a lo largo de la única vía fangosa; se acurrucan los pequeños a la puerta de las viviendas a jugar con el barro podrido o a masticar[38] el calofrío de un viejo paludismo; se acurrucan las mujeres junto al fogón, tarde y mañana a hervir la mazamorra[39] de mashca o el locro[40] de cuchipapa[41]; se acurrucan los hombres, de seis a seis, sobre el trabajo de la chacra[42], de la montaña, del páramo, o se pierden por los caminos tras de las mulas que llevan cargas a los pueblos vecinos; se acurruca el murmullo del agua de la acequia tatuada a lo largo de la calle, de la acequia de agua turbia donde sacian la sed los animales de los huasipungos vecinos, donde los cerdos hacen camas de lodo para refrescar sus ardores, donde los niños se ponen en cuatro para beber, donde se orinan los borrachos.

A esas horas, por la garganta que mira al valle, corría un viento helado, un viento de atardecer de estación lluviosa, un viento que barría el penacho de humo de las chozas que se alcanzaban a distinguir esparcidas por las laderas.

Miraron los viajeros con sonrisa de esperanza a la primera casa del pueblo —una construcción pequeña, de techo de paja, de corredor abierto al camino, de paredes de tapia sin enlucir, de puertas renegridas, huérfana de ventanas.

—Está cerrada —observó el amo en tono de reproche, como si alguien debía esperarle en ella.

—Arriero es, pes, don Braulio, patroncitu —informó uno de los indios.

---

[38] *Masticar:* dar diente con diente.

[39] *Mazamorra:* denominación que se da a diferentes comidas en distintos lugares de Hispanoamérica. Aquí debe tratarse de una simple papilla a base de harina de cebada.

[40] *Locro:* también con este vocablo se designan distintos platos, con ingredientes variados. En la sierra ecuatoriana suele tratarse de un guiso de patatas.

[41] *Cuchipapa:* variedad de patata con que suele alimentarse a los cerdos.

[42] *Chacra:* tierra de labor, pequeña propiedad rural.

—Arriero —repitió don Alfonso pensando a la vez: «¿Por qué este hombre no tiene que ver conmigo? ¿Por qué? Todos en este pueblo están amarrados por cualquier circunstancia a la hacienda. A mi hacienda, carajo. Así decía mi padre...»

En el corredor de aquella casucha que parecía abandonada hace mucho tiempo —tal era el silencio, tal la vejez y tal la soledad—, sólo dos cerdos negros hozaban en el piso de tierra no muy húmeda para agrandar sin duda el hueco de su cama. Más allá, en la calle misma, unos perros esqueléticos —el acordeón de sus costillares semidesplegado— se disputaban un hueso de mortecina[43] que debe haber rodado por todo el pueblo.

Cerca de la plaza un olor a leña tierna de eucalipto y boñiga seca —aliento de animal enfermo e indefenso—, que despedían las sórdidas viviendas distribuidas en dos hileras —podrida, escasa y desigual dentadura de vieja bruja—, envolvió a los viajeros brindándoles una rara confianza de protección. Del corredor de uno de esos chozones, donde colgaba de una cuerda el cadáver despellejado y destripado de un borrego, salió un hombre —chagra[44] de poncho, alpargatas e ingenua curiosidad en la mirada— y murmuró en tono peculiar de campesino:

—Buenas tardes, patrones.

—Buenas tardes. ¿Quién eres? ¿Cómo te llamas? —interrogó en respuesta don Alfonso.

—El Calupiña, pes.

—¡Ah! Sí. ¿Y cómo te va?

—Sin querer morir. ¿Y su mercé?

—Pasando más o menos.

La caravana de amos e indios pasó sin dar mayor importancia a las palabras del cholo, el cual, después de arrojar en una cesta las vísceras del borrego que tenía en las manos, se quedó alelado mirando cómo se alejaban las

---

[43] *Mortecina:* se dice del animal muerto naturalmente, y de su carne.
[44] *Chagra:* campesino, aldeano, paleto.

poderosas figuras de la familia Pereira. También la chola de la vivienda que lindaba con la de Calupiña —vieja, flaca y sebosa—, a quien llamaban «mama Miche de los guaguas» por sus numerosos críos sin padre conocido, espió con curiosidad y temor casi infantiles a los señores de Cuchitambo, bien atrincherada tras una enorme batea repleta de fritada con tostado[45] de manteca. Más abajo, frente a un chozón de amplias proporciones y menos triste que los otros, dos muchachas —cholitas casaderas de alpargatas y follones[46]— gritaban en medio de la calle con escándalo de carishinería[47] propia de la edad. Eran las hijas del viejo Melchor Espíndola. La menor —más repollada y prieta— sacudíase algo que se le aferraba como un moño a la cabeza.

—¡Ay...! ¡Ay...! ¡Ay...!

—¡Esperaaa, pes! ¡Esperaaa...! —chillaba la otra tratando de dominar a su hermana como a un niño emperrado, hasta que, con violencia de coraje y juego a la vez, logró de un manotazo arrancar el inoportuno añadido de la cabellera de la moza más alharaquienta. Una araña negra, negrísima, de gruesas patas aterciopeladas, huyó veloz por un hueco de una cerca de cabuyas[48].

El susto de las mozas carishinas[49] se evaporó rápidamente en la sorpresa de ver a gentes de la capital —el olor, los vestidos, los adornos, los afeites.

—Buenas tardes —dijo la una.

—Buenas tardes, patrona —rectificó la otra.

—Buenas tardes, hijitas —respondió doña Blanca poniendo una cara de víctima, mientras don Alfonso miraba a las mozas con sonrisa taimada de sátiro en acecho.

Frente a una tienda de gradas en el umbral y penumbra

---

[45] *Tostado:* maíz tostado.

[46] *Follón:* falda, enagua.

[47] *Carishinería:* desvergüenza.

[48] *Cabuya:* planta americana. Su fibra servía a los indios para hacer las *ojotas* o albarcas que calzaban.

[49] *Carishina:* descarada, desvergonzada.

que logra disimular la miseria y la mala calidad de las mercaderías que se exhiben, se agrupaba una recua de mulas. Era el negocio de taita Timoteo Peña —aguardiente bien hidratado para que no haga daño, pan y velas de sebo de fabricación casera, harinas de maíz, de cebada, de trigo, sal, raspaduras[50] y una que otra medicina—, donde los arrieros solían tomarse sus copitas y dejar las noticias recogidas por los caminos.

En la puerta del local del telégrafo el telegrafista, un cholo menudo, nervioso y un poco afeminado, ejercitaba en la vihuela un pasillo[51] de principios de siglo.

Hacia el fin de la calle, en una plaza enorme y deshabitada, la iglesia apoya la vejez de sus paredones en largos puntales —es un cojo venerable que pudo escapar del hospital del tiempo andando en muletas—. Lo vetusto y arrugado de la fachada contrasta con el oro del altar mayor y con las joyas, adornos y vestidos de la Virgen de la Cuchara, patrona del pueblo, a los pies de la cual indios y chagras, acoquinados por ancestrales temores y por duras experiencias de la realidad, se han desprendido diariamente de sus ahorros para que la Santísima y Milagrosa se compre y luzca atavíos de etiqueta celestial.

Del curato —única casa de techo de teja—, luciendo parte de las joyas que la Virgen de la Cuchara tiene la bondad de prestarle, sale en ese instante la concubina del señor cura —pomposos senos y caderas, receloso mirar, gruesas facciones—, alias «la sobrina» —equipaje que trajo el santo sacerdote desde la capital—, con una canasta llena de basura; echó los desperdicios en la acequia de la calle y se quedó alelada mirando a la cabalgata de la ilustre familia.

---

[50] *Raspadura:* miel de caña solidificada, sin purificar, que los campesinos usan en lugar de azúcar.

[51] *Pasillo:* composición musical alegre y bailable.

La esperanza de un descanso bien ganado despertó una rara felicidad en los viajeros a la vista de la casa de la hacienda y sus corrales y galpones[52] —mancha blanca en el verde oscuro de la ladera—. De la casa de la hacienda que se erguía como una fortaleza en medio de un ejército diseminado de chozas pardas.

Cuando el mayordomo se halló frente a los patrones detuvo a raya su mula —complemento indispensable de su figura, de su personalidad, de su machismo rumboso, de sus malos olores a boñiga y cuero podrido— obligándola a sentarse sobre sus patas traseras en alarde de eficacia y de bravuconería cholas. Y con hablar precipitado —tufillo a peras descompuestas por viejo chuchaqui[53] de aguardiente puro y chicha[54] agria—, saludó:

—Buenas tardes nos dé Dios, patroncitos.

Luego se quitó el sombrero, dejando al descubierto una cabellera cerdosa que le caía en mechones pegajosos de sudor sobre la frente.

—Buenas tardes, Policarpio.

—Me muero. Semejante lluvia, toditico el día. ¿Qué es, pes? ¿Qué pasó, pes? ¿La niña chiquita también viene?

Sin responder a la pregunta inoportuna del cholo, don Alfonso indagó de inmediato sobre la conducta de los indios, sobre las posibilidades de adquirir los bosques, sobre los sembrados, sobre las mingas...

—Traigo grandes planes. El porvenir de mis hijos así lo exige —concluyó el amo.

«Uuu... Cambiado viene. ¿Cuándo, pes, preocuparse de nada? Ahora verán no más lo que pasa... Los indios, los sembrados, los bosques. ¿Para qué, pes? Y sus hijos... Dice sus hijos... Una hija no más tiene. La ña Lolita. ¿A

---

[52] *Galpón:* cobertizo.
[53] *Chuchaqui:* resaca, malestar que deja la borrachera.
[54] *Chicha:* bebida alcohólica, por lo común obtenida de la fermentación del maíz.

qué hijos se referirá? Tal vez la ña grande esté embaraza-
da. Síii... Gordita parece», pensó el cholo Policarpio, des-
confiando de la cordura del patrón. Nunca antes le había
hecho esas preguntas; nunca antes había demostrado tanto interés por las cosas de la hacienda.

La vieja construcción campesina de Cuchitambo recibió a los viajeros con su patio empedrado, con su olor a
hierba podrida y boñiga seca, con las manifestaciones
epilépticas[55] de los perros, con el murmullo bisbiseante
de la charla quichua de las indias servicias[56], con el mugir
de las vacas y los terneros, con el amplio corredor de pilares rústicos adornados con cabezas disecadas de venados
en forma de capitel —perchero de monturas, frenos,
huascas[57], sogas, trapos—, con el redil pegado a la culata
del edificio y del cual le separaba un vallado de palos carcomidos y alambres mohosos —encierro de ovejas y terneros—, y, sobre todo, con su perfume a viejos recuerdos
—de holgura unos, de crueldad otros, de poder absoluto
sobre la indiada los más.

Después de dejar todo arreglado en la casa de los patrones, los indios que sirvieron de guía y bestias de carga a la
caravana se desparramaron por el campo —metiéndose
por los chaquiñanes más difíciles, por los senderos más
tortuosos—. Iban en busca de su huasipungo.

Andrés Chiliquinga, en vez de tomar la ruta que le podía llevar a la choza de sus viejos —el taita murió de cólico hace algunos años, la madre vive con tres hijos menores y un compadre que aparece y desaparece por tempora-
das—, se perdió por el bosque. Desde hace dos años,
poco más o menos, que el indio Chiliquinga transita por
esos parajes, fabricándose con su desconfianza, con sus
sospechas, con sus miradas de soslayo y con lo mas oculto
y sombrío del chaparral[58] grande una bóveda secreta para

---

[55] *Epilépticas:* histéricas, nerviosas.
[56] *Servicia:* india que prestaba servicios domésticos en la casa del amo,
en la ciudad o en la hacienda.
[57] *Huasca:* lazo o soga de pellejo de res.
[58] *Chaparral:* bosque de chaparros, árboles silvestres de poca altura,
propios de regiones áridas.

llegar a la choza donde le espera el amor de su Cunshi, donde le espera el guagua, donde podrá devorar en paz la mazamorra. Sí. Va para dos años de aquello. Burló la vigilancia del mayordomo, desobedeció los anatemas del taita curita para amañarse[59] con la longa[60] que le tenía embrujado, que olía a su gusto, que cuando se acercaba a ella la sangre le ardía en las venas con dulce coraje, que cuando le hablaba todo era distinto en su torno —menos cruel el trabajo, menos dura la naturaleza, menos injusta la vida—. Ellos, el mayordomo y el cura, pretendieron casarle con una longa de Filocorrales para ensanchar así los huasipungueros del amo. ¡Ah! Mas él les hizo pendejos[61] y se unió a su Cunshi en una choza que pudo levantar en el filo de la quebrada mayor. Después... Todos tuvieron que hacerse de la vista gorda. Pero el amo... El amo, que había llegado intempestivamente. ¿Qué dirá? ¿Quéee? El miedo y la sospecha de los primeros días de su amaño volvieron a torturarle. Oyó una vez más las palabras del santo sacerdote: «Salvajes. No quieren ir por el camino de Dios. De Taita Diosito, brutos. Tendrán el infierno». En esos momentos el infierno era para él una poblada[62] enorme de indios. No había blancos, ni curas, ni mayordomos, ni tenientes políticos[63]. A pesar del fuego, de las alimañas monstruosas, de los tormentos que observó de muchacho en uno de los cuadros del templo, la ausencia de los personajes anotados le tranquilizó mucho. Y al llegar a la choza —apretada la inquietud en el alma— Andrés Chiliquinga llamó:

—¡Cunshiii!

Ella no estaba en la penumbra del tugurio. El grito —angustia y coraje a la vez— despertó al guagua, que dormía en un rincón envuelto en sucias bayetas.

---

[59] *Amañarse, amaño:* convivir maritalmente sin cumplir trámites legales o religiosos.
[60] *Longo:* indio joven.
[61] *Hacer pendejo:* burlar a alguien.
[62] *Poblada:* muchedumbre.
[63] *Teniente político:* máxima autoridad civil de las aldeas.

—¡Cunshiii!

Desde los chaparros, muy cerca del huasipungo —donde la india, aprovechando la última luz de la tarde, recogía ramas secas para el fogón—, surgió una voz débil, asustada:

—Aaah.

—¿Dónde estáis, pes?

—Recugiendu leña.

—¿Recugiendu leña, caraju? Aquí ca[64] el guagua shurandu[65], shurandu... —murmuró el indio en tono de amenaza. No sabía si enternecerse o encolerizarse. Su hembra —amparo en el recuerdo, calor de ricurishca[66] en el jergón—, estaba allí, no le había pasado nada, no le había engañado, no había sido atropellada. Y a pesar de que la disculpa era real, a pesar de que todo estaba a la vista, las morbosas inquietudes que él arrastraba —afán de defender a mordiscos y puñetazos irrefrenables su amor— le obligaron a gritar:

—¡Mentirosa!

—Mentiro...

De un salto felino él se apoderó de la longa por los cabellos. Ella soltó la leña que había recogido y se acurrucó bajo unos cabuyos como gallina que espera al gallo. Si alguien hubiera pretendido defenderla, ella se encararía de inmediato al defensor para advertirle, furiosa: «Entrometidu. Deja que pegue, que mate, que haga pedazus; para esu es maridu, para esu es cari[67] propiu...»

Después de sacudirla y estropearla, Andrés Chiliquinga, respirando con fatiga de poseso, arrastró a su víctima hasta el interior de la choza. Y tirados en el suelo de tierra

---

[64] *Ca* o *ga:* conjunción pospositiva procedente del quechua. Abunda en el lenguaje popular de la sierra ecuatoriana. Puede equivaler a *pero, cuando, como, si, antes no, aunque* o *ya que,* pero con frecuencia sólo sirve para dar énfasis a la palabra que la precede o al conjunto de la frase.

[65] *Shorandu:* llorando. En el lenguaje de los indios el sonido *ll* se transforma en una palatal fricativa sonora que Icaza transcribe *sh. Huasipungo* abunda en ejemplos de esa solución.

[66] *Ricurishca:* placer, cosa muy agradable.

[67] *Cari:* hombre, macho.

apisonada, ella, suave y temblorosa por los últimos golpes
—cuerpo que se queja y que palpita levemente de enter-
necido resentimiento—, él, embrujado de cólera y de machismo —músculos en potencia, ronquido de criminales
ansias—, se unieron, creando en su fugaz placer contor-
nos de voluptuosidad que lindaba con las crispadas formas de la venganza, de la desesperación, de la agonía.

—¡Ay...! ¡Ay...! ¡Ay...!

—Longuita.

En nudo de ternura salvaje rodaron hasta muy cerca
del fogón. Y sintiéndose —como de costumbre en esos
momentos— amparados el uno en el otro, lejos —narcotizante olvido— de cuanta injusticia, de cuanta humillación y cuanto sacrificio quedaba más allá de la choza, se
durmieron al abrigo de sus propios cuerpos, del poncho
empapado en páramo[68], de la furia de los piojos.

La garúa del prolongado invierno agravó el aburrimiento de la familia Pereira. Cuando amanecía sereno,
don Alfonso montaba en una mula negra —la prefería
por mansa y suave— y se alejaba por la senda del chaparral del otro lado del río. Una vez en el pueblo hacía generalmente una pequeña estación en la tienda del teniente político —cholo de apergaminada robustez que no de-
samparaba el poncho, los zapatos de becerro sin lustrar,
el sombrero capacho[69], el orgullo de haber edificado su
casa a fuerza de ahorrar honradamente las multas, los impuestos y las contribuciones fiscales que caían en la tenencia política—. Sí; se tornó en costumbre de don Alfonso Pereira tomarse una copa de aguardiente puro con

---

[68] *Páramo:* llovizna.
[69] *Capacho:* sombrero viejo y deforme.

jugo de limón y oír la charla, a ratos ingenua, a ratos cínica, de la autoridad, cuando llegaba a Tomachi.

—Nadie. Nadie como yo... Yo, Jacinto Quintana... Y como el Tuerto Rodríguez, carajo... Para conocer y dominar a látigo, a garrote, a bala, la sinvergüencería y la vagancia de los indios.

—Bien. Debe ser.

—Dos o tres veces he sido capataz, pes.

—Aaah.

Al cholo de tan altos quilates de teniente político, de cantinero y de capataz, se le podía recomendar también como buen cristiano —oía misa entera los domingos, creía en los sermones del señor cura y en los milagros de los santos—, como buen esposo —dos hijos en la chola Juana, ninguna concubina de asiento entre el cholerío, apaciguaba sus diabólicos deseos con las indias que lograba atropellar por las cunetas—, y como gran sucio —se mudaba cada mes de ropa interior y los pies le olían a cuero podrido.

—Tome no más. Éste es purito[70] traído de tierra arriba. La Juana le prepara con hojas de higo.

—¿Y qué es de la Juana, que no la veo?

—En la cocina, pes. ¡Juanaaa! ¡Aquí está el señor de Cuchitambo!

—Ya voooy.

Casi siempre la mujer —apetitosa humildad en los ojos, moreno de bronce en la piel, amplias caderas, cabellos negros en dos trenzas anudadas con pabilos, brazos bien torneados y desnudos hasta más arriba de los codos— aparecía por una puerta lagañosa de hollín que daba al corredor del carretero donde había un poyo cargado de bateas con chochos[71], pusunes[72] y aguacates para vender a los indios. A la vista del omnipotente caballero la chola enrojecía, se pasaba las palmas de las manos por las caderas y murmuraba:

---

[70] *Puro:* aguardiente puro.
[71] *Chocho:* planta leguminosa de fruto pequeño y comestible.
[72] *Pusunes:* vísceras de res cocidas.

—¿Cómo está, pes, la niña grande?

—Bien...

—¿Y la niña chiquita?

—Más o menos.

—Aaah.

—A ti te veo más gorda, más buena moza.

—Es que me está observando con ojos de simpatía, pes.

Entonces Juana pagaba la galantería del latifundista ordenando a su marido servir una nueva copa de aguardiente puro al visitante.

—¿Otra? —protestaba don Alfonso en tono que parecía disfrazar un ruego.

—¿Qué es, pes? ¿Acaso hace mal?

—Mal no... Pero...

—Ji... Ji... Ji...

Mientras el marido iba por el aguardiente, Pereira agradecía a Juana propinándole uno o dos pellizcos amorosos en las tetas o en las nalgas. Casi nunca en esos momentos faltaba la presencia del menor de los hijos de la chola —año y pocos meses gateando en el suelo y exhibiendo sus inocentes órganos sexuales.

—Ojalá se críe robusto —comentaba el latifundista, buscando disculpar su repugnancia ciudadana cuando el pequeño —mocoso y sucio— se le acercaba.

—Un tragón ha salido —concluía la mujer.

—Sí. Pero...

—Venga. Venga mi guagüito.

Los paseos del dueño de Cuchitambo terminaban generalmente en el curato. Largas, sustanciosas y a veces entretenidas conversaciones sostenían terrateniente y cura. Que la patria, que el progreso, que la democracia, que la moral, que la política. Don Alfonso, en uso y abuso de su tolerancia liberal, brindó al sotanudo una amistad y una confianza sin límites. El párroco a su vez —gratitud y entendimiento cristianos— se alió al amo del valle y la montaña con todos sus poderes materiales y espirituales.

—Si así fueran todos los sacerdotes el mundo sería un paraíso —afirmaba el uno.

—Su generosidad y su energía hacen de él un hombre bueno. Dios ha tocado en secreto su corazón —pregonaba el otro.

El primer favor del párroco fue hacer que Pereira compre la parte de los hermanos Ruata —dos chagritos huérfanos de padre y madre que iban por la edad del casorio, sublimaban su soltería con sonetos a la Virgen y se hallaban a merced de los consejos y opiniones del fraile—, en los chaparrales a la entrada del bosque casi selvático. Luego vinieron otros.

Cuando alguien se atrevía a reprochar a don Alfonso por su amistad con el sotanudo, el buen latifundista, tirándose para atrás y tomando aire de prócer de monumento, exclamaba:

—Ustedes no ven más allá de la nariz. Tengo mis planes. Él es un factor importantísimo.

En realidad, no andaba muy errado Pereira. Una tarde, a la sombra de las enredaderas que tejían una cortina deshilvanada entre los pilares del corredor del curato, el párroco y el latifundista planearon el negocio de Guamaní y los indios.

—Este viejo Isidro tiene que ser un ladrón. La pinta lo dice... —aseguró el terrateniente.

—Es un hombre que sabe lo que vale la tierra... Lo que valen los bosques y los indios —disculpó el cura.

—Eso no le produce nada. Nada...

—¿Quién sabe?

—Monte. Ciénegas...

—E indios, mi querido amigo.

—Indios.

—Además. Si usted no quiere...

El religioso echó su cabeza sobre el respaldo del asiento donde descansaba para hundirse en una pausa un poco teatral. Debía asegurar los sucres de su comisión en el negocio. El dinero estaba muy cerca de sus manos. Hasta Dios dice: «Agárrate, que yo te agarraré... Defiéndete, que yo te defenderé...» ¡Ah! Con tal de no agarrarse de los espinos y de las alimañas de los chaparros del viejo Isidro, estaba salvado.

—Bueno... Querer... Como querer... —murmuró don Alfonso a media voz tratando de abrir el silencio del sotanudo, el cual, con melosidad de burla, insistió:

—¿Con los indios?

—Claro. Usted comprende que eso sin los runas no vale nada.

—¡Y qué runas! Propios[73], conciertos[74], de una humildad extraordinaria. Se puede hacer con esa gente lo que a uno le dé la gana.

—Me han dicho que casi todos son solteros. Un indio soltero vale la mitad. Sin hijos, sin mujer, sin familiares.

—¿Y eso?

—Parece que no sabe usted. ¿Y el pastoreo, y el servicio doméstico, y el desmonte, y las mingas?

—Bueno. Son más de quinientos. Más de quinientos a los cuales, gracias a mi paciencia, a mi fe, a mis consejos y a mis amenazas, he logrado hacerles entrar por el camino del Señor. Ahora se hallan listos a... —iba a decir: «a la venta», pero le pareció muy duro el término y, luego de una pequeña vacilación, continuó— ...al trabajo. Ve usted. Los longos le salen baratísimos, casi regalados.

—Sí. Parece...

—Con lo único que tiene que contentarles es con el huasipungo.

—Eso mismo es molestoso.

—En alguna parte tienen que vivir.

---

[73] *Propios:* que constituyen propiedad del dueño de la tierra a la que están adscritos.

[74] *Conciertos:* sometidos al concertaje, contrato por el que los indios recibían tierra y un salario a cambio de su trabajo en las haciendas. Instituido para acabar con los abusos de la *mita* colonial, engendró otros, en buena medida relacionados con el endeudamiento que normalmente ligaba al campesino, de generación en generación, con el propietario de la tierra.

—El huasipungo, los socorros[75], el aguardiente, la raya[76].

—Cuentos. Ya verá, ya verá, don Alfonsito.

Rápidamente volvió la conversación a lo del negocio de las tierras de Guamaní.

—Como yo no tengo ningún interés y no puedo hacerme ni al uno ni al otro, trataré de servir de lazo entre los dos propietarios. Tengo confianza. La inspiración divina guiará vuestros pasos.

—Así espero.

—Así es.

Al final, de acuerdo las partes en ofertas y comisiones, cuando todo había caído en una confianza cínica y sin escrúpulos, el señor cura afirmó:

—Apartémonos por un instante de cualquier idea mezquina, de cualquier idea... Ji... Ji... Ji... Parece mentira... La compra significa para usted un porvenir brillante. No sólo son las tierras y los indios de que hemos hablado. No... En la montaña queda todavía gente salvaje, como el ganado del páramo. Gente que no está catalogada en los libros del dueño, a la cual, con prudencia y caridad cristianas, se le puede ir guardando en nuestro redil. ¿Me comprende? Yo... me encargo de eso... ¿Qué más quiere?

—¡Ah! Gracias. ¿Pero no será una ilusión?

—Conozco, sé; por eso digo. Y como usted es un hombre de grandes empresas... Entre los dos...

—Naturalmente...

---

[75] *Socorro:* como *Huasipungo* permite comprobar, se denomina así la ayuda anual en especies que los peones solían recibir del hacendado al terminar la cosecha.

[76] *Raya:* paga o jornal que completaba la retribución del huasipunguero por su trabajo en la hacienda.

La niña chiquita dio a luz sin mayores contratiempos. Dos comadronas indias y doña Blanca asistieron en secreto a la parturienta. El problema del recién nacido se inició cuando a la madre se le secó la leche. Don Alfonso, que a esas alturas era dueño y señor de Guamaní y sus gentes, salvó el inconveniente gritando:

—Que vengan dos o tres longas con cría. Robustas, sanas. Tenemos que seleccionar.

El mayordomo cumplió con diligencia y misterio la orden. Y esa misma tarde, arreando a un grupo de indias, llegó al corredor grande de la casa de la hacienda que daba al patio. Los patrones —esposa y esposo— miraron y remiraron entonces a cada una de las longas. Pero doña Blanca, con repugnancia de irrefrenable mal humor que arrugaba sus labios, fue la encargada de hurgar y manosear tetas y críos de las posibles nodrizas para su nieto.

—Levántate el rebozo.

—Patronitica...

—Para ver no más.

—Bonitica...

La india requerida, con temor y humildad de quien ha sufrido atropellos traicioneros, alzó una esquina de la bayeta que le cubría. Envuelto en fajas y trapos sucios como una momia egipcia, un niño tierno de párpados hinchados, pálido, triste, pelos negros, olor nauseabundo, movió la cabeza.

—¿Tienes bastante leche?

—Arí, niña, su mercé.

—No parece. Enteramente[77] está el chiquito.

—Hay que proceder con mucho cuidado —intervino Pereira.

—Veremos el tuyo —siguió doña Blanca, dirigiéndose a otra de las indias que esperaban.

---

[77] *Enteramente:* perfectamente.

Después de un examen prolijo de las mujeres y de los niños —lleno de comentarios pesimistas del mayordomo y del patrón—, fue preferida una longa que parecía robusta y limpia.

—¿Qué te parece? —consultó la esposa mirando a Pereira.

—Sí. Está mejor. Pero que se bañe en el río. Si alcanza. No es muy tarde. ¡Ah! Y que deje al hijo en la choza.

—No se puede, patrón —intervino el mayordomo.

—¿Por qué?

—Solita vive, pes.

—Fácil remedio. Tú te haces cargo del muchacho hasta que la india se desocupe.

—¿Yo? Ave María. ¿Con quién, pes...?

—¿No tienes una servicia de la hacienda en tu casa?

—Sí. Así mismo es. ¿Qué dirá la gente? Ji... Ji...Ji... El Policarpio apareció no más con guagua tierno... Como si fuera guarmi[78]...

La nodriza, bien bañada —a gusto del patrón— y con una enorme pena oculta y silenciosa por la suerte de su crío, se instaló desde aquella noche al pie de la cuna del «niñito». Desgraciadamente, no duró mucho. A las pocas semanas el mayordomo trajo la noticia de la muerte del pequeño.

—La servicia no sabe, pes. Bruta mismo... Yo no tengo la culpa. ¿Qué también[79] le daría? Flaco estaba... Chuno[80] como oca[81] al sol... Mamando el aire a toda hora... Con diarrea también... Hecho una lástima..

La india, al oír aquello de su hijo, no pudo pronunciar una sola palabra —todo en su cuerpo se había vuelto rígido, estrangulado, inútil—; bajó la cabeza y se arrimó a la

---

[78] *Guarmi:* mujer, ama de casa.
[79] *También:* en el español de la sierra ecuatoriana se usa a veces como partícula intensiva. Esa es su función en este caso.
[80] *Chuno:* arrugado.
[81] *Oca:* tubérculo de la planta del mismo nombre. Se come cocido, y su sabor es similar al de la castaña.

pared de la cocina donde se hallaba. Luego, como una autómata, hizo las cosas el resto de la tarde, y a la noche desapareció de la casa, del valle, del pueblo. Nadie supo después lo que hizo ni adónde fue.

Sin pérdida de tiempo el latifundista ordenó de nuevo al mayordomo:

—Tienes que traer otras longas.

—Sí, patrón.

—Las mejores.

—Así haremos.

El cholo Policarpio buscó y halló a las mujeres que necesitaba en una sementera de papas. Al notar la presencia del hombre —para ellas cruel, altanero e intrigante— hundieron con fingido afán sus rústicas herramientas entre las matas de los surcos, miraron de reojo...

—¡Eeeh! —gritó el cholo desde la cerca.

Nadie se tomó el trabajo de responder. Era mejor que él crea...

—¿Dónde dejaron a los guaguas? ¡Quiero verles! —insistió el mayordomo.

Ante aquel raro requerimiento, desacostumbrado, absurdo, se enderezaron las mujeres y, boquiabiertas, miraron hacia el hombre que gritaba:

—¿No me oyen?

—No.

—Digo que dónde dejaron a los guaguas.

Las indias volvieron la cabeza hacia un matorral del zanjón donde terminaba el campo del sembrado.

—Bueno... Dejen así no más eso. Vamos a ver lo otro, pes —concluyó el cholo dirigiendo su mula hacia el lugar que habían denunciado con los ojos las longas.

A medida que se acercaba a la sombra del chaparro el grupo de mujeres, fue creciendo un ruido como de queja —aleteo de fuga entre la hojarasca, misterio de monólogo infantil que interroga y da vida de amistad y confidencia a las cosas, llanto cansado de hipo roto—, un ruido que se tornaba claro y angustioso. Eran los niños abandonados por las indias a la orilla del trabajo —tres, cuatro, a veces cinco horas—. Los más grandes, encargados de cuidar a los menores, al sentirse sorprendidos, precipitáronse —sin tino, con torpeza de denuncia— a cumplir las recomendaciones a su cargo: «Darás al guagua la mazamorra cuando se ponga a gritar no más... Cuidarás que no ruede al hueco... Quitarás si come tierra, si se mete la caca a la boca...» Y como esa vez era siempre. Sólo en el último momento y a la vista del posible castigo, los grandullones —tres o cuatro años— cumplían al apuro la orden superior de los padres metiendo en la boca desesperada y hambrienta de los pequeños, con tosca cuchara de palo, la comida fría y descompuesta de una olla de barro tapada con hojas de col.

Desde la inquieta tropa infantil esparcida por el suelo —larvas que tratan de levantarse desde la tierra con recelosa queja— creció un murmullo exigente a la vista de las indias, de las indias que reprocharon cada cual a su modo:

—Longos mala conciencia.

—Ave María.

—Como chivos, como diablos.

—Taitico ha de matar no más.

—Con huasca he de amarrar.

—Bandidos.

—¡Mama! ¡Mama! ¡Uuu...! ¡Uuu...!

—¿Qué dicen, carajo? —inquirió el mayordomo, siempre en guardia de su autoridad ante los runas.

—Nada, pes, su mercé.

—Hambre.

—Frío.

—Gana de joder.

—¡Enséñenme a los más tiernos! —terminó el cholo tratando de imitar al patrón.

La orden del hombre —trueno de Taita Dios para el miedo infantil— abrió una pausa de espanto entre los muchachos, y todo, absolutamente todo, se hizo claro en el cuadro que se extendía a la sombra del chaparral y en el desnivel del terreno que formaba la zanja. La angustiosa momificación de las primeras audacias vitales en la cárcel de bayetas y fajas —arabesco de vivos colores tejido en el huasipungo. Sí. La momificación indispensable para amortiguar el cólico que produce la mazamorra guardada, las papas y los ollocos[82] fríos, para alcahuetear[83] y esconder la escaldada piel de las piernas y de las nalgas —enrojecida hediondez de veinticuatro horas de orinas y excrementos guardados. También resaltaba hacia el primer plano de la emoción la gracia y el capricho de los más grandes, quienes se habían ingeniado una exótica juguetería de lodo y chambas de barro en el molde —abstracto y real a la vez— de la verdad subconsciente de sus manos. Objetos que se disputaban a dentelladas y mordiscos, entre lágrimas y amenazas. En síntesis de dolor y de abandono, un longuito de cinco años, poco más o menos —acurrucado bajo el poncho en actitud de quien empolla una sorpresa que arde como plancha al rojo—, después de hacer una serie de gestos trágicos, enderezó su postura en cuclillas y, con los calzones aún chorreados, volteó la cabeza para mirar con fatiga agónica una mancha sanguinolenta que había dejado en el suelo. Luego dio unos pasos y se tumbó sobre la hierba, boca abajo. Trataba de amortiguar sus violentos retortijones de tripas y de nervios que le atormentaban.

El mayordomo —inspirado en el ejemplo y en la enseñanza de los patrones— revisó cuidadosamente a los muchachos.

—Ni uno robusto. Toditos un adefesio. La niña Blanquita no ha de querer semejantes porquerías.

—¿Porquerías? —repitió una de las indias.

Con una sonrisa entre ingenua e idiota trataron de recibir la opinión del mayordomo los pequeños interesados que alcanzaban a darse cuenta, pero toda expresión de alegría o de burla tropezaba en ellos con el temblor de un calofrío palúdico, o con la languidez de una vieja anemia, o con el ardor de unos ojos lagañosos, o con la comezón

---

[82] *Olloco:* raíz feculenta y comestible de la planta del mismo nombre, propia de la montaña andina.
[83] *Alcahuetear:* cubrir.

de una sarna incurable, o con la mueca de un dolor de estómago, o con...

El cholo, sin saber qué hacer, insistió en sus lamentaciones:

—¿Por qué no dan, pes, de mamar a los guaguas? ¿Acaso no les sienta leche, indias putas?

—Jajajay[84]. Indias putas ha dichu el patrún mayordomu —murmuró el coro de mujeres. Y una, la menos joven, comentó:

—Mañosus misu[85] sun los guaguas, pes.

—Mañosos. Pendeja.

—¿Acasu comen el cucayu que una pobre deja? Mazamurra, tan[86]... Tostaditu, tan...

—Todu misu.

—Carajo. ¿Y ahora qué recomiendo, pes? El niñito hecho un mar de lágrimas quedó por mamar. Buena comida, buena cerveza negra, buen trato a las nodrizas. Mejor que a las servicias, mejor que a las cocineras, mejor que a las güiñachishcas[87], mejor que a los huasicamas. Uuu... Una dicha, pes. Pero siempre y cuando sea robusta, con tetas sanas como vaca extranjera.

El comentario del mayordomo y la fama que había circulado sobre la hartura y el buen trato que dieron a la primera longa que sirvió al «niñito» despertó la codicia de las madres. Cada cual buscó apresuradamente a su crío para exhibirle luego con ladinería[88] y escándalo de feria ante los ojos del cholo Policarpio.

—Vea, patroncitu.

—Vea no más, pes.

—El míu...

—El míu tan...

—El míu ga nu parece flacu del todu... —gritó una india dominando con voz ronca la algazara general. Sin es-

---

84 *Jajajay:* exclamación de risa o burla.
85 *Misu:* forma sincopada de *mismo.*
86 *Tan:* apócope de *también,* con su misma función intensiva.
87 *Güiñachishca:* servicia criada desde niña en la casa de la hacienda.
88 *Ladinería:* astucia.

crúpulos de ningún género y con violencia, alzó a su hijo en alto como un presente, como un agradito[89], como una bandera de trapos y hediondeces. Cundió el ejemplo. La mayor parte imitó de inmediato a la mujer de la voz ronca. Otras en cambio, sin ningún rubor, sacáronse los senos y exprimiéronles para enredar hilos de leche frente a la cara impasible de la mula que jineteaba el mayordomo.

—¡No se ordeñen en los ojos del animal, carajo!

—Patroncituuu.

—Taiticuuu.

—Bonituuu.

—Vea, pes.

—A lo peor muere con espanto[90] de cristiano[91] la pobre mula —observó el cholo encabritando con las espuelas a la bestia para ponerle a salvo de la desesperación de las mujeres.

—Demoniu seremus, pes.

—Brujas seremus, pes.

—Leche de Taita Diositu.

—¡Esperen! ¡Esperen! —gritó Policarpio.

—¡A mí!

—¡A mí tan...!

—¡Uuu...¡

—¡Mi guagua!

—¡Mis chucos![92].

—¡Vea, pes!

—¡Vea bien!

Las voces de las solicitantes, mezclándose con el llanto de los niños y las protestas del mayordomo, se extendieron por el campo en algazara de mercado.

—Yo mismo sé a cuál, carajo. ¡Esperen he dicho! ¡Indias brutas! Vos, Juana Quishpe. Vos, Rosario Caguango.

---

[89] *Agrado:* obsequio, regalo.

[90] *Espanto:* mal achacado a fuerzas mágicas. Causa fiebre y pérdida de apetito, y puede producir la muerte. Afecta sobre todo a niños que han visto almas, diablos u otros seres sobrenaturales.

[91] *Cristiano:* persona, ser humano. Con frecuencia se usa para hacer referencia a blancos y cholos, en oposición a los indios o naturales.

[92] *Chuco:* teta, seno materno.

Vos, Catota... Vamos... Que la niña grande diga no más lo que ella crea justo... —ordenó el jinete e hizo adelantar a las mujeres que había seleccionado.

Desde la sorpresa de su mala suerte, con voz amarga y llorona, el coro de longas desechadas interrogó:

—¿Y nosotrus, ga?

—¡A trabajar, carajo!

—Uuu...

—Si no acaban la tabla[93] de ese lado verán lo que es bueno. ¡Indias perras!

—Indias perras... Indias putas... Sólu esu sabe taita mayordomu... —murmuraron en voz baja y burlona las mujeres, reintegrándose perezosamente a la dura tarea sobre el sembrado, mientras en la sombra del chaparral y en el desnivel del zanjón hormigueaban de nuevo el llanto, la angustia, el hambre y el bisbiseo fantaseador de los pequeños.

A mediodía la tropa de longas dio respiro al bochorno de su trabajo —descanso de las doce para devorar el cucayo de maíz tostado, de mashca, y tumbarse sobre el suelo alelándose con indiferencia animal en la lejanía del paisaje donde reverbera un sol de sinapismo—. Felices momentos para la voracidad de los rapaces: la teta, la comida fría, la presencia maternal —quejosa, omnipotente, llena de reproches y de amenazas, pero tibia, tierna y buena.

La compra de Guamaní y los múltiples gastos —unos necesarios y otros inútiles— de los últimos meses en la hacienda terminaron con el dinero que el tío entregó a don Alfonso Pereira, el cual, día a día, fue tornándose nervioso y exigente con el mayordomo, con los huasicamas y con los indios. Al saber que la leña y el carbón de

---

[93] *Tabla:* extensión lisa en un campo cultivado, limitada por árboles, surcos o de cualquier otra manera perceptible.

madera tenían gran demanda entre los cargueros que iban con negocios a los pueblos vecinos, ordenó iniciar la explotación en los bosques de la montaña, a varios kilómetros de la casa de la hacienda.

—Veinte indios se ha de necesitar, patrón —informó Policarpio.

—Veinte o cuarenta. Los que sean.

—Y un capataz también, pes.

—¿Un capataz?

—El Gabriel Rodríguez es bueno para estas cosas. Desmontes, leña, corte, hornos de carbón.

—¿Entonces? Manos a la obra.

—Así haremos, su mercé.

El cholo Rodríguez, conocido como el Tuerto Rodríguez —chagra picado de viruela, cara de gruesas y prietas facciones, mirar desafiante con su único ojo, que se abría y se clavaba destilando cinismo alelado y retador al responder o al interrogar a las gentes humildes—, fue contratado para el efecto. Por otra parte, Policarpio, a su gusto y capricho, seleccionó a los runas huasipungueros para el trabajito.

—Veee... ¡Andrés Chiliquinga! Mañana, al amanecer, tienes que ponerte en camino al monte de la Rinconada.

—¿De la Rinconada? —repitió el indio requerido, dejando de cavar una zanja al borde de un sembrado.

—Donde antes cortábamos la leña, pes. Otros también van.

—Aaah.

—Ya sabes. No vendrás después con pendejadas.

—Arí, patrún... —murmuró Chiliquinga y se quedó inmóvil, sin un gesto que sea capaz de denunciar su amarga contrariedad, mirando hacia un punto perdido en el cerro más cercano.

El mayordomo, que por experiencia conocía el significado de aquel mutismo, insistió:

—¿Entendiste, pendejo?

—Arí...

—Si no obedeces, te jodes. El patrón te saca a patadas del huasipungo.

97

Ante semejante amenaza y apretando la furia siempre inexpresiva de sus manos en el mango de la pala donde se hallaba arrimado, el indio trató de objetar:

—¿Y la Cunshi ga, patrún? Largu ha de ser el trabaju, pes.

—Has de venir los domingos a cainar[94] en la choza.

—¿Y la Cunshi?

—Runa maricón. ¿Qué tiene que ver la guarmi con esto?

—La...

—La Cunshi tiene que quedarse para el ordeño. No puede ir a semejante lejura. Enfermizo es todo ese lado. Ha de morir con los fríos la pobre longa.

—Dius guarde...

—Hacete el pendejo, rosca[95] bandido. Todos tienen, pes, guarmi, todos tienen, pes, guaguas, y ninguno se pone a moquear... ante una orden del patrón. ¿Qué, carajo?

—Por vida de su mercé...

—Nada de ruegos.

—Semejante lejura.

—¿Y eso?

—Mejor en chacracama[96] póngame, patroncitu.

—Indio vago. Para pasar todo el día durmiendo, no...

—Boniticu.

—Nada, carajo.

Sin esperar nuevas razones el cholo se alejó, dejando clavado al indio en una amarga desesperación de impotencia. ¿Cuántos meses? ¿Cuántos tendría que pasar metido en los chaparros del monte? No lo sabía, no podía saberlo. Sin plazo, sin destino. ¡Oh! luchar con la garúa, con el pantano, con el frío, con el paludismo, con el cansancio de las seis de la tarde, bueno. ¿Y la prolongada ausencia de su longa y de su guagua? ¡Imposible! ¿Qué ha-

---

[94] *Cainar:* pasar tiempo en algún lugar.
[95] *Rosca:* denominación despectiva que se da a los indios.
[96] *Chacracama:* indio encargado de vigilar las sementeras.

cer? El mayordomo le había advertido terminantemente: «Si no obedeces, te jodes. El patrón te saca a patadas del huasipungo». Eso... Eso era lo peor para él. Ninguno de los suyos hubiera sido capaz de arrancarse de la tierra. En un instante de esperanza, de claridad, de consuelo, pensó: «La Cunshi, cargada del guagua, puede acompañar al pobre runa al monte. Al monteee...» Pero de nuevo golpearon en su corazón las palabras del cholo, hundiéndolo todo en un pantano negro: «Tiene que quedarse... Tiene que quedarse para el ordeñooo...» No pensó más, no pudo pensar más. Sentimientos, voces y anhelos se le anudaron en el pecho. El resto de la tarde trabajó con furia que mordía y arañaba, hundiendo criminalmente la pala o la barra. Y al llegar a la choza no dijo nada. Fue al amanecer, cuando llenó la bolsa del cucayo recogiendo toda la mashca y todo el maíz tostado que había, que ella le preguntó:

—Ave María, taitiquitu... ¿Lejus mismu es el trabaju?

—Arí.

—¿Pur qué no avisaste a la guarmi, pes, entonces?

—Purque nu me diu la gana, caraju —chilló el indio desatando su cólera reprimida desde la víspera. Siempre era lo mismo: un impulso morboso de venganza le obligaba a herir a los suyos, a los predilectos de su ternura.

—¿Nu será, pes, de acompañar?

—De acompañar, de acompañar... Pegada como perru mal enseñadu.

—Así mismu es, pes —insistió la mujer acercándose al hombre en afán de subrayar su decisión

—¡Nu, caraju! ¿Y ordeñu, ga? —exclamó Chiliquinga con reproche y amenaza que no admitían razones. Luego apartó con violencia a la longa, con violencia de quien no quiere ver lo que hace, y salió de la choza.

Por esos mismos días doña Blanca —enloquecida por su postiza maternidad— volvió a quejarse:

—La leche de esta india bruta le está matando a mi hijito. No sirve para nada.

—No sirve —repitió don Alfonso.

Y hasta la patrona chiquita, repuesta, alelada e inocente como si nunca hubiera parido, murmuró:

—No sirve.

Con gesto agotadísimo de perro que ha hurgado todas las madrigueras sin dar con la presa suculenta para el «niñito», el mayordomo dijo:

—Difícil ha de ser encontrar otra longa.

Pero don Alfonso Pereira, convencido —los consejos del tío y la experiencia de los meses de campo— de que toda dificultad puede solucionarse con el sacrificio de los indios, gritó poniendo cara y voz de Taita Dios colérico:

—¡Carajo! ¿Cómo es eso?

—No hay, pes. Flacos los críos. Flacas las longas.

—¡Que vengan, aun cuando se mueran!

—Así haremos, patrón.

—¡Pronto!

—Ahora que me acuerdo. La india Cunshi, que vive amañándose con el Chiliquinga, está con guagua —anunció el cholo Policarpio con ojos iluminados por el grato encuentro.

—Que venga.

—Es la longa del Chiliquinga, pes. Uno de los indios que fue al trabajo del monte. Y como el rosca aceptó de mala gana, dicen que se viene toditicas las noches a dormir un rato por lo menos con la longa carishina.

—¿Que se viene?

—Para ellos es fácil. Por los atajos, por los chaquiñanes del cerro. Pero donde le trinque[97] al rosca verá lo que le pasa.

—Bueno. Que venga la india es lo positivo.

—Así haremos, su mercé.

---

[97] *Trincar:* sorprender en delito.

Anochecía temprano en el silencio gris del chaparral selvático de la Rinconada. Y el olor de la garúa que amasaba sin descanso el lodo y el fango de los senderos —desesperante puntualidad de todas las tardes—, y el aliento del pantano próximo, y el perfume del musgo —verdosa y podrida presencia— que cubría los viejos troncos, saturaban el ambiente de humedad que se aferraba al cuerpo y al alma con porfía de ventosa.

Con la sombra del atardecer —imposible calcular la hora—, desordenadamente, chorreando agua y barro por todas partes, los indios seleccionados por el mayordomo de Cuchitambo para el trabajo de la leña y del carbón llegaban al único refugio posible de aquel lugar —arquitectura desvencijada de palos enfermos de polilla, de adobones[98] carcomidos, de paja sucia, junto al muro más alto de la falda del cerro—. Y unos en silencio, otros murmurando en voz baja su mala o buena suerte en la tarea del día, se acurrucaban por los rincones, dejándose arrullar luego por la música monótona de las goteras, por la orquesta incompleta de los sapos y de los grillos, por el ruido del viento y de la lluvia en el follaje. Y la noche se volvía entonces más negra, y la angustia de la impotencia más profunda, y los recuerdos afiebrados en el silencio más vivos. Pero la modorra del cansancio, compasiva hasta el sueño embrutecedor, sorprendía y tumbaba con mágica rapidez a toda la peonada —fardos cubiertos por un poncho, donde los piojos, las pulgas y hasta las garrapatas lograban hartarse de sangre—. El tiempo corría al ritmo de un pulso acelerado de ronquidos.

Echado junto a una de las paredes carcomidas del galpón, atento al menor indicio que pudiera obstaculizar su proyecto de fuga, Andrés Chiliquinga apretaba contra la barriga el miedo sudoroso de que alguien o de que algo... Sí. Apretaba con sus manos —deformes, callosas, agrie-

---

[98] *Adobón:* pedazo de tapia hecho de una sola vez.

tadas— el ansia de arrastrarse, de gritar, de... Nadie responde ni se mueve a su primer atrevimiento. Gatea con precaución felina, palpando sin ruido la paja pulverizada del suelo. Se detiene, escucha, respira hondo. No calcula ni el tiempo ni el riesgo que tendrá que utilizar por el chaquiñán que corta al cerro —dos horas, dos horas y media a todo andar—; sólo piensa en la posibilidad de quedarse un rato junto a la Cunshi y al guagua, de oler el jergón de su choza, de palpar al perro, de... «Despacito... Despacito, runa bruto», se dice mentalmente al pasar bajo el poyo donde duerme el capataz —único lugar un poco alto del recinto—. Y pasa, y gana la salida, y se arrastra sinuoso por el lodo, y se pierde y aparece entre las cien bocas húmedas del chaparral, y gana la cumbre, y desciende la ladera, y cae rendido de cansancio y de bien ganada felicidad entre la longa y el hijo. Pero vuela la noche en un sueño profundo de cárcel, sin dar al fugitivo tiempo para que saboree sus ilusiones amorosas. Y mucho antes del amanecer, siempre acosado por la amenaza del mayordomo —«si no obedeces, te jodes. El patrón te saca a patadas del huasipungo»—, vuelve a la carrera por el chaquiñán del cerro hasta el bosque de la Rinconada.

Como los domingos —a pesar de las ofertas— sólo les dieron medio día libre a los peones del negocio de la leña y el carbón, menudearon las fugas de Andrés Chiliquinga. Por desgracia una noche —más inclemente en las tinieblas y la lluvia—, al llegar al huasipungo y cruzar el portillo de la cerca de cabuyos, notó algo raro —el perro humilde y silencioso como después de un castigo se le enredó entre las piernas y lo fúnebre e indiferente de la choza se destacó sin recelo en la oscuridad—. Lleno de una violenta inquietud, el indio se precipitó entonces sobre la puerta de su vivienda. Estaba amarrada con un cordón de trapo sucio.

—Cunshi... Cunshi... —murmuró mientras abría.

Al entrar, un aliento como de queja y vacío se le prendió en el alma. Palpó sobre el jergón. Buscó en los rincones. Empuñó las cenizas frías.

—¡Cunshiii! —gritó en desentono enloquecido.

Las voces sin respuesta y sin eco —la noche y la lluvia lo aplastaban todo— convencieron al amante. Su Cunshi no estaba. El guagua tampoco. ¿Quién podía haberles llevado? ¿Quién podía arrancarles de allí? ¿Quién? ¡No! Ella no era capaz de huir por su propia voluntad. El mayordomo de entrañas de diablo. El patrón de omnipotencia de Taita Dios. En la casa de la hacienda... ¿Cómo ir? ¿Cómo golpear? ¿Cómo disculpar su presencia? ¡Imposible! Con un carajo remordido cayó Andrés sobre el jergón. Se hallaba solo, tan solo, que creyó palpar a la soledad. Sí. Era un sudor viscoso que le cubría la piel, que le fluía de los nervios. Trató de formular una queja para aliviarse la asfixia, para consolarse de...

—Cunshi... Cunshi...

De pronto —loco atrevimiento de su fantasía y de su impotencia—, se vio que golpeaba con los puños en alto las paredes invulnerables de la casa de la hacienda. Nadie respondía. ¿Por qué? Voló ante el señor cura y de rodillas le contó su historia. El santo varón le pidió dinero para otorgarle consejos cristianos. Cansado de vagar por los caminos, por los chaquiñanes, por... Cansado de verse llamando a todas las puertas sin ninguna esperanza, murmuró de nuevo:

—Cunshi... Cunshi...

Su voz se había vuelto suave como una queja, pero en su pensamiento estallaban a ratos ideas tontas, infantiles: «La guarmi carishina... La guarmi... El guagua... ¿Pur qué ladu se juerun, pes? ¿Quién les robú? ¿Patrún grande, su mercé, tan...? ¿Cholu, tan.... ¿Cualquiera, tan...? Cuidandu las sementeras... Cuidandu las vacas, los borregus, las gallinas, los puercus.. Cuidandu todu, pes... Carajuuu... ¿Quién? ¿Quién les mandú, pes? Taita runa soliticu... ¿Quién?» Y el indio insistía en sus preguntas a pesar de su profundo convencimiento de que... El patrón, el mayordomo, el capataz, el teniente político, el señor cura, la ña Blanquita. Sí. Cualquiera que sea pariente o amigo del amo, cualquiera que tenga la cara lavada[99] y sepa leer en los papeles.

---

[99] *Cara lavada:* cara blanca, o que tira a blanca; los no indios.

Y así se deslizaron las horas sobre una modorra angustiosa. Una modorra que brindó al indio esa conformidad amarga y reprimida de los débiles. ¿Quién era él para gritar, para preguntar? ¿Quién era él para inquirir por su familia? ¿Quién era él para disponer de sus sentimientos? Un indio. ¡Oh! El temor al castigo —desde todos los rincones del alma, desde todos los poros del cuerpo— creció entonces en su intimidad como un chuchaqui de furia mal digerida, como una expiación de secretas rebeldías de esclavo.

Por la temperatura, por el olor, por la dirección del viento que silbaba en el techo, por los ruidos casi imperceptibles —para él claros y precisos— que llegaban del valle y de los cerros, Chiliquinga calculó la hora —cuatro de la mañana.

—Ave María —exclamó a media voz, con terror de atrasado.

Debía volver al trabajo. Le pesaban las piernas, los brazos, la cabeza. Pero algo más fuerte —la costumbre, el miedo— le arrastró hacia afuera. Había calmado la lluvia y un aire frío jugueteaba con leve murmullo entre los maizales de la ladera. Al trepar por el chaquiñán, en el oscuro amanecer, más tétrico que de ordinario, Andrés descubrió de pronto que alguien —dialogar de peones en marcha— iba por el desfiladero alto del monte. Puso atención, escondiéndose entre unas matas. ¿Le buscaban? ¿Le perseguían? ¡No! Al escuchar se dio cuenta. Eran los indios que iban a la minga de la limpia de la quebrada grande —veinte o treinta sombras arreadas como bestias por el acial[100] del mayordomo—. Ya conocía aquello. De tiempo en tiempo —sobre todo en los meses de invierno— el agua se atoraba en los terrenos altos y había que limpiar el cauce del río. De lo contrario, los fuertes desagües de los deshielos y de las tempestades de las cumbres romperían el dique que se formaba constantemente con el lodo, las chambas y las basuras de los cerros, precipitando hacia el valle una trágica creciente turbia. Una trá-

---

[100] *Acial:* rebenque, látigo.

gica creciente de fuerza diabólica, ciega, capaz de desbaratar el sistema de riego de la hacienda y arrasar con los huasipungos de las orillas del río.

Andrés llegó tarde al trabajo. El Tuerto Rodríguez —espuma de ira en la comisura de los labios—, después de conocer la verdad gracias a la eficacia pesquisante de sus patadas y puñetazos, amonestó al indio:

—Rosca bruto. Rosca animal. ¿Cómo has de ir, pes, a cainar en la porquería de la choza en lugar de quedarte aquí? Aquí más abrigado, más racional [101]. ¡Pendejo! Ahora tienes que esperar que cure a los runas que les ha sacudido los fríos para que vayas con ellos al desmonte de los arrayanes.

A media mañana, una vez dosificados con brebajes —secretos brujos del capataz— y repuestos los palúdicos, Chiliquinga entró en el chaparral con ellos. Aturdido por una rara angustia se prendió a su tarea con la sensación de haber estado allí siempre. Siempre. La herramienta como una arma en sus manos, el árbol para labrar a sus pies como una víctima, las astillas —blancas unas, prietas otras— como sangre y huesos para agravar la humedad podrida de la hojarasca, la vegetación de ramas y troncos enredándose como la alambrada de una cárcel, los golpes de las hachas y de los machetes de los compañeros como latigazos en los nervios, y, de cuando en cuando, un recuerdo vivo, doloroso, que parece volver a él después de una larga ausencia: «Cunshiii... Longa bruta... ¿Cómu has de dejar, pes, el huasipungu abandonadu...? Las gallinitas, el maicitu, las papitas... Todu mismu... El perru soliticu tan... El pobre Andrés Chiliquinga soliticu tan...» Pensamientos que exaltaban más y más la furia sin consuelo del indio abandonado, del indio que manejaba en esos instantes el hacha con violencia diabólica, con fuerza que al final despertó la curiosidad de los compañeros:

—Ave María. ¿Qué jué, pes?

—¡Oooh!

—¿Morder? ¿Matar?

---

[101] *Racional:* adecuado para personas, seres «racionales».

—¡Oooh!

—Si es cosa de brujería hemus de salir nu más corriendu.

—¡Oooh!

—¿Sin lengua?

—¡Oooh!

—¿Cun dolur de shungo?[102].

—¡Oooh!

El «¡oooh!» de los golpes sobre la dureza del tronco, sobre el temblor de las ramas, sobre la imprudencia de los bichos y de las sabandijas, fue la única respuesta de Andrés Chiliquinga a las preguntas de los indios que trabajaban en su entorno. ¿Qué podían ellos?

—¡Oooh!

«Longa carishina! ¡Carajuuu! ¡Toma, runa puercu, runa bandiduuu! ¡Sacar el shungu, sacar la mierda! ¡Mala muerte, mala vida! ¡Ashco[103] sin dueñu! ¡Toma, toma, carajuuu!», se repitió más de una vez el runa. Y saltaban las astillas como moscas blancas, como moscas prietas, y el corazón de la madera resistía a la cólera sin lograr aplacarla. Al tomar aliento con respiración de queja y de profunda fatiga, Andrés se limpió con las manos el sudor que le empapaba la cara. Luego miró en su torno con recelo de vencido. ¿Qué podía salvarle? Arriba, el cielo pardo, pesado e indiferente. Abajo, el lodo gredoso, sembrándole más y más en la tierra. Agobiados como bestias los leñadores en su torno. Al fondo, el húmedo olor del chaparral traicionero. Y encadenándolo todo, el ojo del capataz.

—¡Oooh!

Rodó una hora larga, interminable. Con doloroso cansancio en las articulaciones, Chiliquinga se dejó arrastrar por una modorra que le aliviaba a ratos, pero que al huir de su sangre y de sus músculos —sorpresiva, cruel, violenta— le estremecía de coraje y le obligaba a discutir y a insultar a las cosas —con los hombres le era imposible:

---

102 *Shungo:* corazón.
103 *Ashco:* perro.

—Nu... Nu te has de burlar de mí, ¡rama manavali[104], rama puta, rama caraju! Toma... Toma, bandida.

En uno de aquellos arrebatos, al asegurar con el pie el tronco que patinaba en el fango y descargar el hachazo certero —endemoniada fuerza que flagela—, la herramienta, transformada en arma —por acto fallido—, se desvió unas líneas y fue a clavarse en parte en la carne y en los huesos del pie del indio.

—¡Ayayay, carajuuu!

—¿Qué...? ¿Qué...? —interrogaron todos ante el alarido del Chiliquinga.

—¡Ayayay, carajuuu!

La tropa de indios leñadores rodeó al herido. Felizmente sólo una punta del hacha había penetrado en el empeine, pero manaba mucha sangre y era necesario curar. Un longo, sin duda el más hábil en recetas caseras, exclamó:

—Me mueru. Ave María. Jodidu parece. Algunu que baje nu más a la quebrada a conseguir un poquitu de lodu podridu para que nu entre el mal en la pierna.

—Vos, guambra[105].

—Corre.

—Breve regresarás, pes.

El aludido —un muchacho de diez años, descalzo y con cara de idiota— se hundió por un desnivel del terreno.

—Una lástima.

—Pobre natural[106].

—Yaguar[107] de Taita Dios.

—Y en luna tierna[108], pes.

—Ojalá nu le agarre el Cuichi[109].

---

[104] *Manavali:* inútil, sin valor.

[105] *Guambra:* niño.

[106] *Natural:* indio.

[107] *Yaguar:* sangre.

[108] *Luna tierna:* luna nueva.

[109] *Cuichi:* genio maléfico que surge de cerros y quebradas, y se identifica con el arco iris. Puede embarazar a las mujeres y causar enfermedades: se dice que «lo ha agarrado el Cuychi» cuando alguien vuelve de las montañas con dolor de cabeza, calentura u otro mal.

Entre los comentarios de los indios apareció el rapaz que fue por la medicina —lodo fétido y verdoso se le escurría de las manos.

—Buenu está.

—Arí, taita.

—Bien podriditu —afirmó el curandero improvisado.

En ese mismo instante llegó al grupo el Tuerto Rodríguez e interrogó furioso:

—¡Carajo! ¿Qué pasa, pes? ¿Qué están haciendo, runas puercos?

—Nada, patroncitu.

—¿Cómo nada?

—El pie del Andrés que se jodió nu más. Toditicu hechu una lástima.

El cholo se agachó sobre el herido, y, luego de examinar el caso, murmuró con voz sentenciosa —ejemplo y advertencia para los demás:

—Ya decía yo. Algo le ha de pasar al runa por venir con esa mala gana al trabajo. Taita Dios te ha castigado, pendejo.

—Jesús, María...

—Pobre natural, pes.

—La desgracia...

Los comentarios compasivos de la peonada fueron interrumpidos por el capataz:

—¿Qué le iban, pes, a poner?

—Esticu.

—¿Lodo? ¿Qué es, pes? Ni que fueran a tapar un caño. Ahora verán lo que hago. ¡José Tarqui!

—Taiticu.

—Consígueme unas telitas de araña en el galpón. Bastanticas traerás, no...

—Arí, taiticu.

—Eso es como la mano de la Divina Providencia... —concluyó el capataz. Luego, en espera de la medicina, dirigiéndose al herido, dijo—: Y ahora vos no has de poder pararte, pes. Pendejo...

—Me he de parar nu más, patroncitu.

—Eso... No es así no más la cosa.

—Poder. Poder... —murmuró el indio Chiliquinga con angustia supersticiosa por la sangre, su sangre que manchaba la tierra.

—Ya te jodiste.

—Nu. Nuuu.

—Ya te quedaste del cojo Andrés —opinó el cholo con sadismo burlón.

En murmullo de voces y risas disimuladas comentaron los indios leñadores el chiste del Tuerto, que tenía fama de ingenioso y dicharachero.

—Esticu nu más, pes.

—Esticu... Esticu... —remedó el cholo tomando las telarañas de las manos del indio.

—Arí, taiticu.

—Es como la mano de Dios. Sólo esto te ha de sanar, pendejo —opinó el Tuerto Rodríguez mientras colocaba, con seguridad y cuidados de hábil facultativo que venda una herida con gasas y desinfectantes, las sucias telarañas sobre la boca sanguinolenta del pie de Chiliquinga. Del indio que mordía quejas y carajos a cada aplastón del curandero. Cuando el capataz creyó que todo estaba listo alzó a mirar en busca de una tira o trapo que envuelva y sujete la preciosa medicina.

—¿Qué, pes, taiticu? —inquirió uno de los peones.

—¿Dónde hay un guato?[110].

—¿Un guatu?

—Para amarrar, pendejos.

—Nu hay...

—Nu hay, pes, patroncitu.

—¡Carajo! Nu hay... Nu hay... Roscas miserables. Por un trapito se dejan conocer. Cuando estén muriendo y caigan en la paila grande del infierno también: «Nu hay... Nu hay misericordia» ha de decir Taita Dios.

—Ave María.

—Jesús.

—De dónde para sacar, pes.

Sin esperar más razones, el Tuerto Rodríguez se aba-

_____
[110] *Guato:* cuerda.

lanzó al longo más próximo, el cual, arrimado al mango de su hacha, había contemplado la escena como alelado y sonámbulo y no pudo esquivar el manotazo del cholo, que le arrancó una tira de la cotona pringosa, aprovechando un desgarrón.

Un revuelo de risas y de medias palabras por la cara que puso el agredido al sentirse despojado del trapo que le cubría la barriga se elevó entre la indiada.

—Uuu...

—Adefesiu.

—Caraju.

—Ve, pes.

—Pupo[111].

—Pupo al aire —concluyó alguien refiriéndose al ombligo desnudo del indio que sufrió el desgarrón de la cotona.

—¡Pupo al aire! —corearon todos.

En ese mismo momento el Tuerto Rodríguez había terminado la curación, y, sin esperar más, con fuertes chasquidos de un látigo que le reintegraba a su oficio de capataz, impuso orden entre la peonada.

—¡Basta de risas! ¡A trabajar, longos vagos!

—Uuu...

—Todavía faltan lo menos dos horas para que oscurezca.

De inmediato todo volvió a la monotonía del trabajo —hacia lo ancho, hacia lo largo y hacia lo profundo del chaparral.

—Como vos no has de poder hacer fuerza con el hacha, entra no más por la quebrada a recoger hojas. Hacen falta para tapar el carbón que hemos de quemar mañana —ordenó el cholo dirigiéndose al indio Chiliquinga, que permanecía aún recostado en el suelo.

—Patroncitu, patroncituuu... —murmuró el longo tratando de levantarse. Pero como no pudo —le faltaba coraje y le sobraba dolor—, el capataz le ayudó con tremendos gritos y ciegos fuetazos.

---

[111] *Pupo:* ombligo.

—Ya te vas a quedar como guagua tierno o como guarmi preñada, nooo.

—Aaay.

—Indio maricón. ¡Arriba, carajo!

—Ayayay.

A la mañana siguiente el herido sintió como si el corazón y todos sus pulsos se le hubieran bajado al pie. Además, le molestaba en la ingle un dolor de fuerte calambre, de... La fiebre en la cual ardía su cuerpo evaporaba la humedad del poncho, de la cotona y del calzón de liencillo pringosos y sudados. Mas la costumbre que impulsa inconscientemente, el capataz que vigila, el trabajo que espera, arrastraron al herido.

A los tres días de aquello, Chiliquinga quiso levantarse. Se movió con enorme pesadez. Dos, tres veces. Luego, ante el fracaso de la voluntad, se quedó tendido en el suelo, quejándose como un borracho. Y cuando llegó el capataz la eficacia del acial fue nula.

—¡Carajo! Hay que ver lo que tiene este indio pendejo. Indio vago. De vago no más está así. Se hace... Se hace... —gritó el Tuerto Rodríguez tratando de justificar su crueldad con el herido: latigazos, patadas, que nada consiguieron.

Fue entonces cuando el coro de leñadores que rodeaban la escena se atrevió a opinar:

—Pobre Andrés.

—Comu brujiadu.

—Con sueñu de diablu.

—Ave María.

—Taiticu.

—El Cuichi.

—La pata.

—La pata sería de verle.

Y uno de los indios, el más caritativo y atrevido, se acercó al enfermo y le abrió cuidadosamente la venda del pie. El trapo sucio manchado de sangre, de pus y de lodo, al ser desenvuelto despidió un olor a carroña.

—Uuu...

—¡Oh!

Cuando quedó descubierta la herida, sobre la llaga viscosa todos pudieron observar, en efervescencia diabólica, un tejido palpitante de extraños filamentos.

—Gusanu de monte.

—Ha caído gusano de monte en pata de natural.

—Arí, pes.

—Agusanadu comu cascu de mula.

—Comu animal.

—Gusanu de monte.

—Taita Dios guarde.

—Ampare y favorezca, pes.

—Runa bruto. Tienen... Tienen que bajarle no más a la hacienda. Aquí ya no sirve para nada. Para nada... —ordenó el Tuerto Rodríguez ante la evidencia.

Dos indios cargaron al enfermo y se perdieron en el monte, dejando atrás el eco de los gritos y de las maldiciones del cholo Rodríguez.

La primera visita que tuvo el herido fue la del mayordomo de Cuchitambo. El cholo quería cerciorarse de la verdad. «A mí no me hace nadie pendejo. Menos un runa de éstos...», se dijo al entrar en la choza del huasipungo de Andrés Chiliquinga. Tras él iba un indio curandero —mediana estatura recogida bajo el poncho, de cara arrugada y prieta, de manos nerviosas y secas.

Con misteriosa curiosidad, luego de tomar confianza en la penumbra del tugurio, Policarpio y el curandero se agacharon sobre el bulto que hacía en el suelo el cuerpo inconsciente y afiebrado del enfermo. Y, después de examinar la pierna hinchada y olfatear la llaga, el indio de manos nerviosas y secas opinó en tono y ademán supersticiosos:

—Estu... Estu... Brujiadu parece. Brujiadu es.

—¿Brujiado?

—Arí, patroncitu.

—Carajo. Indio mañoso. Por verse con la guarmi todas las noches. Toditicas. A mí no me hacen pendejo.

—Nu, patroncitu. Pisadu en mala hierba. Puestu por manu de taita Cuichi Grande.

—¡Qué carajo!

—Estu ca, malu es en cristianu. Puede saltar como pulga.

—Bueno. Tienes que curarle. Es la orden del patrón grande, su mercé.

—Arí, taiticu.

—Y tienes que quedarte aquí en la choza cuidándole.

—Uuuu...

—Nada de uuu... La Cunshi no puede venir. Está dando de mamar al niñito de la ña Blanca.

—Lueguitu voy a sacar la brujería cun chamba de monte, cun hojas de cueva oscura. Un raticu nu más espere aquí, patroncitu, hasta volver. Con señal de la cruz es bueno defenderse.

—¡Ah! Te espero. Vuelve pronto.

—Arí, patroncitu.

Cuando se quedó solo el mayordomo con el enfermo —con el enfermo que se quejaba cual rata de infierno— sintió que un miedo meloso le subía por las piernas, por los brazos. «Brujiado... Brujiado...», pensó evocando el tono misterioso y los gestos dramáticos del curandero. «Puede saltar, puede saltar como una pulga, carajo», se dijo, presa de pánico, y salió corriendo en busca de su mula. A él no le jodían así no más. Y cuando se halló sobre la bestia, trotando por uno de los senderos que conducen a la casa de la hacienda, murmuró a media voz:

—Brujiado. ¿Quién hubiera creído? Ni taita cura sabe de dónde viene eso. Como los runas son hijos del diablo...

De las voces que alcanzaron a llegar al subconsciente del enfermo a través de su fiebre y de su dolor, sólo una le quedó prendida como un puñal en la sangre, como un cuchillo bronco raspándole en el corazón: Cunshi... Cunshiii.

Al volver el curandero cargado de hierbas encontró a Chiliquinga revolcándose en el suelo pelado de la choza mientras repetía:

—¡Cunshiii! ¡Carishinaaa! ¡Shungooo!

—Carishinaaa. Shungooo. Taita Dios ampare. Taita Dios defienda —repitió el indio de cara arrugada y prieta echándose sobre el enfermo para sujetarle con fuerza y raras oraciones que ahuyenten y dominen a los demonios que tenían embrujado a Chiliquinga. Luego, cuando Andrés se apaciguó, hizo en el fogón una brasa con boñigas, con ramas secas, y, en una olla de barro —la que usaba Cunshi para la mazamorra—, preparó un cocimiento con todos los ingredientes que trajo de la quebrada. Mientras atizaba el fuego, y apenas el agua inició su canto para hervir, el runa, hábil desembrujador, se puso trémulo y congestionó su arrugado e inmutable semblante con mueca de feroces rasgos. Pronunció unas frases de su invención, se frotó el pecho, los sobacos, las ingles y las sienes con una piedra imán y un trozo de palo santo[112] que llevaba colgados del cuello. Cuando el agua misteriosa estuvo a punto, arrastró como un fardo al enfermo junto al fogón, tomó el pie hinchado, le arrancó la venda y en la llaga purulenta, repleta de gusanillos y de pus verdosa, estampó un beso absorbente, voraz, de ventosa. Gritó el herido entre vehementes convulsiones, pero los labios que chupaban del curandero se aferraron más y más en su trabajo, no obstante sentir en las encías, en la lengua, en el paladar y hasta en la garganta un cosquilleo viscoso de fetidez nauseabunda, de sabor a espuma podrida de pantano. Las quejas y espasmos del enfermo desembocaron pronto en un grito ensordecedor que le dejó inmóvil, precipitándole en el desmayo. Entonces la succión del curandero se hizo más fuerte y brilló en sus pupilas un chispazo de triunfo. Él estaba seguro, él sabía que en todos los posesos era lo mismo: al salir los demonios estrangulaban la conciencia de la víctima.

---

[112] *Palo santo:* en América, nombre con que se conocen diversas plantas aprovechables con fines medicinales.

De un escupitajo que echó sobre las candelas del fogón, el hábil desembrujador vació su boca. Humo negro y hediondo trepó por la pared tapiada de hollín.

—Clariticu está el olur de rabu chamuscadu de diablu —opinó el curandero mirando en el fuego cómo hervían saliva, pus sanguinolenta y gusanos, mientras se limpiaba con el revés de la manga de la cotona residuos de baba viscosa que se le aferraban a la comisura de los labios. Luego, aprovechando el estado inconsciente de Chiliquinga, hundió —sujetándole con las dos manos— el pie herido en la olla del cocimiento, que todavía humeaba. Feliz de su tarea murmuró al final:

—Conmigu ca se equigüeyca[113] taita diablo colorado. Y ahora he de estar chapandu[114] hasta que mejore.

Con el maíz, con la harina de cebada, con el sebo de res y unas patatas —cuchipapa— que halló en la choza se alimentó el curandero y alimentó a la vez al enfermo y al perro.

Fueron necesarios ocho días de repetir la misma operación para que se desinfecte la herida y otros ocho de vendajes para que empiece a cicatrizarse. No obstante, Andrés Chiliquinga quedó cojo como había anunciado el Tuerto Rodríguez. Aquel defecto le desvalorizaba enormemente en el trabajo, pero la caridad de don Alfonso Pereira y los buenos sentimientos de ña Blanquita consintieron en dejar al indio en el huasipungo. Y lo más recomendable y generoso de parte de los patrones fue que le dieron trabajo de chacracama para la convalecencia.

—Sólo tendrá que pasar el día y la noche cuidando la sementera grande. Es cosa que hacen los longos de ocho años. Pero ya que le ha pasado semejante desgracia al runa, tendremos que soportarle hasta que se componga o hasta ver qué hacer con él. Ojalá...

—Cojo no más ha de quedar, patrón —intervino el mayordomo.

—Entonces...

---

113 *Se equigüeyca:* se equivoca.
114 *Chapar:* observar, vigilar.

—¡Ah! Y sobre todo hay que conservarle hasta que la india críe a mi hijito. Le ha sentado bien la leche. Para qué se ha de decir lo contrario. Después de tanto sufrir. Buena... Buena es la doña[115] —concluyó la esposa de Pereira.

—Sí. Muy buena... —dijo don Alfonso disimulando un hormiguear burlón de su deseo sexual por la india, de su deseo que lo mantenía oculto y acechante —los senos pomposos, la boca de labios gruesos, los ojos esquivos, ¡oh!

Sobre una choza zancuda[116] clavada en mitad de una enorme sementera de maíz —donde el viento silbaba por las noches entre las hojas con ruido metálico—, Andrés Chiliquinga, elevándose unas veces sobre su pie sano, con los brazos en cruz como un espantapájaros, arrastrándose otras veces sobre el piso alto de la choza como un gusano, ejercitaba a toda hora sus mejores gritos, roncos unos, agudos otros, largos los más, para ahuyentar el hambre de las aves y de las reses.

—¡Eaaa...!

—¡Aaa...! —respondía el eco desde el horizonte cabalgando en el oleaje del maizal.

Una noche, debía ser muy tarde, los indios de los huasipungos de la loma más próxima oyeron un tropel de pezuñas que pasaba hacia el bajío. Sí. Era el ganado de la misma hacienda que, al romper la cerca de la talanquera, se había desbordado en busca de un atracón de hojas de maíz.

Surgieron entonces del silencio y de las tinieblas largos y escalofriantes gritos:

—Dañuuu...

—¡Dañuuu jaciendaaa!

—¡Dañuuu de ganaduuu!

—¡En sementera grandeee!

—¡Dañuuu jaciendaaa!

—Dañuuu...

---

[115] *Doña:* tratamiento que a veces se da a la mujer india.
[116] *Zancuda:* elevada sobre soportes de madera.

En tumbos de escalofrío y puñalada rodaban sin cesar las voces tras el ganado. Llegaban desde la loma, desde el cerro chico, desde todos los rincones.

Andrés Chiliquinga, enloquecido ante el anuncio, se tiró entre los surcos. Su cojera le impedía correr, le ataba a la desconfianza, al temor.

—Caraju... Carajuuu... —repetía para exaltar su cólera y para amortiguar el dolor de su invalidez.

Larga y desesperada fue su lucha —arrastrándose unas veces, saltando otras, esquivando como un harapo nervioso su cuerpo de las ciegas embestidas, ayudándose con palos, con piedras, con puñados de tierra, con gritos, con juramentos, con maldiciones, con amenazas —para echar al ganado esparcido por la sementera.

Aquel escándalo extraño despertó a don Alfonso, el cual, con la arrogancia y el heroísmo de un general en campaña, se echó un poncho sobre los hombros y salió al corredor a medio vestirse.

—¿Qué pasa? —interrogaron desde el lecho la hija y la esposa.

—Nada. Alguna tontería. Ustedes no se levanten. Yo iré donde sea... Yo...

Una vez en acción despertó a la servidumbre y al enterarse de lo que ocurría ordenó la movilización de toda la gente de la hacienda en ayuda de los chacracamas, en ayuda de Andrés Chiliquinga.

—El cojo ha de estar sin poder moverse. Pendejada. Yo decía que es pendejada.

Cuando se quedó solo, perdida la vista y la imaginación en la oscuridad infinita, arrimado a uno de los pilares del corredor, don Alfonso Pereira pensó muchas cosas de ingenuo infantilismo sobre lo que él creía una hazaña. Sí. La hazaña que acababa de realizar. Le parecía inaudito haberse levantado a media noche sólo para salvar sus sementeras —cosa y trabajo de indios—. ¡Ah! Pero su espíritu de sacrificio... Tenía para vanagloriarse en las charlas de su club, en las reuniones de taza de chocolate, en las juntas de la Sociedad de Agricultores. ¿Y qué contaría en definitiva? Porque realmente él... Bueno... Lo opresor y desconcertante de la oscuridad de la noche campesina —reino de las almas en pena—. Exageraría en su provecho la bravura de las bestias y lo angustioso de las voces de los hombres.

—No.. No hay como enredarse mucho en estas cosas profundas, porque uno se pierde —murmuró por lo bajo. Mas su orgullo y su omnipotencia pensaron a la vez: «Soy la cabeza de la gran muchedumbre. La antorcha encendida. Sin mí no habría nada en esta tierra miserable...»

Y al volver a su cuarto en busca de una recompensa, de un descanso feliz, sabroso, evocó con asco el cuerpo desnudo, deforme y pesado de doña Blanca. «Cuando era joven. ¡Oh! Año de... Mamita... Tanto joder. Tanta sacristía». De pronto recordó a la india nodriza que dormía en el cuarto del rincón, a dos pasos de él. «Carajo... Cierto... Puedo...», se dijo acercándose y pegando la oreja en la cerradura codiciada. Un leve roncar y un olorcillo a ropa sucia le inyectaron vehemencias juveniles. Estremecido y nervioso se frotó las manos. «Nadie... Nadie sabrá...», pensó entonces. «¿Y si se descubre? ¡Qué vergüenza! ¿Vergüenza? ¿Por qué? Todos lo hacen. Todos lo han hecho». Además, ¿acaso no estaba acostumbrado desde muchacho a comprobar que todas las indias servicias de las haciendas eran atropelladas, violadas y desfloradas así no más por los patrones? Él era un patrón grande, su mercé. Era dueño de todo; de la india también. Empujó suavemente la puerta. En la negrura del recinto, más negra que la noche, don Alfonso avanzó a tientas. Avanzó hasta y sobre la india, la cual trató de enderezarse en su humilde jergón acomodado a los pies de la cuna del niñito, la cual quiso pedir socorro, respirar. Por desgracia, la voz y el peso del amo ahogaron todo intento. Sobre ella gravitaba, tembloroso de ansiedad y violento de lujuria, el ser que se confundía con las amenazas del señor cura, con la autoridad del señor teniente político y con la cara de Taita Dios. No obstante, la india Cunshi, quizá arrastrada por el mal consejo de un impulso instintivo, trató de evadir, de salvarse. Todo le fue inútil. Las manos grandes e imperiosas del hombre la estrujaban cruelmente, le aplastaban con rara violencia de súplica. Inmovilizada, perdida, dejó hacer. Quizá cerró los ojos y cayó en una rigidez de muerte. Era... Era el amo, que todo lo puede en la comarca. ¿Gritar? ¿Para ser oída de quién? ¿Del indio Andrés, su marido? «¡Oh! Pobre cojo manavali», pensó Cunshi con ternura que le humedeció los ojos.

—Muévete, india bruta —clamó por lo bajo Pereira ante la impavidez de la hembra. Esperaba sin duda un placer mayor, más...

—Aaay.

—Muévete.

¿Gritar? ¿Para que le quiten el huasipungo al longo? ¿Para que comprueben las patronas su carishinería? ¿Para qué...? ¡No! ¡Eso no! Era mejor quedarse en silencio, insensible.

—Muévete.

—Aaay.

Debía frenar la amargura que se le hinchaba en el pecho, debía tragarse las lágrimas que se le escurrían por la nariz.

Al desocuparse el patrón y buscar a tientas la puerta, comentó a media voz:

—Son unas bestias. No le hacen gozar a uno como es debido. Se quedan como vacas. Está visto... Es una raza inferior.

Y al juzgar al otro día el daño del ganado en la sementera grande, ante el informe del mayordomo, don Alfonso interrogó:

—¿Cuántas cañas han tumbado?

—Conté unas doscientas, patrón.

—Eso será...

—Treinta sucres poco más o menos.

—Que se le cargue a la cuenta del indio bandido.

—Así haremos, su mercé.

Cuando volvió la india Cunshi al huasipungo, Andrés miró varias veces de reojo la barriga de su hembra. ¿Será? ¿No será? Ella, en cambio, al comprender el amargo recelo del hombre, trató de infundirle confianza mostrándole al disimulo su vientre enflaquecido.

Hacia mediados de verano, buenos los caminos, las patronas —doña Blanca y Lolita— resolvieron volver a la capital. Para ellas todos los problemas estaban solucionados: volvía a brillar inmaculado el honor de la familia, despertaba más tierna e inquieta la maternidad de ña Blanquita. Sólo para don Alfonso las cosas se hallaban aún un poco verdes. No sabía cómo formular sus disculpas al tío y a las empresas con quienes había tratado y contratado la explotación de la madera, del petróleo, de... cuanto sea...

—No te apures tanto —consoló la esposa cuando él le comunicó sus escrúpulos.

—¿Y qué digo?

—La verdad. No se podía hacer más con lo poco que te dieron.

—Tan poco...

—Compraste las montañas del Oriente.

—¿Y el carretero?

—Que hagan ellos.

—Mujer. Bien sabes que tengo que hacer yo.

—Que te den más dinero.

—Más...

—Lógico.

—Y después los huasipungos.

—Eso es más fácil.

—Fácil.

—Claro, hombre. Nos acompañas. Hablas con esos señores. Les dices así. Más no se podía hacer. Bueno... Y si aceptan te vuelves solo y empiezas esos trabajos. Nosotros...

—Sí. Comprendo.

—¿Quieres sepultarnos en este infierno? Lolita tiene que empezar de nuevo...

—Empezar de nuevo.

—Y mi guagua. Su crianza, su educación.

—Es verdad. Sí... No hay más...

—Nada más.

Lo que ansiaba en realidad doña Blanca era volver a la ciudad, volver a la chismografía de sus amigas encopetadas —mafia de un cholerío[17] presuntuoso y rapaz—, volver a las novenas de la Virgen de Pompeya, volver a las joyas, volver al padre Uzcátegui. Y así se hizo. Desgraciadamente, a don Alfonso no le dejaron disfrutar a gusto de la capital. Los consejos y las amenazas del tío Julio por un lado y los proyectos y el dinero de los gringos por otro —generosidad con cuentagotas— le hundieron de nuevo en el campo.

Don Alfonso Pereira entró en Tomachi al atardecer. Al llegar a la casa del teniente político, Juana expendía como de costumbre en el corredor guarapo[118] y treintaiuno[119] a una decena de indios que devoraban y bebían sentados en el suelo. Al ver al patrón de Cuchitambo, la mujer exclamó:

—Ve, pes. Ha llegado.

—Mi querida Juana.

—Buenas tardes.

—¿Y cómo les va?

—Bien no más. ¡Jacintooo! ¡El patrón Alfonsito está aquí!

—Otra vez...

—¿Solito vino?

—Solito.

—Solterito entonces.

—Solterito.

—Ahora sí, pes. Me muero.

---

[117] *Cholerío:* aquí se emplea en sentido figurado, aludiendo a la baja condición moral que se estima propia de los cholos.

[118] *Guarapo:* bebida elaborada con el jugo de la caña de azúcar.

[119] *Treintaiuno:* potaje de intestinos de res.

En ese mismo instante Jacinto Quintana asomó por una de las puertas del corredor, dejó la colilla de su cigarrillo sobre uno de los poyos y con gesto baboso y servil —especialidad de su cara ancha, sebosa y bobalicona— invitó al recién llegado:

—Desmóntese no más, pes, patrón.

—¡Oh!

—Tómese un canelacito[120]. Es bueno para que no le agarre a uno el páramo[121].

—Un ratito —intervino la mujer.

—Gracias. Muchas gracias —murmuró Pereira mientras desmontaba. Luego continuó:

—Sería bueno mandar con alguien adonde el señor cura a decirle que venga, que quiero hablar con él, que se tome una copita.

—Bueno, pes.

—Lo que usted diga, patrón. Ya mismito —afirmó el cholo tratando de entrar en la casa, pero la mujer intervino, quejosa y zalamera:

—¿Que es, pes? Que entre primero a sentarse, a descansar...

—Cierto. Venga... Venga, patrón.

El cholo Quintana instaló a don Alfonso en el cuarto que servía de dormitorio a la familia. Una pieza penumbrosa, con estera, con ilustraciones de periódicos y revistas amarillas de vejez tapizando las paredes. A la cabecera de una cama de peligrosa arquitectura y demasiado amplia —toda la familia dormía en ella—, prendido con clavos y alfileres, un altar a la Virgen de la Cuchara —adornos de festones y flores de papel de color, estampas de santos con anuncios de farmacia. Un tufillo a chuchaqui tierno y montura vieja saturaban el ambiente. La suciedad agazapábase por los rincones y debajo de los muebles.

---

[120] *Canelazo:* infusión de agua de canela (agua hervida con canela, limón o naranjilla, y azúcar) con buena dosis de aguardiente. Se bebe caliente.

[121] *Agarrar a alguien el páramo:* enfermar a causa del frío.

—Siéntese no más, patrón —invitó el cholo mientras limpiaba con la esquina de su poncho un banco de rústica apariencia.

—Aquí... Aquí mejor —propuso la chola acariciando un puesto en la cama.

—Sí. Aquí mejor —concluyó don Alfonso dando preferencia a la mujer.

—Bueno. También.

—Con eso... Si me emborracho no hay necesidad de nada.

—De nada.

—¿Pero con qué para chumarse[122], pes? —interrogó la hembra.

—¡Ah! Nadie sabe —dijo Pereira con una sonrisita de suculentas perspectivas.

—¡Jesús! —exclamó llena de picardía Juana y salió por la puerta que daba al corredor.

—Perdoncito. Voy a decir al guambra que vaya por el señor cura —afirmó Jacinto, desapareciendo a su vez.

A los pocos minutos la chola volvió con un plato lleno de tortillas de papa, chochos y mote[123], todo rociado de ají y picadillo de lechuga. Y con fingida humildad, ofreció:

—Para que se pique[124] un poquito, pes.

—¡Estupendo! —exclamó el propietario de Cuchitambo ante el suculento y apetitoso manjar.

—¿Quiere un poquito de chicha? Le pregunto porque como usted...

—¡Oh!

—No, pes, la de los indios fermentada con zumo de cabuya. De la otra. De la de morocho[125].

—Prefiero la cervecita. Unas dos botellas.

—Sólo tenemos de la marca Mona. La otra fermenta prontito.

---

122 *Chumarse*: emborracharse.
123 *Mote*: maíz desgranado y cocido.
124 *Picar*: estimular el apetito o la sed.
125 *Morocho*: variedad de maíz, de grano pequeño y duro.

—La que sea. Con esta dosis de ají...

—Una copita para abrir la boca también ha de querer.

—Un cuarto. Ya mismo llega el cura.

El párroco llegó una media hora más tarde. Su aparición puso una nota familiar y bullanguera en la conversación —diálogo desigual entre el patrón latifundista y el cholo teniente político.

—¿Qué de bueno dejó por nuestro Quito, don Alfonso?

—Nada.

—¿Qué hay de bullas? ¿Ya cayó el Gobierno?

—No. ¡Qué va...!

—¿Y de guambritas? —insistió el sotanudo cínicamente.

—Lo mismo —dijo Pereira, y con voz de chacracama llamó a la mujer del teniente político para pedirle otro cuarto de botella de aguardiente, la cual objetó:

—Ahora ha de ser entera, pes, con taita curita.

—Bien. Entera.

Apenas llegó la botella, don Alfonso, con generosa pomposidad, repartió el licor entre sus amigos, llamando de cuando en cuando a Juana para que se tome una copita. Ella no intervenía nunca en las conversaciones serias y profundas de los hombres, pero le gustaba beber sin exceso.

En alas del alcohol fue creciendo la sinceridad, el coraje y la fantasía del diálogo de los tres hombres —patrón, sacerdote y autoridad—. Don Alfonso, el gesto imperioso, la voz trémula, la mirada dura, firme y amenazante la mímica de las manos, propuso y planteó a sus amigos el problema del carretero:

—Nosotros somos los únicos capacitados para hacer esa gran obra que espera desde hace muchos siglos.

—¿Nosotros? —dijo el cura con interrogación que denunciaba impotencia.

—Eso...

—¿Y quién más, carajo? Muchos son los llamados, pocos los escogidos verdaderamente. Usted desde el púlpito, señor cura, y tú, Jacinto, desde la tenencia política.

—¿Cómo, pes? —se atrevió a interrogar el cholo.

—El asunto es comenzar cuanto antes esa obra titánica. ¡La Patria la reclama, la pide, la necesita! —chilló el dueño de Cuchitambo poniendo en sus palabras un fervor irrefutable.

—¡Ah! —exclamó el sotanudo.

—Síii, pes —se desinfló el teniente político.

—Hay que unir todos los brazos del pueblo. ¡Todos! Yo daré los indios. Con una minga de cuatro o cinco semanas tendremos el mejor carretero del mundo, carajo. El ministro... el señor ministro me ha ofrecido personalmente enviar a un ingeniero y proporcionar algunos aparatos si el asunto se lleva a efecto.

—Entonces la cosa está resuelta —opinó el fraile.

—Sólo así, pes —comentó el cholo.

—Sólo así este pueblo dará un paso definitivo hacia la civilización y el progreso.

—Sólo así —comentaron todos.

—Tomemos... Tomemos un traguito por nuestra feliz iniciativa —dijo Pereira, emocionado ante la perspectiva de una victoria.

—Salud.

—Salud, taita curita. Salud, patrón.

—¡Salud!

Luego de una breve pausa, el latifundista continuó rubricando con un movimiento brusco de su mano la frase que debió haber oído en boca de algún político demagogo:

—¡Ha llegado la hora de dar vida y cultura a los moradores de esta bella región! Los caminos... Los caminos son la vida de los pueblos y los pueblos deben abrir sus caminos.

—¡Qué lindo! —exclamó el cholo teniente político embobado por las palabras.

—Sí. Está bien. ¿Pero será posible hacer veinte kilómetros de carretero, que es lo que nos falta, sólo con mingas? —objetó el cura ladeándose el bonete hacia la oreja.

—Entonces usted no sabe, mi querido amigo, que el camino de San Gabriel fue hecho con mingas en su mayor parte.

—¿Sí?

—Así es, pes.

—Y hoy por hoy estas regiones han ganado un cincuenta por ciento en todo. Por una pequeña hacienda, un pedazo de tierra sin agua, sin nada, le acaban de ofrecer cincuenta mil sucres a un pariente mío.

—Así mismo es, pes.

—Y subirían de importancia con el carretero los curatos de toda esta región —murmuró el sotanudo como si hablase a solas.

—De la provincia.

—Y las tenencias políticas se volverían socorridas, pes.

—¡Claro!

—Salud, taita curita. Salud, patrón.

—¡Salud!

—¿Ayudarán entonces ustedes a esta gran obra?

—¡Ayudaremos!

—Ojalá el patriotismo de ustedes no sea sólo cuestión de copas —dijo, amenazador, don Alfonso Pereira.

—¿Cómo cree usted semejante cosa? —respondió indignado el cura.

—¿Cómo, pes? —afirmó Quintana.

Una idea le obsesionaba al sotanudo: «Al iniciarse los trabajos de las mingas organizaré una fiesta solemne con cinco o seis priostes[126], con vísperas, con misa cantada, con sermón... ¡Carajo! Y otra en acción de gracias al terminar...»

—Podemos empezar lo más pronto posible —propuso el dueño de Cuchitambo.

—En verano. Después de la fiesta de la Virgen de la Cuchara.

—Lo que usted diga, señor cura. Cuando usted quiera

---

[126] *Prioste:* el que costea una fiesta religiosa (diezmos para el cura, comida para los invitados y demás gastos). Para el peón ecuatoriano el *priostazgo* constituía una obligación y un honor, y a través de él dejaba de ser *longo*. No dudaba en vender sus pertenencias o en endeudarse con tal de reunir los recursos necesarios.

—concluyó don Alfonso guiñando el ojo con picardía.

—No. No es por nada personal. Lo decía porque así los indios y los chagras se sentirán protegidos por la Santísima Virgen y trabajarán con mayores bríos.

—Hasta echar los bofes —interrumpió con torpe sinceridad el cholo Jacinto.

Sin tomar en cuenta la opinión nada oportuna de la autoridad, don Alfonso embromó:

—Cura bandido. Lo que quiere en primer término es que no se le dañe la fiesta grande.

—¿Y entonces? —interrogó el fraile con cinismo inesperado.

—Comprendo. Uno o dos meses de recuperación, ¿eh? Así... Así puede hacer otra con el pretexto de las mingas.

—No estaría mal.

—Mal, no. Cien sucres a cada prioste por la misa.

—Nada se hace en esta tierra de memoria[127], en el aire.

—Nada... Es verdad. Con tal de que los priostes no sean de mi hacienda.

—¡Oh! Tendría que importarles.

—Ya me jodió, carajo.

—No se puede hacer el carretero de memoria, mi querido amigo.

—No. Claro...

—Con esa obrita sus propiedades ganarán un ciento por ciento.

—Más —concluyó Pereira usando el mismo cinismo que había escudado al sotanudo.

La pausa alelada del teniente político en esos breves instantes —observación llena de curiosidad y de fe patrióticas ante la sabia charla de los dos hombres— estalló en urgencia de reclamo —puesto de lucha o puesto de pequeñas ventajas:

—¿Y yo? ¿Y yo cómo he de ayudar, pes?

—Serás... Serás el recolector.

---

[127] *De memoria:* gratuitamente, sin dificultad.

—¿Qué es, pes, eso?

—Cosechar lo que el señor cura siembra.

—No entiendo.

—Reunir las gentes preparadas por los sermones en la iglesia.

—¡Ah! Yo creí que era algo para mí.

—Como la autoridad máxima del pueblo.

—Como el hombre de confianza.

—Como el patriota...

—Sí. Ya sé...

—Obligar al trabajo colectivo de buenas o de malas.

—¿Solitico?

—Tenemos que buscar el momento oportuno. Una feria, por ejemplo.

—Al salir de una misa.

—Salud, taita curita. Salud, patrón.

—¡Salud!

Cuando la chola Juana entró con la última botella de aguardiente que halló en su tienda, don Alfonso Pereira interrogó a sus aliados:

—¿Cuántos creen que irán voluntariamente al trabajo?

—Bueno...

—Irán...

—¿Cuántos, carajo? —insistió el dueño de Cuchitambo con ojos inquisidores que denotaban una peligrosa obsesión alcohólica.

—Bastantes, pes.

—Muchos, don Alfonsito.

—¿Cuántos?

—Todos los que usted quiera.

—Todos...

—¡Carajo! Eso no es una respuesta. ¿Cuántos?

—Salud, patrón Alfonsito. Salud, taita cura.

—¡Salud!

En ese instante la mujer del teniente político alumbró la borrachera de los hombres con una vela de sebo clavada en una botella vacía.

—¿Cuántos? ¡Tienen que contarme!

128

—Bueno. Más de ciento.

—Eso. Más de ciento, pes.

—¡Cuéntenme, carajo! —exigió el latifundista estirando la boca en mueca de burla y de coraje.

El señor cura y el cholo teniente político, al notar que la cosa podía descomponerse, buscaron la mejor forma de calmar aquella enloquecida obsesión de Pereira enumerándole los posibles mingueros[128], los que debían ir, los que... En recuerdo atropellado, caótico —atinado unas veces, absurdo otras—, surgieron las gentes conocidas de la comarca. El viejo Calupiña, Melchor Santos y sus dos hijas buenas mozas, el Cuso del chozón de la ladera, el telegrafista, Timoteo Mediavilla, el maestro de escuela —burla y azote de los gallos del señor cura—, el mono[129] gritón que sufría de dolor a la paleta, el tejedor de alpargatas, el longo que fue chapa[130] en Quito y tuvo que volver porque se vio metido en no sé qué lío con la cocinera del señor intendente, el manco Conchambay, el cojo Amador, el Tuerto Rodríguez, Luis Mendieta, los hermanos Ruata...

—¿Cuáles más? —insistió el borracho latifundista.

—Salud, patrón Alfonsito, taita cura.

—¡Salud!

—¿Cuáles más?

—La chola del guarapo con sus hijos —exclamó el párroco en tono de feliz hallazgo.

—Cierto...

—¿Cuáles más?

—El ojos de gato con la mujer y el primo zambo[131] que ha llegado con mercadería de tierra arriba.

—De tierra arriba, pes.

—¿Cuáles más?

—El abuelo Juan... Los indios del páramo de Caltahuano.

---

[128] *Minguero:* el que trabaja gratuitamente en la *minga.*

[129] *Mono:* en la sierra ecuatoriana se aplica a los costeños, en tono despectivo.

[130] *Chapa:* policía.

[131] *Zambo:* mulato.

—¿Cuáles más, digo?

—Los niños de la escuela.

—¡Los guambras!

—¡Faltan, carajo! —insistió don Alfonso dando un manotazo en la mesa. Saltaron las botellas, las copas, la vela —hipo de susto de las cosas—. Inaudita actitud que prendió el temor en las solapas del representante de Taita Dios y en el poncho del representante de la Ley.

—Pero, don Alfonso...

—Patrón...

—He dicho que faltan, carajo —machacó de nuevo el señor de la comarca encarándose a la situación embarazosa de sus amigos, de sus aliados —miedo y prudencia a la vez—, los cuales se esforzaron por sonreír.

—¿Ah?

—Ji... Ji... Ji...

Se abrió una pausa peligrosa. Don Alfonso echó sobre la mesa —como un ascua retadora—, frente a la cara esquiva del sotanudo y a la sonrisa humilde del cholo teniente político, una muda y autoritaria interrogación que ardía en sus ojos de amenazante brillo alcohólico. Le desesperaba al latifundista la estupidez de sus aliados. ¿Cómo no podían adivinar a quiénes él se refería? ¿Cuáles eran en realidad los personajes decisivos para realizar su plan, para horadar los montes, para desecar los pantanos, para vencer al páramo, para llevar a buen término algo que no pudo ni el mismísimo Gobierno —unas veces aliado con los curas de Taita Dios y otras con los demonios de los liberales? Aburrido de esperar una respuesta, el dueño de Cuchitambo gritó:

—¿Y ustedes? ¿Y ustedes no se cuentan? ¡Ricos tipos[132], carajo!

—Naturalmente.

—Claro, pes.

—Iremos a la cabeza.

—¡Eso! Eso es lo que quería oír... Oírles... Se hacían los pendejos... Pero... —concluyó el terrateniente con

---

[132] *Rico tipo:* gran persona (irónico).

aire de triunfo sobre un juego que se le iba volviendo nada grato.

—Dábamos por descontado aquello —afirmó el fraile respirando con tranquilidad.

—Por descontado, pes.

Con alegría eufórica, luego de observar que se había terminado el aguardiente de las botellas, don Alfonso se puso de pie y gritó a la dueña de casa:

—¡Juanaaa!

—¿Qué quiere pes, patrón? —intervino servicial Jacinto.

—Más trago. Una botellita más.

—Ya no hay, patrón. Todito... Todito nos hemos acabado, pes —informó el teniente político.

—Cerca de dos botellas —comentó el cura.

—Pero... No. No podemos quedarnos así picados —protestó el latifundista en tono irreductible.

—Bueno... Eso...

—Eso digo yo también; pero ya no hay más, pes. Casi siempre dos botellas no más tenemos en la tienda. Sólo en las fiestas o algo así... Ahora cerveza, chichita...

—¡Oh! Pendejada. Yo puedo. ¡Yo! Ve, Jacinto... Tienes que hacerme un favor.

—Diga no más.

—Agarra mi mula, que debe estar afuera.

—¡Aaah!

—En un trote puedes llegar a la hacienda. Dile al Policarpio en mi nombre, debe estar esperándome, que te dé unas dos botellas que tengo en el armario del comedor.

—¿Dos?

—Sí, dos. Que me mande. Son de coñac.

—¡De coñac! —repitió el párroco abriendo grandes ojos de apetito.

—Voy en un brinco.

Cuando salió disparado el teniente político y se quedaron solos el cura y el dueño de Cuchitambo, ambos, mirándose con una extraña sonrisita cómplice, escucharon con deleite cómo se alejaban en la noche los pasos de la mula. Luego, con un gesto más franco —mutuo entendimiento— se denunciaron su vil propósito. Era el mismo: «Cerca de una hora en ir y volver. La chola es buena, generosa, amiga de hacer favores... ¿Qué esperamos?» Don Alfonso, el más audaz, guiñó libidinosamente el ojo al cura indicándole la dirección de la puerta por donde se podía llegar a la cocina, donde se hallaba Juana. Se pusieron de pie como buenos caballeros —sólo una nota de burla bamboleante y cómica subrayó la borrachera sobre la afanosa seguridad y la ardiente intención de los dos hombres—, dieron uno, dos pasos. No... No había para qué precipitarse como buitres sobre la presa. Todo tiene su límite, su forma... «¿Atropellarnos por semejante pendejada? Imposible. Somos amigos, aliados...», se dijo don Alfonso cediendo el camino al sotanudo con una reverencia cortés y galante que parecía afirmar: «Pase usted primero... Pase usted...» Con una sonrisa babosa de beatífica humildad respondió el sacerdote: «De ninguna manera. Usted... Usted, don Alfonsito...»

En la cocina, a la luz de una vela agarrada a una pared —con la pega de su propio sebo—, la chola cabeceaba sentada junto al fuego de un fogón en el suelo. En sus cachetes rubicundos y en sus ojos semiabiertos el reflejo de las candelas ponía una especie de caliente temblor en la piel. El ilustre borracho se acercó a ella dando traspiés.

—Ave María. Casi me asusto —murmuró la mujer frotándose perezosamente los ojos.

—¿Por qué, cholita? —interrogó mimoso el latifundista tirándose al suelo.

—No empezará con sus cosas, ¿no? El Jacinto... —dijo ella en tono de amenaza que trataba de ocultar un viejo adulterio.

—No está. Le mandé a la hacienda —concluyó don Alfonso metiendo las manos bajo los follones de la hembra.

—¿Qué es, pes? —protestó Juana sin moverse del puesto, dejando que...

—Cholita.

—Ha de ser lo mismo que otras veces.

132

—¿Lo mismo?

—Hasta pasar el gusto no más. Ofrece... Ofrece...

—No, tontita. Espera... Espera... —balbuceó el dueño de Cuchitambo acariciando con manos temblorosas las formas más recónditas de la chola, olor a sudadero y a cebollas.

—Entonces... ¿Qué fue lo que dijo, pes? ¿Qué fue lo que prometió, pes?

—¡Ah! —exclamó Pereira y murmuró algo al oído de la mujer, que a esas alturas del diálogo amoroso se hallaba acostada en el suelo, boca arriba, los follones sobre el pecho, las piernas en desvergonzada exhibición.

—Así mismo[133] dice y... —alcanzó a comentar ella ahogándose entre los besos babosos y las violentas caricias del ilustre borracho. Siempre ella fue débil en el último momento. ¿Cuántas veces no se prometió exigir? Exigir por su cuerpo algo de lo mucho que deseó desde niña. Exigir al único hombre que podía darle: lo que le faltaba para sus hijos, para su casa, para cubrirse como una señora de la ciudad, para comer... Él nunca cumplió... ¡Nunca! No obstante, le hizo soñar. Soñar desde la primera vez. Siempre recordaba aquello. Ella dio un grito y se defendió con los puños, con los dientes. ¡Ah! Pero él... El le estrujó los senos, el vientre, la besó en las mejillas, en las orejas, en el cuello, sin importarle los golpes. Luego la tumbó al suelo sobre un campo de tréboles y le hundió las rodillas entre las piernas. Ella... Ella podía seguir la defensa, quizá vencer, huir. Mas, de pronto, él le dijo con ternura apasionada que sonaba a verdad cosas que nadie le había dicho antes: «Cuando me separe de mi mujer me casaré contigo. Te regalaré una vaca. Te llevaré a Quito. Serás la patrona». Ante semejante cariño —perspectiva de un paraíso inalcanzable— todos los escrúpulos femeninos se derrumbaron en el alma de la chola y toda la furia se desangró en un llanto como de súplica y gozo a la vez. Dejó hacer. Algo narcotizante le había postrado en dulces esperanzas.

---

[133] *Mismo:* en esta ocasión equivale a *siempre*.

En cuanto se desocupó el latifundista entró el cura. También a él —ministro de Taita Dios— nunca pudo la mujer del teniente político negarle nada. A Juana le gustaba ese misterioso olorcito a sacristía que en los momentos más íntimos despedía el tonsurado. Y aquella noche, con picardía y rubor excitantes, al ser acariciada y requerida, ella objetó:

—Jesús. Me han creído pila de agua bendita.

—Sí... Sí, bonitica... —alcanzó a murmurar el fraile aturdido por el alcohol y el deseo.

Cuando los ilustres jinetes le abandonaron, Juana probó a levantarse sin muchos remordimientos —quizá pecado con patrón y con cura no era pecado—. Pero luego, al cubrir sus desnudeces bajándose los follones, arreglándose la blusa, y notar que desde un rincón velado por la penumbra el menor de sus hijos había estado observando la escena con ojos de asombro doloroso, sintió una vergüenza más profunda que el posible remordimiento, más pesada que la venganza que podía hallar en su marido.

Desde la conversación con el tío Julio y desde que en el campo sintió cómo se iba y llegaba el dinero, don Alfonso Pereira abrió su codicia sobre los negocios —grandes y pequeños—, sobre los proyectos de explotación agrícola, sobre todo cuanto podía asegurarle en su papel de «patrón grande, su mercé». Era sin duda por eso que, cuando montaba en su predilecta mula negra para ir por las mañanas al pueblo a sus intrigas y trabajos pro minga del carretero, enredaba su imaginación en largas perspectivas de suculentos resultados económicos: «Puedo... Puedo exprimir a la tierra; es mía... A los indios; son míos... A los chagras... Bueno... No son míos, pero hacen lo que les digo, carajo». Luego pensaba llevar las cosechas a la capital por el carretero nuevo, por el tren. Su fantasía adelantaba los acontecimientos: perforada la montaña, domada la roca, seco el pantano y en la ladera y en el valle gigantescos sembrados. También saboreaba a veces el orgullo de pagar la deuda al tío Julio, de quedarse de único socio —activo y efectivo— de los señores gringos o de hacer el negocio solo... «¡Pero solo! No. Imposible. Ellos saben. Ellos tienen práctica, experiencia, máquinas», reaccionaba mentalmente ante aquella tentación atrevida. Y cuando tenía necesidad de ir a la capital —proyectos, contratos, firmas, herramientas, dinero, plazos, técnicos— recomendaba a Policarpio:

—A mi regreso tengo que encontrar todas las laderas aradas y sembradas.

—Las yuntas no entran en esa inclinación del terreno, pes.

—Ya sé. Rodarían los pobres animales en esa pendiente. Pero para eso son los indios. Con barras, con picas.

—¿Indios en toditico eso?

—¡Claro!

—Pero la semana que viene no ha de ser posible, patrón.

—¿Por qué?

—Tengo que ir a limpiar el cauce del río. Yo en persona, pes. Lo menos veinte runas...

—Eso podrás dejar para más tarde.

—Imposible. ¿Y si se atora? Peligroso es.

—¡Oh!

—No hay que jugar con las cosas de Taita Dios.

—¡Carajo! Eso se hará después, he dicho.

—Bueno, pes.

—Yo me demoraré en la ciudad unos quince días. Tengo que arreglar en el Ministerio la cuestión de los ingenieros para el camino.

—Así he oído, patrón. La cosa parece que está bien adelantada en el pueblo.

—Ojalá.

—En cuanto a los sembrados que su mercé dice... Sería mejor aprovechar el terreno del valle, pes.

—También. Pero es muy poco. En cambio las lomas...

—¡Púchica![134].

En un arranque de confidencia amistosa —inseguridad y duda en los primeros pasos de una empresa gigantesca como la suya—, don Alfonso concluyó:

—Estoy hasta las cejas con las deudas. Nadie sabe lo de nadie, mi querido Policarpio.

—Así mismo es, patrón.

—Y estos indios puercos que se han agarrado para sus huasipungos los terrenos más fértiles de las orillas del río.

—Eso desde siempre mismo.

—Carajo. Para el otro año que me desocupen todo y se vayan a levantar las chozas en los cerros. No es la primera vez que digo, no es la primera vez que ordeno.

—¿Y quién les quita, pes?

—¡Yo, carajo!

—Uuu.

—¿Cómo?

—No. Nada, su mercé —se disculpó el cholo comprendiendo que había llegado demasiado lejos en su confianza.

—Se han creído que yo soy la mama, que yo soy el taita. ¿Qué se han creído estos indios pendejos?

—Todo mismo, pes.

—Carajo.

—El difunto patrón grande también quiso sacarles. Acaso[135] pudo. Los roscas se levantaron.

Una amarga inquietud se apoderó del dueño de Cuchitambo al intuir con bilioso despecho el fracaso de su omnipotencia de señor latifundista. Él había previsto lo difícil de cumplir las exigencias de los señores gringos y del tío Julio. Despojar a los indios de sus viejos y sucios tugurios era igual o peor que arrancar de raíz una selva. Y en afán de aplastar futuros inconvenientes y contradicciones, exclamó:

—¡Mierda! ¡Conmigo se equivocan!

---

[134] *¡Púchica!:* interjección que denota asombro o sorpresa.
[135] *Acaso:* en casos como éste, equivale a *no.*

—Así mismo es, su mercé —murmuró el mayordomo, lleno de temor y de sorpresa ante la cólera del amo.

«Se equivocan... Se equivocan... ¿Pero cómo? ¿Cómo, carajo?», pensó cual eco de sus propias palabras don Alfonso. Felizmente aquella ocasión —donde siempre fue tinieblas insolubles— algo se abrió golpeando en la esperanza. Dios era bueno con él. Sí. Le murmuró al oído:

—¡Carajo! Ya... Ya está.

—¿Qué pes, patrón? —interrogó el cholo Policarpio sin entender definitivamente al amo.

—Debemos olvidarnos de limpiar el cauce del río, ¿eh? Olvidarnos. ¿Entendido? Hay cosas más prácticas y lucrativas que realizar —dijo el dueño de Cuchitambo con brillo diabólico y alelado en las pupilas.

—Sí, patrón —murmuró el mayordomo, sin atreverse a creer que...

—Así se subsanan todos los problemas. ¡Todos, carajo!

—Así, pes.

Los hermanos Ruata, por orden del señor cura —su guía espiritual—, organizaron una junta patriótica en favor de la minga del carretero. Las reuniones se efectuaban todas las noches en la trastienda del estanco[136] de Jacinto Quintana. Muchas veces las charlas —sesiones informales— del cholerío entusiasmado terminaban en borracheras de violentos perfiles. Borracheras que en vez de desacreditar la seriedad de la junta le dieron prestigio y popularidad entre los moradores de toda la región. Los chagras acudieron entonces sin recelo —tierra arriba, tierra abajo, meseta, valle, manigua[137]—; se gastaron sus

---

[136] *Estanco:* tienda donde se vende aguardiente.
[137] *Manigua:* terreno húmedo cubierto de maleza o de bosque.

realitos en aguardiente y su experiencia en dar consejos para el trabajo de la minga. Casi siempre las primeras copas se apostaban a la baraja. El cuarto «del cuarenta»[138] se armaba de ordinario con los dos hermanos Ruata, Jacinto Quintana y algún pato[139] fácil que a veces resultaba gallo de tapada[140].

También el señor cura, después de cada misa, hablaba largo a los fieles sobre la gigantesca obra que era urgente realizar y ofrecía sin pudor generosas recompensas en la bienaventuranza:

—¡Oh! Sí. Cien, mil días de indulgencia por cada metro que avance la obra. Sólo así el Divino Hacedor echará sus bendiciones mayores sobre este pueblo.

Los oyentes —tanto los chagras, cholos amayorados[141] por usar zapatos y ser medio blanquitos, como los indios cubiertos de suciedad y de piojos— estremecíanse hasta los tuétanos al saber lo de las bendiciones mayores y lo de las indulgencias. Luego ellos... Ellos eran personajes importantes ante Taita Dios. Él se preocupaba. Él sabía... ¿Qué era el trabajo de la minga? Nada. Una costumbre, una ocasión de reunirse, de ser alguien. Generalmente las pláticas del sacerdote terminaban evocando todo aquello que descubría su interés personal:

—Como la fiesta de la Virgen no resultó muy buena, haremos otra antes de la minga. Por el pueblo será prioste don Isidro Lugo y por el campo los naturales Juan Cabascango, de la orilla del río, Melchor Montaquisa, de Cerro Chico, y Manuel Chimbayacu, de Guanujo.

Y la misa fue de a cien sucres, con banda de pueblo,

---

138 *Cuarto «del cuarenta»:* grupo de cuatro personas necesario para ese juego de cartas.

139 *Pato:* incauto, cándido.

140 *Gallo de tapada:* en sentido figurado, jugador que sorprende por su habilidad inesperada. *Tapada* es la pelea de gallos concertada sin revelar las características de los futuros contendientes.

141 *Amayorado:* joven que adopta maneras de persona mayor. Como el verbo *amayorarse,* tiene connotaciones negativas. En sentido figurado, aquí alude a la importancia que los campesinos cholos se dan ante los indios.

con camaretas[142], voladores y globos a la puerta de la iglesia; con cholas pinganillas[143], con chagras de poncho de dos caras, con ángeles de alas de hojalata, rizos chirles[144] y zapatos ajustados; con mucho humo de incienso, con flores en chagrisho[145], con sermón de largo metraje, con asfixiantes olores.

Ese mismo día, desde las cuatro de la mañana, las gentes se desbordaron sobre la plaza por todas las calles para enredarse confiadas en la feria —moscardón prendido en una enorme colcha de mil retazos de colores:

—Pongan en papas.

—Pongan en maíz.

—Pongan en morocho.

—Pongan en mashca.

—Helaqui[146], pes, caseritaaa[147].

—Helaqui.

—Vea las coles.

—Vea el mote.

—Vea la chuchuca[148].

—Vea los shapingachos[149].

—¡Compadrito! ¿Qué se ha hecho, pes?

—Queriendo morir, comadre.

—Morir.

—Caseritaaa. Tome la probana[150].

---

[142] *Camareta:* especie de pequeño mortero u olla de bronce. Se llena de pólvora cubierta de polvo de ladrillo y se dispara en las fiestas populares.

[143] *Pinganilla:* elegante, bien vestida.

[144] *Chirle:* sin gracia, deslucido.

[145] *Chagrisho:* chagrillo, mezcla de flores o de pétalos de flores que se rocía con perfume y se arroja durante las procesiones.

[146] *Helaqui:* he aquí.

[147] *Casero:* parroquiano, cliente, y también el vendedor al que habitualmente se compra. En la zona de Quito se usa habitualmente en diminutivo.

[148] *Chuchuca:* chuchoco, maíz cocido y secado al sol, molido después y utilizado para sopa o como condimento en diferentes guisos.

[149] *Shapingacho:* llapingacho, tortilla de patatas con queso, frita en manteca.

[150] *Probana:* prueba de la mercancía que el vendedor ofrece al posible comprador.

—Rico está.

—Sabroso está.

—Guañugta está[151].

—Venga, pes.

—Venga no más.

—Yapando[152] he de dar.

—Tres yapitas.

—Venga no más.

—Caseritaaa.

—Dejen que vea.

—Dejen que pruebe.

—Dejen que compre.

—Claro está.

—Barato está.

—¿Cómo cree, pes? Nada hay regalado.

—Nada.

—¿Regalado?

—Sudando para conseguir.

—Sudando para tener.

—Caseritaaa.

—La yapita buena.

—La yapita no más.

Los gritos de la oferta y de la demanda se encrespaban confusos sobre un oleaje de cabezas, de sombreros, de ponchos, de rebozos, de bayetas de guagua tierno, de toldos de liencillo. De cuando en cuando, un rebuzno, el llanto de un niño, la maldición de un mendigo, surgían en desentono en medio de aquel rumor indefinido.

Desde el pretil de la iglesia el señor ingeniero —un hombre joven de piel curtida, de manos grandes, de saco de cuero y de botas de tubo—, don Alfonso Pereira —en traje de trabajo campesino: polainas negras, calzón de montar, fuete a la diestra, sombrero de paja—, el señor cura, los hermanos Ruata, Jacinto Quintana y los tres policías de la tenencia política —un poco en segundo tér-

---

[151] *Guañugta* (o *guañucta*): mucho, bastante, suficiente.

[152] *Yapar:* añadir la *yapa,* obsequio o regalo que hace el vendedor al comprador en el momento de efectuarse la venta.

mino— acechaban a la multitud de la feria saboreando el extraño placer de seguros cazadores frente a la mejor pieza. Conversaban de todo para hacer tiempo, pero de cuando en cuando se recomendaban mutuamente algo sobre su plan:

—Llegado el momento hay que ubicarse en las cuatro esquinas de la plaza para que no se nos escape ni uno.

—Ni uno.

—Así mismo es, pes.

—Más de quinientos indios vendrán ahora, según me dijo el Policarpio.

—¿Sólo para esto?

—Sólo para esto.

—Irán más. Muchos más.

—Claro.

—Todos los que yo he conquistado desde el púlpito.

—Toditos, pes.

—Y los que yo ponga.

—Uuu...

Cerca de mediodía, de acuerdo a lo convenido por aquel estado mayor que se pasó más de una hora y media discutiendo en el pretil de la iglesia, policías, mayordomos, teniente político, cura, miembros de la junta patriótica de los hermanos Ruata, don Alfonso y el señor ingeniero entraron en funciones.

—¡Por aquí!—anunció uno de los hermanos Ruata abriéndose paso entre la muchedumbre, y, con dos policías a sus órdenes, bloqueó una de las esquinas. Lo mismo hicieron Jacinto Quintana, el señor cura y don Alfonso.

Embotellada la plaza por tan ilustres personajes y sus amigos, nadie se negó a ir a la obra patriótica y cristiana. Por el contrario, hubo entusiasmo, alegría. La negación hubiera significado un crimen inaudito. No obstante, las mujeres recelaban, se escabullían. Pero después de tomarse un pilche[153] de chicha o una copa de aguardiente puro

---

[153] *Pilche:* vasija hecha de madera o de la corteza lechosa de frutos como la calabaza o el coco.

—primer obsequio de don Alfonso Pereira—, las gentes se desangraron por la calle principal del pueblo en un desfile de ingenuas prosas[154] y pequeños orgullos heroicos. A la cabeza de la gran serpiente que se organizaba avanzaron los niños de la escuela, seguidos por los niños sin escuela —muchachas y rapaces haraposos, flacos, ventrudos, tratando de ocultar bajo una angustiosa sonrisa su anemia y su ignorancia. Luego un grupo de viejos setentones portando banderitas patrias y luciendo cintillo tricolor[155] en el capacho de paja. Lógicamente, aquella cabeza sentimental del desfile —niños y ancianos—, saturada de ternura, de ingenuidad, de adustez de sacrificio, de mueca de extraña alegría, de prosas marciales de víctimas inocentes, produjo una emoción, un estremecimiento de inquietud alada en el ánimo de las cholas que observaban el espectáculo desde un corredor o una puerta en apretados racimos. Alguna de ellas se sonó en ese momento las narices en el revés del follón y aquel ruido fue suficiente para prender en todas un llanto histérico, incontenible, que fluía entre pequeños hipos como de placer y de orgullo. Aquel ejemplo edificante arrebató a la gente. Todos siguieron al desfile.

—¿Ve usted que yo tenía razón? —murmuró ante el éxito el señor cura dirigiéndose al dueño de Cuchitambo.

—Sí. Es verdad —alcanzó a decir don Alfonso Pereira, ahogándose en una tibieza de gratitud imprudente que le bañaba el pecho. Su rol de hombre fuerte no debía ablandarse por semejante pendejada.

—Nuestro pueblo posee grandes calidades humanas —opinó con enorme sinceridad el ingeniero.

—Calidades que hay que aprovechar. Sentimientos con los cuales se podría poner freno a tantos desórdenes, a tantas revoluciones, a tantos crímenes que andan sueltos por el mundo.

—En eso tiene razón.

---

[154] *Prosa:* arrogancia, afectación.
[155] *Cintillo tricolor:* cinta de adorno con los colores de la bandera ecuatoriana (amarillo, azul y rojo).

—Está visto. Soy un rayo para mover a mi antojo las cuerdas del corazón de los demás —afirmó, orgulloso, el sacerdote.

—Algo da el oficio. La práctica... —embromó el latifundista, que había logrado serenarse.

—Oficio que a veces utilizan mis amigos.

—Gracias.

Al llegar la muchedumbre al partidero donde termina la calle principal del pueblo y se abren chaquiñanes y senderos hacia diversos destinos, el hermano mayor de los Ruata, aprovechando una pausa del desfile que se arremolinaba sin saber por dónde dirigirse, y encaramándose a una elevación del terreno, gritó a toda voz:

—¡Nosotros! Nosotros vamos a realizar soliticos el anhelo de nuestra vida: el carretero. No... No tenemos que pedir favor a nadies. A nadies. ¿Me oyen? Con nuestras propias manos, con nuestros propios corazones hemos de hacer no más. Y claro... Con la ayuda de nuestro buen maistro... De nuestros buenos maistros: el señor curita y don Alfonsito de Cuchitambo. Ellos... Ellos serán más tarde los grandes de nuestra historia del Ecuador... Ellos, por habernos indicado que hagamos estas cosas buenas... Serán tan grandes como Audón Calderón[156], como Bolívar, pes.

La muchedumbre, ante el pico de oro de Ruata, el mayor, levantó al cielo sus banderas, sus herramientas, sus palos, sus palmas y sus voces emocionadas:

—¡Bravooo!

—¡Vivaaa!

Semejante éxito obligó al orador a gritar elevándose sobre las puntas de los pies:

—¡Como Bolívar, que ha de estar sentado a la diestra de Taita Dios!

---

[156] *Audón Calderón:* Abdón Calderón, héroe ecuatoriano de la guerra por la emancipación de la América española. Hacia el 31 de julio de 1804 nació en Guayaquil, por cuya independencia había de luchar cuando llegase el momento. Luego combatiría a las órdenes de Antonio José de Sucre, hasta morir a consecuencia de las heridas sufridas en la batalla de Pichincha, el 24 de mayo de 1822.

—¡Bravooo! ¡Guambritooo! —fue el alarido de las gentes en efervescencia delirante.

De nuevo subieron y bajaron por más de una vez los puños, las banderas, los picos, las palas, los brazos, las voces.

Ruata, el mayor, pensó entonces orgulloso: «Cuando vaya con mi hermanito a Quito les he de fregar[157] no más a los intelectuales con estas frases que yo sé».

—¡Vivaaa!

«Con esto me he ganado la confianza del señor Alfonsito. Tan regio que es. Ojalá me consiga un buen puesto en la capital... Y a mi hermano también...»

Después de cruzar estrechos senderos, de saltar cercas, de trepar chaquiñanes, con las banderas desgarradas por las zarzas y las cabuyas, lleno de polvo el entusiasmo, de cansancio la esperanza, la muchedumbre pudo asomarse al borde del desfiladero grande, desde donde se alcanzaba a mirar una indiada esparcida por el campo como una hilera de hormigas. Eran los huasipungueros de Cuchitambo que, como no necesitaban ser convencidos, fueron llevados desde el amanecer al trabajo. La muchedumbre comentó por sus cien bocas:

—Allá, pes.

—Allá mismo están.

—Allá se ve a los indios.

—Al pie del cerro tenemos que ir.

—Allá.

—Corran, pes.

—Los indios son buenos.

—Nos adelantaron.

—Ciertito.

—Allá mismo.

—Lejos del pueblo, cerca de la hacienda.

En efecto, los trabajos se iniciaron —de acuerdo a las órdenes del estado mayor— a más de dos kilómetros de Tomachi y a pocas cuadras de la casa de Cuchitambo.

La muchedumbre —en torrente de carretas viejas, de

---

[157] *Fregar:* fastidiar, molestar.

alaridos roncos, de nubes de polvo, de sudores de entusiasmo— se lanzó cuesta abajo, y, al llegar donde estaban los indios, cada cual tomó su puesto con fe y con coraje en la obra que todos esperaban traería pan y progreso a la comarca.

La primera, la segunda, la tercera y hasta la sexta noche la mayor parte de los mingueros regresaron a dormir en el pueblo o en la choza. Pero a la segunda semana —como el retorno se volvía cada vez más largo—, muchos de ellos se quedaban a pernoctar a la intemperie. Y, cuando caía la noche, el cholerío de Tomachi y de varios anejos[158] de la región, en grupos que soldaban diversos intereses —la amistad, el paisanaje, el parentesco, el amor, el cucayo, algún proyecto para el futuro—, se congregaba en torno de pequeñas hogueras que prendían y atizaban las mujeres para ahuyentar los vientos helados de las cumbres. Luego, cholas y cholos buscaban el refugio de una zanja, de un hueco en la peña, de un árbol, de un matorral, sobre el que colocaban una ropa cualquiera como paraguas y abrigo a la vez. Los indios, en cambio, envueltos en dos o tres ponchos, permanecían hasta el amanecer —inmovilidad de piedra milenaria— junto al rescoldo de los fogones. Pero a la tercera semana, como un virus contagioso que iniciaba su mal con síntomas de cansancio y maldiciones, muchos comentaron en voz baja:

—¿Cuándo también terminará esto?
—¿Cuándo también, cholito?
—La casa abandonada.
—Los guaguas con la vieja.
—Yo pensé que prontito...

---

[158] *Anejo:* aldea. Por *anejo* o *agregado* se entiende el pequeño núcleo de población que en lo civil o lo eclesiástico depende de otro mayor.

—Prontito.

—Ni soñar.

—Uuu...

—¿Qué será de mi sembrado?

—¿Qué será de mis gallinitas?

—Con la guambra, pes.

—¿Qué también será?

—De gana[159] dejamos.

—De puros noveleros[160].

—Los hombres como quiera, pes. Pero las hembras...

—Por carishinas.

—Todo fue por taita cura.

—Por don Alfonso.

—Por el Jacinto.

—Por los Ruata.

—Estar culpando a los otros. Uno es así mismo de mala cabeza.

—De mala cabeza.

—Ahora el cucayo también se acabó.

—Yo le he de dar un poquito. El guambra se fue al pueblo y me trajo para tres días.

—Bueno está, pes.

—Porque con la chicha y el picante[161] que dan los señores no se llena la barriga.

—La barriga de uno pobre.

—El cucayo siempre hace falta.

—Servir con plata y persona.

—Así mismo es, pes, el patriotismo.

—Así mismo.

—Ave María. Yo no entiendo.

—Jodido es entender estas cosas.

—De noveleros.

—De carishinas.

—Y venir con el guagua tierno.

---

[159] *De gana:* por gusto.

[160] *Novelero:* fantasioso, soñador.

[161] *Picante:* comida diversa (mote con papas y carne, o mazamorra con carne), sazonada con abundancia de pimienta o ají.

—No había con quién dejarle, pes.

—Y yo bruto venir con la ropa nueva los primeros días. Hecho una lástima.

—Parecía fiesta.

—Fiesta para joderse.

Y aquellas murmuraciones crearon un clima de atmósfera pesada, biliosa, inconforme. Las charlas burlonas y alegres de las noches en torno a los fogones —cuentos verdes, aventuras de pícaros, historias de aparecidos y almas en pena— cayeron en un silencio expectante, en una especie de modorra de olvido. Cual retablos en círculos de rostros mal iluminados por el fuego y enhebrados por la misma angustia, se miraban de reojo los unos a los otros, o buscaban alelados en el capricho de las candelas un buen presagio, o se hurgaban los dedos de los pies con espino grande de cabuya para calmar las comezones de las niguas[162], o dormitaban acurrucados bajo el poncho. Y las mujeres, las que andaban con guagua tierno, les daban de mamar sin rubor, las que iban solas acechaban taimadamente a los chagras jóvenes y las que tenían marido o amante dormían junto a su hombre. Como los personajes del estado mayor de la obra y los de la junta patriótica se pasaban los días dando órdenes y las noches bajo tiendas de campaña, jugando a la baraja o bebiendo aguardiente y haciendo el amor a las cholas solteras, no fueron presa ni del cansancio ni del aburrimiento. Tampoco los indios podían darse ese lujo. Ellos sabían —sangre de su taimada resignación— que el patrón, el señor cura, el teniente político mandaban en su destino, y que al final todo el trabajo y todo el sacrificio quedaría en sus manos. Había noches, sin embargo, endemoniadas e inquietas. Extinguido el fuego, en el misterio de la oscuridad, cuando todos roncaban en sus refugios —huecos en la ladera, cama

---

162 *Nigua:* insecto parecido a la pulga, pero mucho más pequeño y de trompa más larga. Las hembras fecundas se introducen bajo la piel y las uñas de personas o animales para poner los huevos de los que salen sus crías, que provocan intensa picazón y úlceras.

de hojarasca bajo la fronda de chilcas[163] y moras[164], abrigo de zanja seca, caseta de trapos—, sombras extrañas se deslizaban amorosamente, besos, dulces quejas, respiración jadeante, rumor libidinoso, entre la hierba, entre el matorral, bajo la carreta que llegó del pueblo, muy cercano y apetitoso para los pocos desvelados que pensaban con envidia y reproche: «Están culeando[165] estos desgraciados. ¿Quiénes serán, carajo? A lo mejor es mi...» Lejanísimo para los que había tronchado el cansancio en un sueño profundo.

Y esa noche el viejo Melchor Alulema, del anejo del monte caliente[166] de Cutuso —acurrucado y sin sueño por su fiebre palúdica—, percibió, lleno de sospechas, el murmullo baboso del demonio. Otras veces también oyó, pero sus malditos calofríos que le postraban en amarga indiferencia le inmovilizaron. No... No pudo ir en busca de su mujer, de su hija, que le faltaban a su lado. Además él nunca supo identificar a las hembras por la queja de su placer, un suspiro como de agonía les hermanaba. Y gritó desesperado:

—¡Rosaaa! ¡Doloritaaas!

—¡Calle, carajo!

—¡Deje dormir por lo menos!

—¡Hecho el quejoso!

—¡Viejo pendejo!

—¡Las hembras son así!

—¡Carishinas...!

—¡Gozan lejos del dueño!

Siempre el mismo coro de voces elevándose desde el suelo, crueles y burlonas. Y él, que insistía:

—¡Rosaaa! ¡Doloritaaas! ¡Contesten, carajo! ¿Dónde se han metido? ¡Hablen para saber que no son ustedes!

—¡Calle, carajo!

---

[163] *Chilca:* arbusto balsámico y resinoso de Sudamérica. En los Andes se ha utilizado contra los efectos de frío, para activar la circulación de la sangre.

[164] *Mora:* morera.

[165] *Culear:* fornicar, tener ayuntamiento sexual.

[166] *Monte caliente:* de las tierras bajas y cálidas, donde el chaparral deja paso al bosque selvático.

—¡Deje dormir por lo menos!

—¡Hecho el quejoso!

—¡Viejo pendejo!

—¡Doloritaaas! Ella... Bueno... Pero la guagua, don-cella...

Una noche se agravó el descontento en el cholerío. Era la naturaleza, ciega, implacable. Debía ser muy tarde —una o dos de la mañana—. Las tinieblas de espesa modorra parecían roncar al abrigo de la música monótona de los grillos y de los sapos. De pronto, sobre la plataforma negra del cielo, rodó un trueno con voz de caverna. Sobresaltada e inquieta la gente se despertó aferrándose a una esperanza: «No... No es nada... Ya pasará... Cuando mucho truena poco llueve...» Pero volvieron las descargas de lo alto, más fuertes y atronadoras. La evidencia de la tormenta próxima obligó a los mingueros a buscar nuevos refugios. Las tiendas de campaña se llenaron con las cholas más audaces. Felizmente esa noche faltaron don Alfonso Pereira y el señor cura. También los indios, olfateando en las sombras en demanda instintiva de amparo, fueron de un lado a otro; por desgracia, lo poco medio seguro había ocupado el cholerío.

—No alcanzan[167] los roscas.

—Nooo.

—Que se vayan no más, carajo.

—Estamos completos.

—Completos.

—Esto es para el cristiano.

—Los piojos.

—La hediondez.

—¡Fuera, carajo!

Ráfagas de viento —helado, cortante—, arremolinándose sobre el campo de la minga —una ladera de peligroso declive—, esparció el primer chubasco de gotas gruesas.

—Nos fregamos, cholitos.

—Ahora sí.

---

[167] *Alcanzar:* poder, en este caso.

—Llueve, carajo.

—Ni dónde para esconderse.

—Tenía que suceder.

—Semejante inseguridad de cielo.

—Semejante lejura del pueblo.

—Hemos hecho bastante.

—Bastante.

—Vengan. Vengan pronto.

—¿Dónde están, pes? No les veo.

—Aquí.

—El lodo.

—Las aguas, mama Nati.

—El aguacero, mama Lola.

—¿Qué haremos, pes, mama Miche?

—Aguantar.

—Aguantar, carajo.

—¡Taiticooo!

—Que hubiera romero y ramo bendito para quemar. Es bueno para que Taita Dios nos libre de los rayos.

—De los rayos.

—¿Y de las aguas?

—Nadie, pes.

—Ya nos jodimos.

—Nos jodimos.

—No se pondrán debajo de los árboles.

—Es peligroso.

También los indios mascaron como tostado las maldiciones, las súplicas y los carajos:

—Taiticuuu.

—Boniticuuu.

—Mamiticaaa.

—Shunguiticaaa.

—¿Cómu, pes, morir cogidu del cuichi?

—¿Cómu, pes, morir cogidu del huaira?[168].

—Runa manavali.

—Runa pecadur.

—Runa brutuuu.

---

[168] *Huaira:* viento.

—Carajuuu.

Con las primeras gotas de lluvia el aire se puso olor a tierra húmeda, a boñiga fresca, a madera podrida, a perro mojado.

—¿Pasará?

—¿No pasará?

—¿Qué también será?

Pero la furia de la tempestad borró de un solo golpe todas las voces humanas. Cual sombras mudas y ciegas se palparon entonces las gentes en afán infantil de apartar de su corazón y de sus nervios la soledad y el miedo. Llovió con furia al parecer incansable, y, en rapidez de treinta o cuarenta minutos —un siglo para los empapados mingueros—, el agua flagelante se hinchó sobre la tierra, filtrándose por las gargantas del cerro, por las rajaduras de las peñas, por los sinuosos lechos de las quebradas, por las aristas de las rocas, mezclando su bullente algazara de camino —correr, trenzarse, desbordarse— con los gritos, con las quejas y con los lamentos que volvieron a escucharse hacia lo largo y hacia lo ancho del campo:

—Todavía...

—Garúa fuerte.

—Peor, pes.

—Fuerte.

—Eso no pasa.

—Me siento bañadita. Ahora verán no más.

—Dios no ha de querer.

—Tápate con este costal.

—Uuu. Hecho una lástima.

—El lodo, carajo.

—De malas mismo hemos estado.

—¿Y ahora?

—El agua corre a los pies.

—Más allacito.

—Lo mismo está.

—Más acacito.

—Lo mismo está.

—Nos jodimos.

—Esperar que pase.

—Esperar.

—La ropa hecha chicha[169].

—Hecha chicha.

—La cabeza.

—La espalda.

—Acércate para calentarnos.

—El abrigo del cristiano.

—Lo mismo está.

—No hay más, pes.

—Carajo.

No obstante, las cholas y los cholos, pegados a su refugio maltrecho —hueco, tabla, caseta improvisada, repliegue entre piedras y rocas—, volvieron a agitarse con ansia de vivir.

De vez en vez, a la luz de un relámpago, se alcanzaba a divisar que los indios que quedaron bajo el cielo inclemente, sin abrigo, vagaban a tientas por el lodo, bajo la garúa, entre el agua que ocupaba todos los rincones, desbarataba todos los toldos, se abría paso por todos los declives.

Al poco tiempo la lluvia volvió a arreciar. Flageló de nuevo a la tierra ciega, silenciosa, aterida de frío. Los mingueros, agobiados por aquella trágica constancia —monótona unas veces, fuerte a ratos—, estrangularon definitivamente sus comentarios, sus ruegos, sus carajos.

En la misma forma perezosa y triste que se estiró el amanecer sobre los cerros se movilizaron los mingueros, se arrastró un vaho blancuzco de voluptuosas formas a ras de la tierra empapada, se inició el parloteo de los muchachos, los chismes quejosos de las cholas, las maldiciones y los carajos del machismo impotente de los hombres,

---

[169] *Hecha chicha:* muy sucia.

el tiritar de los palúdicos, la tos de los tuberculosos, el llanto de los niños tiernos por la teta de la madre.

Poco a poco, tras unos matorrales cuyo follaje había dejado sin hojas la tempestad, aparecieron unos indios chorreando lodo, con temor y recelo de gusanos sorprendidos por la luz y para quienes los torpes movimientos de su cuerpo y hasta la misma vida eran una sorpresa después de una noche en la cual creyeron morir. Diez, veinte, toda una tropa que sacaba la cabeza del fango, que estiraba sus miembros con dolorosa pereza en las articulaciones entumecidas, que sacudía su ropa empapada —los ponchos, la cotona, el calzón de liencillo—, que parecía repetir mentalmente en tono de súplica: «Pasú, taiticu... Pasú, mamitica... Dios se lu pay...»[170]. Y cuando pudieron verse las manos sucias de barro, y cuando pudieron pasarse el dorso de la manga de la cotona por la nariz que goteaba moco chirle[171], y cuando pudieron hablar, la queja fue tímida, en susurro impreciso:

—Achachay[172]. Achachaycituuu.

Las horas sin sol del amanecer —sin sol para secar el frío húmedo de la carne insensible, de los ojos llorosos, de la piel amoratada, de las mandíbulas de irrefrenable temblor, de la respiración difícil de soroche— subrayaron el murmullo:

—Achachay. Achachaycituuu.

El viento paramero, helado y persistente, en remolino de abrazo y de mordisco que adhería las ropas húmedas al cuerpo amortiguado, también silbaba junto al oído de las gentes:

—Achachay. Achachaycituuu.

Sin atreverse a tomar ninguna resolución antes del trabajo, con la cabeza caída sobre el pecho, los mingueros se miraron de reojo para murmurar:

—Achachay. Achachaycituuu.

---

[170] *Se lu pay:* se lo pague. En otras ocasiones Icaza escribe *so lu pay* o *su lu pay.*

[171] *Chirle:* acuoso, sin consistencia.

[172] *Achachay:* exclamación que expresa sensación de frío.

Algo mayor a la gana de huir, algo que superaba en las entrañas los trágicos inconvenientes, algo que llegaba de lejos —manera de obrar de siempre, impulso sembrado en el ancestro por taita Inca, orgullo de machismo patriótico del cholerío—, mantenía unidos y firmes en aquella ardua tarea colectiva a los chagras y a los indios.

De pronto, antes de iniciarse el trabajo y de que caliente el sol, surgió un espectáculo asqueroso y urgente de atender. Uno de los runas, luego de levantarse precipitadamente del lodo del matorral, se puso a vomitar arrimado a un árbol entre quejas y convulsiones. Las gentes que se hallaban cerca de él comentaron:

—Me muero. ¿Que será, pes?

—Soroche.

—Ave María.

—¿Y ahora?

—Pobre runa.

—Que le den un poquito de sal.

—Mejor es la panela[173].

—El chaguarmishqui[174].

—Una copa de aguardiente.

—El puro pasa no más como agua.

—¿Y dónde para hallar tanta cosa, pes?

—¿Dónde?

Los espectadores rodearon al enfermo —corona compasiva, temblorosa, de insistentes consejos:

—Sería de bajarle al valle.

—Sólo así.

—¿Y quién le lleva, pes?

—Hacerle rodar por la pendiente.

—De una vez que vaya al hueco.

—Al hueco, carajo.

—Ve, Lauro María. Agárrale al rosca del otro brazo —invitó uno de los cholos al minguero que se hallaba a su diestra adelantándose para socorrer al enfermo.

---

[173] *Panela:* azúcar sin refinar.
[174] *Chaguarmishqui:* bebida dulce que se obtiene de la savia fermentada del cogollo de cabuya o maguey.

—¿Yo? —interrogó el aludido.

—¿Entonces?

—Carajo.

En el mismo momento que los dos cholos comedidos agarraban al indio —desencajado y convulso—, apareció el Tuerto Rodríguez —importante minguero de los de la junta patriótica de los hermanos Ruata—, el cual interrogó:

—¿Qué están haciendo, pes? ¿A qué le llevan?

—Al valle no más.

—Está enfermo.

—Con soroche.

—¿De dónde eres? —interrogó el tuerto capataz al enfermo.

—De donde patrún Alfonsu Pereira, pes —murmuró el indio con voz desfalleciente.

—Uuu. Entonces tienen que dejarle no más. Ordenado tiene el patrón que ninguno de los roscas se mueva de aquí.

—Pero parece que va a torcer el pico[175], pes.

—¿Torcer? Adefesio[176]. Yo le he de curar no más —concluyó Rodríguez dándose importancia.

—¿Del soroche?

—Claro. Aquí tengo el acial que es taita y mama para las enfermedades de los runas —contestó el cholo tuerto exhibiendo con sádico orgullo el látigo que colgaba de su mano.

—Acial para buey parece.

—Para mula chúcara[177].

—Mejor quítenle no más el poncho y amárrenle al mismo árbol donde devolvió el cucayo.

—¡Ah! ¿Sí?

—Sí.

—Bueno, pes.

Cuando todo estuvo a gusto y sabor del Tuerto —el in-

---

[175] *Torcer el pico:* morir.

[176] *Adefesio:* disparate, tontería.

[177] *Chúcaro:* arisco, sin domar.

dio medio desnudo, amarrado al tronco—, el acial silbó como una víbora varias veces sobre el enfermo, el cual gritó:

—Taiticuuu.

—Veamos si hay soroche que resista, carajo.

—Taiticuuu.

—Toma. Toma.

—¡Ayayay, pes! Nu más. Ya está buenu.

—Veamos —murmuró el cholo Rodríguez dejando de flagelar. Luego examinó a la víctima.

—Ya... Ya, taiticu...

—Sudando estás, carajo. ¿Te sientes mejor?

—Arí, taiticu.

—¡Ah! Ya ven... —concluyó el Tuerto dirigiéndose a los mingueros que observaban la cura.

—Así mismo ha sido.

—Le dejé bueno al runa. No es el primero. Más arriba, donde yo pasé la noche, les puse sanos a tres longos que les había agarrado duro el soroche. ¡Qué soroche, carajo! Bueno. Para mejor efecto de la calentadita que le propiné al indio sería aconsejable darle una copa doble de puro.

—Cómo no, pes.

—Consigan no más el aguardiente.

—El traguito de Taita Dios que llaman.

—Hasta este momento... No está muy jodido, como yo creía... Sólo un longo ha amanecido tieso como mortecina, como pájaro acurrucado —informó el Tuerto Rodríguez.

Llenas de morbosa curiosidad, las gentes corrieron hasta el pequeño barranco que había indicado el cholo. En el fondo, entre unas matas, semihundido en el barro, se veía el cadáver de un indio que guardaba intacta la actitud del momento de su muerte: las piernas recogidas hacia adelante, las manos crispadas sobre la barriga, una extraña sonrisa en los labios que exhiben una dentadura amarilla de sarro.

—Ve, pes, el pobre.

—¿De dónde será?

156

—De Guamaní parece. Por el poncho negro, por el pelo largo...

—Por la hoshotas[178] también.

—¿Cómo se llamará?

—Uuu...

—¿Tendrá parientes?

—Pobre runa.

—Si no reclaman los deudos sería de aprovechar que está en el hueco para echarle tierra encima.

—Para que no vean los otros también.

—El indio ve sangre y se pone hecho un pendejo.

—Así es, pes.

—¿Quién para que averigüe del pobre?

—¿Quién?

Cerca de mediodía llegaron a la minga don Alfonso y el señor cura. Al saber lo que había pasado, fraile y latifundista buscaron la mejor forma de evitar —por cualquier medio— el debilitamiento de aquel gigantesco esfuerzo colectivo.

—¡Imposible! —insistió por cuarta o quinta vez Pereira paseando su despecho frente a la pequeña carpa de la junta patriótica de los hermanos Ruata —bastante maltrecha por la tempestad.

—Todo se arreglará con bien. Es indispensable convencer a los cholos —opinó el cura.

—¡Oh! Eso... La peor parte han sufrido los indios.

—Es que si un chagra de éstos llega a morirse estamos listos. Hay que dar gracias al Señor que sólo fueron los indios los que se jodieron —sentenció el sotanudo.

—La verdad es que la gente se encuentra cansada. No tiene ninguna satisfacción, ningún halago que le retenga. No hay que olvidar que todo se hace y se hará de buena voluntad, gratis. Completamente gratis —intervino el ingeniero.

—Gratis —repitió inquieto el latifundista.

—Bueno... En ese caso todos estamos en las mismas condiciones —afirmó con extraordinario cinismo el fraile.

---

[178] *Hoshotas:* ojotas, especie de sandalias que calzan los indios.

—Y no hay que olvidar que gracias a esa fuerza, a ese impulso de la tradición que mantienen estos pueblos, se logrará hacer algo.

—Sería vergonzoso para nosotros un fracaso a estas alturas. Todos saben... Todos conocen que nosotros.. Yo... —chilló don Alfonso Pereira cancelando bruscamente su paseo.

—Un aliciente. Buscar una satisfacción para la materia, para la carne pecadora, para el estómago insaciable. ¡Oh! Si fuera algo espiritual. Bueno... Yo podría... —murmuró el sacerdote fruncido por el gesto adusto de quien busca la solución precisa al problema.

—Y no hay que olvidar tampoco que dentro de dos o tres días empezaremos el trabajo más duro, más arriesgado: el drenaje del pantano.

—¿Más arriesgado?

—¿Más duro?

—Sí, mis queridos amigos. Dos kilómetros. Eso no se hace de memoria. Eso no se improvisa —concluyó el técnico. Un impulso burlón de pequeña venganza y desquite por haber soportado sin sus compinches la tormenta de la noche pasada obligaba al señor ingeniero a poner obstáculos y malas perspectivas ante Pereira y el sotanudo.

—¿Qué diría de nosotros la sociedad?

—¿La cultura cristiana?

—¿La Patria?

—¿La Historia?

—¿Y las empresas y los grandes tipos interesados en el asunto? —concluyó en tono sarcástico el ingeniero.

—Un aliciente. Dijo usted un aliciente. Sí. ¡Eso! —exclamó el dueño de Cuchitambo. No... No hallaba otro remedio. Tendría que embarcarse en gastos. En muchos gastos. Su aparente generosidad no debía flaquear. Su... «Maldita sea, carajo», pensó colérico mientras tragaba con gesto de triunfo el amargo proyecto por el cual resbalaba.

—¿Qué?

—Algo...

—Algo definitivo —chilló el latifundista.

—¡Ah!

—Entonces...

—Más chicha y más picantes. Les daré aguardiente. Les daré guarapo...

—¡Qué bueno!

—Así cambia el problema.

—Además, cada semana repartiré una ración de maíz y de papas. ¿Qué...? ¿Qué más quieren? Yo... ¡Yo pago todo, carajo!

—¡Magnífico!

—¡Estupendo!

—Un hombre así...

—¿Está contento, señor ingeniero?

—Bueno... Ya veremos...

Los hermanos Ruata, Jacinto Quintana, el Tuerto Rodríguez regaron entre los mingueros la noticia, exagerando un poco, desde luego. A la tarde de ese mismo día llegaron del pueblo barriles de aguardiente y de guarapo.

El negocio fue para la mujer del teniente político. Con el dinero que le adelantó don Alfonso, despachó sin demora dos arrieros y cinco mulas a tierra arriba en busca de aguardiente y panelas. En cuanto al guarapo para los indios, echó en unos pondos[179] olvidados que tenía en el galpón del traspatio buena dosis de agua, dulce prieto[180] y orinas, carne podrida y zapatos viejos del marido para la rápida fermentación del brebaje.

Al llegar los trabajos al pantano, la minga había recobrado entusiasmo y coraje. Desde luego, el panorama que se extendía frente a los mingueros no era muy halagador.

---

[179] *Pondo:* tinaja de barro con boca estrecha en la que se guarda el agua o la chicha.

[180] *Dulce prieto:* azúcar moreno o chancaca.

Tétrica y quieta vegetación de totoras[181], de berros, de hierba enana. Ruidos extraños, burlones, agazapándose de trecho en trecho hasta perderse en un eco débil en el horizonte. Y al amanecer la neblina traicionera envolvíalo todo con largos jirones. Con largos jirones que más tarde disolvía el sol. Un sol sofocante cargado de sudoroso vapor y nubes esqueléticas de zancudos[182] y mosquitos.

Desde el primer momento las gentes comentaron con orgullo provinciano sobre lo imponente y mortífero de aquella región —la mejor del mundo—. Pero el telegrafista, minguero ocasional —cuando no tenía trabajo por los habituales desperfectos de la línea—, y que en sus mocedades hizo viajes a la selva amazónica, opinó con burla e ingenuo desprecio:

—Pendejada. Tembladera no más es. En el Oriente hay pantanos jodidos. En esos que yo vi cuando era guambra no había cómo entrar así no más, pes. Son muy profundos y están repletos de unos animales como cangrejos o qué diablos será, que, cuando cae por desgracia un animal o un cristiano que sea, en menos de cinco o diez minutos le dejan en huesos pelados. Eso es jodido. Esto, uuu... Guagua pantano no más es.

—¿Y los güishigüishes[183] que hay por millones? —intervino alguien de la tropa de mingueros cholos que por costumbre se quedaba al borde de la tembladera mirando con temor supersticioso aquel piso lleno de tumores y baches de chamba empapada.

—Acaso hacen nada.

—Pero, carajo. Jodido es entrar.

—Sí, pes.

—Eso de quitarse los zapatos o las alpargatas que sean y dejar en la orilla de la ciénega para que cualquiera se lleve no más.

---

[181] *Totora:* planta parecida a la espadaña, que se cría en terrenos húmedos y pantanosos.
[182] *Zancudo:* variedad de mosquito, de patas muy largas.
[183] *Güishigüishi:* renacuajo.

—Y alzarse el calzón hasta más arriba de las rodillas.

—Metido en el agua todito el día.

—Eso no, carajo.

—Eso sólo para los runas, que ya están acostumbrados.

—Uno que al fin y al cabo es medio blanquito.

—¿Cómo, pes?

Efectivamente: fueron los indios —aptos para todo riesgo— los que se aventuraron, sembrados hasta cerca de las ingles, entre las totoras, entre los berros o a pantano abierto, a cumplir las órdenes del señor ingeniero —el cholerío se ocupó en otros trabajos.

A veces la persistencia de tres o cuatro horas en el agua helada y fangosa acalambraba a un runa, pero los milagros del aguardiente liquidaban pronto las dificultades. Jacinto Quintana y su mujer, encargados por don Alfonso Pereira para el reparto de la chicha, del guarapo, del alcohol y de los picantes, se pasaban todo el día y toda la noche —allí dormían— bajo un cobertizo —arquitectura improvisada de palos y paja de páramo—, ocupados en atender a los mingueros. Y cuando un indio se acercaba en demanda de chicha o de guarapo tambaleándose más de la cuenta —embrutecimiento alcohólico necesario para el máximo rendimiento—, el teniente político, adelantándose al ruego del solicitante, chillaba:

—¡No; carajo! A trabajar primero. Cuando hace falta nosotros mismos...

—Nosotros mismos llamamos pes, taitico... —consolaba la chola Juana.

Si era un vecino de Tomachi el que llegaba en ese estado, Jacinto Quintana embromaba entonces:

—Muy alegre has venido, pes, cholitooo. Bueno sería que sudes un poquito para curarte el chuchaqui.

—¿Curarme? Estoy curado.

—El chuchaqui digo.

—¡Aaah!

Si el minguero se ponía porfiado y baboso, intervenía inmediatamente Juana, ladina y coqueta:

161

—Bueno... Le voy a dar una copita de un puro que tengo yo.

—Eso. Así me gusta, carajo.

—Siempre que venga conmigo y se incorpore en el trabajo de los otros, pes.

—Con usted, vecinita, donde quiera.

—¿Vamos?

—Ya...

Cuando por cualquier circunstancia el teniente político y su mujer notaban que alguien permanecía por varias horas sin beber una copa, afanábanse de inmediato —obsequiosidad, bromas, caricias atrevidas— en dosificar convenientemente al extraño personaje —un desertor en potencia.

Por esos días, sobre todo en la indiada, se agudizó el paludismo. Junto al cobertizo de Juana y de Jacinto fueron acurrucándose los enfermos en retablo de pequeños bultos temblorosos bajo el poncho, de ojos encendidos por la fiebre, de labios secos, de fatiga e inacción envenenadas, de voces sin voluntad:

—Agua, sha[184].

—Achachay.

—Taiticu.

—Shungo.

—Achachay.

—Caraju.

Cuando los enfermos se amontonaron en buen número entró en juego el Tuerto Rodríguez, alardeando siempre de su infalibilidad de curandero. Luego de beberse una copa de aguardiente con Jacinto Quintana y declarar orgulloso:

—Esta receta aprendí en Guallabamba. Los fríos de ese lado son cosa jodida. Hasta perniciosa[185] da, pes. A los indios de la rinconada de los hornos de carbón también les curé así.

[184] *Sha:* su origen y significado no son fáciles de precisar. Icaza pudo hacer una interpretación equivocada del diminutivo *illa* (*-isha > sha*), identificado con el adverbio *allá*.

[185] *Perniciosa:* fiebre intermitente de extrema gravedad.

Ordenó el Tuerto a su ayudante —un longo menudo y silencioso:

—Vé, Tomás. Tráeme los cueros de borrego. Los cueros pelados que hice venir del pueblo. Las sogas y la olla con la medicina también.

—Arí, taiticu.

A los pocos minutos, y cuando todo estuvo listo, Rodríguez y el longo menudo y silencioso ayudaron a los palúdicos a ponerse de pie, les cubrieron las espaldas con los cueros —coraza apergaminada, sin pelo— que hizo traer el Tuerto, les formaron en círculo —uno tras otro—, les recomendaron aguantar lo que más les sea posible y correr como en juego de niños. Entonces el hábil curandero ocupó el centro de aquella rueda que giraba con pereza de ponchos viejos, de cuerpos temblorosos, de cabezas gachas. Indignado Rodríguez ante aquella lentitud de sus enfermos, gritó levantando el acial que colgaba de su diestra:

—Tienen que correr hasta que suden.

—¡Oooh!

—¡Corran, carajo! ¡Corran!

La amenaza no fue suficiente. Entre brincos y tropezones la fiebre detenía a los palúdicos.

—¿Eso será, pes, correr? Si no meto látigo se hacen los pendejos y aquí nos quedamos hasta mañana. ¡Ahora verán! ¡Ahora, carajo! ¡Así...! —chilló el Tuerto al ritmo del acial, que se estiraba y se encogía en disparos silbantes.

—¡Oooh!

—¡Corran, carajo! ¡Corran!

El temor al látigo, que al abrazar al más perezoso sonaba con escándalo de puñalada en los cueros apergaminados, aligeró en vértigo angustioso el girar de aquella rueda. Veinte, treinta, cien vueltas.

—¡Oooh!

—¡Corran, carajo! ¡Corran!

Agotados de cansancio los enfermos empezaron a caer al suelo. Pero el flagelador, fascinado —fascinación de efímero poder— por la música de su acial —sobre los pellejos secos de borrego unas veces, sobre la carne desnuda de las piernas o de la cara de los indios otras, en el aire de cuando en cuando—, redobló la fuerza de su brazo.

—¡Oooh!

—¡Corran, carajo! ¡Corran!

Al final los tres o cuatro indios que aún permanecían en pie dieron casi a gatas su última vuelta, y empapados de sudor y de fatiga cayeron al suelo con extraños temblores. Imposible exigirles más. Desencajados, con ronquido agónico en la respiración, secos los labios de temor y de fiebre, miraron al curandero con ojos vidriosos de súplica —turbia y diabólica imploración que parecía estrangular algo como una amenaza criminal.

—¡Sudaron! ¡Sudaron, carajo! ¡Les saqué el sucio[186], longos puercos! —exclamó el Tuerto Rodríguez ladeando la cabeza del lado del ojo sano para observar mejor su obra. Luego, con orgulloso grito, llamó a su ayudante:

—¡Ve, Tomás! Trae la olla de la medicina y un pilche para terminar con estos pendejos.

A cada enfermo se le obligó a beber una buena ración del brebaje preparado por el Tuerto —aguardiente, zumo de hierba mora[187], pequeñas dosis de orines de mujer preñada, gotas de limón y excremento molido de cuy.

La lentitud con la cual avanzaban los trabajos de la minga en el pantano y el desaliento que había cundido en el cholerío —a esas alturas en desbandada la mayor parte; la otra, la menor, soportando de mala gana el peso de pequeños intereses personales—, obligaron a don Alfonso Pereira a sugerir al señor ingeniero:

—Debemos terminar esto en dos o tres semanas.

—Es muy fácil.

—Pero...

—La paciencia ante todo, don Alfonso.

---

[186] *El sucio:* el mal, la enfermedad.

[187] *Hierba mora:* hierba venenosa, empleada en medicina como calmante.

—¡La paciencia!

—El terreno nos obliga a dar pinitos, muchos pinitos. Nos obliga a tantear...

—¡Oh! A usted se le ha metido en la cabeza que las zanjas hay que abrirlas desde la montaña. Y eso, mi querido amigo, requiere mucho trabajo...

—No conozco otra forma.

—¿No?

—Eso es lo aconsejado.

—¿Y un corte paralelo a veinte o treinta metros del trazo del camino? ¿Un corte que pueda realizarse en pocos días?

—¡Oh! Eso... Meter a la gente en la ciénaga, enterrarla en algún hoyo...

—¿Y para qué cree usted que he comprado a los indios? —interrogó el latifundista con cinismo fraguado en la costumbre.

—¡Ah! Bueno. Si usted desea desecar el pantano a punta de cadáveres.

—Yo no he dicho eso.

—¿Entonces?

—Ganaríamos un cincuenta por ciento de tiempo y de trabajo.

—No digo que eso sea imposible...

Don Alfonso Pereira agotó sus argumentos audaces. A él, en realidad, no le interesaban tanto los indios como tales. Era la urgencia de terminar el camino, era la necesidad de cumplir compromisos de honor lo que le inquietaba. Diez o veinte longos, en realidad, no era mucho en su haber de muebles, enseres, semovientes[188]... Para eso había pagado harta plata por los runas. «Todo esfuerzo en bien del país requiere sacrificio, valor, audacia... ¿Acaso en la guerra también no mueren los soldados...?», se dijo para justificar en su conciencia el cinismo criminal de sus argumentos. Al final, el ingeniero murmuró:

—Siempre que usted esté dispuesto a perder unos cuantos peones.

---

[188] *Semovientes:* ganado.

—No ha de pasar nada, mi querido amigo.

—Mejor si usted cree.

—En caso de ocurrir por cualquier circunstancia algo malo, haré traer las huascas de la hacienda.

—¿Las huascas?

—Claro. En el momento de peligro salvaríamos fácilmente al atrapado echándole el lazo para que se defienda.

—Nada ganamos con eso. Si no le mata el pantano al pobre runa, moriría al ser arrastrado.

—Haremos que entren los huasqueros muy cerca de la víctima.

—De todas formas sería hombre perdido.

—¡Oh!

—De un hoyo no le saca nadie.

—Mis huasqueros sí.

—Entonces...

Al día siguiente se inició el trabajo al gusto y sabor de don Alfonso Pereira. Guiados por dos expertos en la materia —Andrés Chiliquinga y un indio de Guamaní—, una tropa de runas entraron en el pantano.

—¡Con cuidado! ¡A cien metros de aquí empieza la zanja! —gritó el ingeniero que, desde la orilla de la tembladera —donde se hallaban también el señor cura dando bendiciones, don Alfonso, Jacinto Quintana, casi todos los miembros de la junta patriótica de los hermanos Ruata y algunos cholos y cholas mingueros—, observaba cómo la tropa de indios iba entrando y afanándose en apartar chamba y lodo de sus pies hundidos hasta más arriba de los tobillos.

A la tarde de ese mismo día, muy cerca de la hora de abandonar el trabajo, desde unas totoras, a más de cien metros de la orilla, llegó una voz que pedía socorro. El grito abrió una pausa de sospecha y de temor en el ánimo de todos. Indios, cholos, caballeros, abandonaron sus ocupaciones y aguzaron el oído.

—¡Taiticuuus...!

—¡Por ese lado! —anunció alguien señalando hacia la derecha en el corazón mismo del pantano.

—¡Cierto!

—Uuu...

—Se le ve clarito en las totoras.

—La mitad del cuerpo no más.

—La mitad...

—¿Cómo ha de ir tan lejos, pes?

—¿Cómo...?

—Runa bruto.

—¿Y ahora?

—¡Carajo!

—Esperen...

A una cuadra y media de distancia poco más o menos, oculta a ratos por el aliento penumbroso de la hora y por jirones de neblina que se arrastraban perezosamente por la superficie empapada, la silueta de un indio, cortada hasta la cintura, alzaba con trágica desesperación los brazos.

Entre la sorpresa de unos y la diligencia inútil de otros, el señor ingeniero se acercó a don Alfonso Pereira y en tono de orgullosa burla le dijo:

—Ve usted que yo tenía razón. Es el primer runa que cae en algún hoyo. No será el último.

—¡Oh! Pendejada. Ya verá cómo se arregla esto —respondió el terrateniente con marcada inquietud. Y dirigiéndose hacia el cobertizo de los esposos Quintana llamó a los huasqueros.

—¡Caiza, Toapanta, Quishpe!

—¡Patroncituuu!

—Vengan.

—Ya estamus preparandu.

—¡Vengan con las huascas!

Como por arte de magia surgieron tres indios ante el patrón, listos para desempeñar su papel —sin poncho, enrollados los calzones de liencillo hasta las ingles, portando largas huascas en una mano y el lazo en la otra.

—Hay que salvar a un pendejo que se ha metido en el fango —concluyó Pereira.

—Arí, su mercé. Peru Chiliquinga, que conoce, tiene que acompañar, pes.

—Que les acompañe.

A pesar de la embriaguez que daba fuerza, resignación y esperanzas al cholerío de la minga, los gritos del náufrago destaparon un cúmulo de comentarios:

—De lo que nos escapamos, carajo.

—Esto está jodido mismo.

—Nadie sabe dónde puede dejar el pellejo.

—Y el pellejo es lo único que le queda al pobre.

—Lo único que no le quitan así no más.

—Lo único.

—Carajo.

—¿Qué dirá ahora el señor cura?.

—Lo que dice siempre, pes. Castigo de Taita Dios.

—Castigo.

—Ojalá no llueva a la noche.

—Ojalá no me agarren a beber con el Jacinto.

—Ojalá puedan sacar al indio.

—Salvarle.

—Si desaparece no ha de estar bueno.

—No, pes.

—Uuu...

—Ave María.

—Mamitica.

—Yo, no...

Entretanto la silueta del longo atrapado en el hoyo seguía dando gritos y agitando con desesperación los brazos. Cautelosamente entraron en el pantano los huasqueros guiados por Chiliquinga, el cual hundía cada paso con lentitud y precauciones que desesperaban la paciencia de los mingueros de la orilla:

—¡Pronto! ¡Prontito, pes!

«¿Cómu, caraju? Primeru he de tantiar si está buena la chamba, si aguanta el pesu del natural o del cristianu que sea. Aquí primeru... Despuesitu acá, pes... Ahura entonces puedu adelantar la otra pata... Dedu grande avisa nu más cuando es lodu para pisar y cuando es agua para dar la vuelta. Uuuy... Por estar pensandu pendejadas casi me resbalu nu más...», se dijo Chiliquinga ante los gritos de las gentes.

—¡Pronto! ¡Pronto, carajooo! —ordenó don Alfonso.

«Ave María... Taiticu, amu, su mercé, también quiere... Nu hay cómu pes más ligeru. La pata coja nu agarra bien, nu asienta bien...», respondió el indio experto mentalmente.

—¡Prontooo!

El náufrago entretanto se había hundido hasta el pecho. Sus brazos se agitaban con menos esperanzas y sus voces desmayaban poco a poco. Parecía un punto palpitante entre la neblina y las totoras.

—¡Pronto! ¡Pronto, carajooo!

Andrés Chiliquinga alzó la mano en señal de que le era imposible avanzar más, y con gran prudencia retrocedió unos pasos mientras advertía a los huasqueros:

—De aquicitu... De aquicitu... Adelante ca jodidu está, pes.

A quince metros —poco más o menos— del indio atrapado rubricaron en el aire las huascas —con rasgos largos y ambiciosos—. Una ansia de temor y de súplica oprimió el corazón de los mingueros que observaban desde la orilla.

—Mamitica.

—Virgencita.

—Milagrosa.

—¿Qué te cuesta, pes?

—Pobre runa.

—Un milagro.

—¡Ya! ¡Yaaa!

La exclamación final como de triunfo tan sólo se debía a que dos de las tres huascas lanzadas lograron enlazar a la víctima, la una por la cintura, la otra por el brazo y el cuello.

—¡Yaaa!

—¡Tiren! ¡Tiren pronto!

—¡Antes que desaparezca el runa!

—¡Sí, antes...!

—¡Ya desaparece, carajo!

—¡Tiren!

—¡Tireeen!

—¡Pronto!

—¿Qué pasa que no tiran?

—¡Ahora!

Sin piso para poder afirmar el esfuerzo que exigía el rescate del náufrago, los huasqueros y Andrés Chiliquinga salieron de la ciénaga por la zanja del desagüe.

—¿Qué pasó, carajo? Dejan al indio que le trague el pantano —chilló don Alfonso.

—Patroncitu, taitiquitu. Nu había cómu hacer, pes. Las patas resbalaban no más en la chamba floja.

—Maldita sea. Bueno. Veamos si desde aquí...

—De aquí cómu nu, pes.

—¡Tiren entonces!

Los indios tiraron con decisión y coraje de las dos cuerdas que aprisionaba el fango. De las dos cuerdas que se negaron a correr. Todo esfuerzo parecía inútil. Pero el cholerío minguero creyó de su obligación ayudar y tiró también, quemándose los callos de las manos en las huascas negras y sucias. En aquella lucha, que se tornó desenfrenada entre las gentes que pretendían salvar a la víctima —a esas alturas sumergida hasta los pelos— y el fango viscoso que detenía con avara crueldad al indio, sólo quedó al final, como un trofeo macabro, como un pelele desarticulado, el bulto del cadáver cubierto por un poncho viejo.

—Ya no respira, pes.

—La huasca en el cuello.

—La huasca húmeda corta como cuchillo.

—En la cintura.

—En el brazo.

—Una lástima.

—Muerto.

—No creo que tiene parientes.

—Nadie reclama.

—Nadie llora.

Entre comentario y comentario los mingueros disimulaban su temor secreto y su amargo coraje que había sembrado la escena del rescate.

—Hubiera sido mejor dejarle bajo el lodo —comentó el ingeniero.

—Quién sabe —respondió don Alfonso frunciendo el entrecejo.

A la noche, aprovechando las sombras y la pena que a todos embargaba, huyeron los primeros desertores del cholerío minguero. A los cuatro días se repitió el caso trágico. Murió otro runa. A la semana no quedaba en el trabajo colectivo sino una decena de cholos —los de la junta patriótica de los hermanos Ruata, el teniente político, la mujer—. Y hasta el señor ingeniero una mañana dio a entender que deseaba retirarse.

—No debemos agravar las cosas. El señor ministro no vería con mucho placer que usted... Bueno... Que usted haga fracasar nuestros planes —opinó con venenosa ladinería don Alfonso Pereira.

—¿Los planes?

—Claro. Perderlo todo por infantiles sentimentalismos. El Gobierno necesita demostrar que hace cosas de aliento, que ayuda a la iniciativa particular.

—Yo...

—Pendejadas, mi querido amigo. Las grandes realizaciones requieren grandes sacrificios. Y si estudiamos detenidamente el caso... Ahora, el sacrificio es mío.

—¿Cómo?

—Los indios que mueren y morirán, pongamos cinco, diez, veinte, son míos... Estoy perdiendo un capital en beneficio de la propaganda que luego puede aprovechar usted y el Ministerio donde usted trabaja —concluyó el latifundista.

—Es verdad. Pero...

—No hay pero que valga. Más mueren en la guerra y, sin embargo, nadie dice nada.

—Nada —murmuró el ingeniero en tono y actitud de complicidad, de derrota.

—Y le diré en confianza. No debe inquietarse mucho por mis intereses. Los indios me costaron pocos sucres. No recuerdo si fueron a cinco o a diez cada uno.

—A...

171

—Sí. No tengo por qué inventar ningún cuento. En cambio el carretero es el porvenir de toda esta región.

A pesar de que el señor cura dio misas campales a la orilla de las tembladeras —junto a los pondos de guarapo y a los barriles de aguardiente del cobertizo de la mujer del teniente político— y ofreció para los mingueros grandes descuentos en las penas del purgatorio y del infierno, el cholerío no volvió al trabajo. Fueron los indios, únicamente los indios, en ocho semanas de violentas amenazas y órdenes del patrón —parecía un demonio enloquecido— y del espectáculo macabro, casi cotidiano de los runas inexpertos que caían en la trampa de los hoyos y había que rescatarles, los que en realidad dominaron el pantano desecándolo y tendiendo sobre él un ancho camino.

Superada la etapa peligrosa, trágica, de nuevo el trabajo en tierra firme —ladera de cerros, potrero[189] de valles—, la junta patriótica de los hermanos Ruata exhortó al vecindario de los pueblos de la comarca —cholas y cholos— para unirse en una segunda minga que termine la obra. Aquel llamamiento no fue inútil; las gentes medio blanquitas volvieron a entregar su esfuerzo desinteresado. Además, fuera de la chicha, del guarapo, del aguardiente y de los picantes, don Alfonso Pereira organizó extraordinarias riñas de gallos —pasión de los chagras— que ocuparon todos los comentarios y las inquietudes.

—¿En plena pampa[190] irán a topar[191], pes?
—En plena pampa.

---

[189] *Potrero:* pradera.

[190] *Pampa:* llanura extensa y sin árboles.

[191] *Topar:* pelear con botanas (vainas de suela u otro material que cubre los espolones), para que los gallos no se hagan daño.

—Tengo que traer entonces a mi pintado[192], que es un demonio.

—Uuu... Con eso se roba la plata, pes.

—¿Y mi colorado?

—Ya no vale.

—¿Qué es, pes? Está hecho un diablo.

—Yo también tengo unito.

—Lindos han de estar los topes[193].

—Lindos.

—No me pierdo, carajo.

—Apuren breve con la tarea.

—Brevecito.

—Dicen que vienen los de Callopamba con el pollo que ganó en el concurso.

—¿Cierto?

—Así conversan.

—Entonces se jodieron los del patrón Alfonso, pes.

—Se jodieron.

—Qué va...

—Apuren para ver.

—Apuren para preparar.

—Cuatro o cinco peleas en cada montón[194].

—Mi platica.

—Verán no más.

—Por novelero.

—Por pendejo.

Sólo los indios quedaban en el trabajo después de las cuatro de la tarde. El cholerío, rumboso e inquieto, se agrupaba por todos los rincones en círculos que encerraban sucesivas peleas de gallos. Las más importantes —los pollos campeones de la comarca, los de don Alfonso, los del señor cura, los de ciertos chagras amayorados[195]— se realizaban junto al nuevo cobertizo de Juana y de Jacinto

---

[192] *Pintado:* pinto, gallo de plumaje rojizo con manchas blancas.

[193] *Tope:* riña de gallos simulada.

[194] *En cada montón:* en cada sesión.

[195] *Amayorados:* en este caso, los que se sobresalen de la clase o condición a que pertenecen.

—improvisada arquitectura de palos viejos y paja verde al otro lado de la ciénaga, fiel al destino de la minga—. Un griterío que aturdía en hipnótica algazara se prolongaba entonces hasta la noche sin permitir que la gente piense en cualquier otra cosa.

—Hay que buscar cotejas[196].
—¡Cotejas son!
—Doy tres a seis.
—¿Doble?
—¡Claro!
—Si tuviera le pagara para que no sea charlón[197].
—¡Yo pago, carajo!
—Se jodió.
—Así no más es la cosa.
—Valiente el pendejo.
—Valiente.
—¡Cómo será eso?
—¿Cómo?
—El negro de don Teófilo está aquí.
—El tuerto del compadre.
—El pintado del Abelardo.
—¡El tuerto!
—¡El negro!
—¡El pintado!
—Ahora verán no más.
—¡Levanta las patas, pendejo!
—¡Levanta!
—¡Aaay!
—Le dio en la nuca.
—En los ojos.
—Ya no puede.
—Agacha el pico.
—No cae.
—Mañoso.
—¿Que gracia? De tapada.
—No parecía.

---

[196] *Cotejas:* de la misma condición, fuerza o brío.
[197] *Charlón:* charlatán, hablador.

—Carajo.

—Acostumbrado a matar.

—Gallo fino, pes.

—De dos revuelos.

—De dos espuelazos[198].

—Parece mentira. Mis cinco sucres.

—Tres perdí yo.

—Ave María.

—En esta otra me recupero.

—¡Doy doble!

—¡Pago doble!

—¿A cuál?

—Ya es tarde, pes.

—Bueno está el otro.

—¡El otro!

—¡Bravooo!

—Le tiene jodido.

—A tu mama.

—A la tuya.

—¿Cómo?

—¡Careo![199]. ¡Careo!

—¡Síii!

—Chúpale la cabeza.

—Para quitarle la sangre.

—La cresta.

—Échale aguardiente.

—Límpiale el pico.

—Un milagro sería.

—Un milagro.

—El juez...

A la sombra de ese entretenimiento narcotizante, exaltados por el guarapo y por el aguardiente, nadie se preocupó por el derrumbe de la loma donde murieron tres indios y un muchacho. Y así terminó la minga. Y así se

---

[198] *Espuelazo:* golpe dado por las aves con la espuela o espolón.

[199] *Careo:* acción de enfrentar a cierta distancia los gallos de pelea, con objeto de prepararlos para un nuevo encuentro.

construyó el carretero que fue más tarde orgullo de la comarca.

La publicidad había proporcionado muchas veces a don Alfonso Pereira satisfacciones y disgustos. Mas nunca pensó que los desvelos y los gastos que tuvo que afrontar en la minga —todo a la medida de sus intereses secretos— le colmaran de fama de patriota, de hombre emprendedor e inmaculado. La prensa de todo el país engalanó sus páginas con elogios y fotografías que ensalzaban la heroica hazaña del terrateniente, del señor ingeniero, del cura párroco, del teniente político, del Tuerto Rodríguez, de los hermanos Ruata y del cholerío minguero. ¿Y los indios? ¿Qué se hicieron de pronto los indios? Desaparecieron misteriosamente. Ni uno solo por ningún lado, en ninguna referencia. Bueno... Quizá su aspecto, su condición, no encajaban en la publicidad. O no se hallaron presentes en el momento de las fotografías.

—¡Qué bien! ¡Qué bien, carajo! —murmuró don Alfonso al terminar de leer el último artículo que le había enviado su tío Julio. Hacia la parte final decía:

«El porvenir nacional, en cuanto significa un método seguro de acrecentar riquezas hasta ahora inexplotadas en las selvas del Oriente y sus regiones subtropicales como la de Tomachi, ha dado un paso definitivo en el progreso. Por lo que sabemos hasta ahora, parece que los miembros de las sociedades colonizadoras buscan, con toda razón, zonas adecuadas para su establecimiento. Zonas con caminos practicables, clima correcto, cercanía a centros poblados, extensión suficiente de tierras explotables, buena calidad de éstas, etc., etc. Si vamos a pretender que los colonizadores, por el hecho de ser extranjeros, han de venir y penetrar inmediatamente a la mitad de la selva, desposeída de todo auxilio humano, para realizar milagros, persistiremos en un grave daño. Hay que dar a la expansión del capital extranjero todas las comodidades que él requiere —en sus colonias económicas—. Así lo exige la inversión de la plusvalía en la acumulación capitalista de las naciones patronas. En el caso actual ya podrán tener ancho panorama de acción todos los hombres civilizados.

Alguien afirmaba que el caso de las sociedades colonizadoras y la acción patriótica de don Alfonso Pereira se
puede comparar al comercio del opio en China. Vil
calumnia, afirmamos nosotros. Nosotros, que siempre
hemos estado por la justicia, por la democracia, por la libertad».

Tancredo Gualacoto —huasipunguero de la orilla del
río, el cual gozaba de fama de rico por su juego de ponchos de bayeta de Castilla para la misa de los domingos,
por su gallinero bien nutrido, por su vaca con cría, por
sus cuyes— había sido designado prioste para la fiesta final que en acción de gracias por el buen éxito de la minga
del carretero debía celebrar el pueblo a la Virgen de la
Cuchara.

Aquella mañana Tancredo Gualacoto, seguido por
unos cuantos compañeros —José Tixi, Melchor Cabascango, Leonardo Taco, Andrés Chiliquinga—, entraron
en el corredor de la casa de Jacinto Quintana, donde la
chola Juana vendía guarapo a los indios.

—Unos cuatru realitus del maduru dará, pes, mama
señora —solicitó el futuro prioste sentándose en el suelo
con sus acompañantes.

Sin responder, maquinalmente, al cabo de pocos minutos la chola puso junto a sus clientes un azafate de madera renegrida lleno de líquido amarillento, sobre el cual
navegaba un pilche de calabaza.

Con el mismo pilche, generosamente, uno tras otro,
Tancredo Gualacoto repartió el guarapo. Al final agarró
el azafate con ambas manos y bebió de una vez la sobra
del brebaje. Luego pidió otros cuatro reales. Tenía que
cargarse de coraje, tenía que tomar fuerzas para ir a donde
el señor cura a pedirle una rebajita en los derechos de la
misa. Le había sido imposible juntar todo el dinero nece-

sario. Por la vaca y por las gallinas le dieron setenta sucres. Cantidad que no cubría los gastos de la iglesia. El suplido[200] que solicitó a la hacienda era para las vísperas,
para el aguardiente, para la banda de música.

Al terminar el tercer azafate de guarapo, Tancredo
Gualacoto y sus amigos se sintieron con valor suficiente
para encarar al sotanudo, para pedirle, para exigirle. La
entrevista se realizó en el pretil de la iglesia, donde el santo sacerdote tenía por costumbre pasearse después del al-
muerzo —remedio para una buena digestión.

Con temor primitivo, solapadamente —como quien
se acerca a una fiera para cazarla o para ser devorado por
ella—, la tropa de huasipungueros se acercó al religioso:

—Ave María, taiticu.
—Por siempre alabada... ¿Qué quieren?
—Taiticu.

Gualacoto, con el sombrero en la mano, la vista baja,
se adelantó del grupo, y, luego de una pausa de duda y de
angustia que le obligaba a mover la cabeza como un idiota, murmuró:

—Taiticu. Su mercé. Boniticu...
—Habla. Di. ¡Dios te escucha!

Ante el nombre de «Taita Dios poderoso», el prioste
futuro sintió que su corazón se le atoraba en la garganta.
No obstante, murmuró:

—Un poquitu siguiera rebaje su mercé.
—¿Eh?
—Un poquitu del valur de la misa.
—¿De la santa misa?
—Caru está, pes. Yu pobre ca. Taiticu, boniticu. De
dónde para sacar. Pagar a su mercé, comprar guarapu,
chiguaguas[201], chamiza[202]... Pur vaquita y pur gashinita
ca, sólu setenta sucres diu el compadre.

---

[200] *Suplido:* anticipo en dinero o especies que el patrón hacía a los peones, a cargo de su salario.

[201] *Chiguagua:* armazón en forma de muñeco, lleno de pólvora, que se
quema en las fiestas.

[202] *Chamiza:* ramas secas para hacer hogueras.

—¡Oh! Puedes pedir un suplido al patrón.

—Cómu no, pes. Lo pite[203] que diu para guarapu mismu está faltandu.

—Indio rico eres. Eso lo sabe todo el mundo.

—¿Ricu? ¿Qué es, pes?

—Entonces tienes que buscar en otra forma.

—Uuu... —murmuraron a media voz Gualacoto y sus amigos con desilusión y despecho que molestó un poco al fraile.

—¿Cómo puedes imaginarte y cómo pueden imaginarse ustedes también, cómplices de pendejadas, que en una cosa tan grande, de tanta devoción, la Virgen se va a contentar con un misa de a perro? ¡No! ¡Imposible! ¡De ninguna manera!

—Peru... Nu tengu, pes...

—Taiticu —suplicó el coro.

—¡Miserable! Y no debes mezquinar más, porque la Virgen puede calentarse. Y una vez caliente te puede mandar un castigo.

—Ave María.

—Boniticu.

—Nada, nada.

La embriaguez del guarapo chirle en la humildad fermentó entonces con burbujas biliosas, con calor en las manos, con ganas de gritar. Gualacoto insistió con voz un poco altanera:

—¡Nu tengu, pes!

—Para beber sí tienes, indio corrompido.

—¿Qué es, pes?

—Pero para venerar a la Santísima Virgen te haces el tonto. Por miserables cien sucres has caído en pecado. Dios es testigo de tu tacañería. Él... Él nos está viendo... Cuando te mueras te cobrará bien cobrado.

—Nu, taiticu.

—¡Sí!

—Peru...

—Nada de peros. Al infierno. A la paila mayor.

---

[203] *Lo pite:* lo poco.

—Taiticu.

—Sin remedio.

Sintiéndose cada vez más acorralado, perdido, con las amenazas del sotanudo sobre las narices, el futuro prioste reaccionó resbalando por su incipiente, pero altanera embriaguez:

—¡Qué me importa, caraju!

—¿Qué? ¿Qué has dicho, rosca animal? —chilló el cura crispando las manos en la cara del atrevido, con patetismo que trataba de aplastar toda posible réplica. Pero Gualacoto, en forma instintiva, insistió:

—Caraju.

Rápidamente, con versatilidad histriónica, el fraile comprendió que era más oportuno simular beatífica actitud. Levantó los brazos y la mirada al cielo con la fe de un personaje bíblico, e interrogó —charla amistosa, confidencial— a supuestos personajes de las alturas —toldo de nubes grises, hidrópicas[204]:

—¡Dios mío! ¡Virgen mía! ¡Santos misericordiosos míos! Detened vuestra cólera. ¡No! No echéis vuestras maldiciones sobre estos desgraciados.

—Taiticuuu —murmuró el coro de los amigos del réprobo.

—No. Que no llueva fuego sobre este indio infeliz, sobre este indio maldito, sobre este indio bruto que se atrevió a dudar de Vos, a dudar de tu Santísima Madre, a dudar de mí. ¡No! No es justo el castigo y la pena a todo un pueblo sólo por la idiotez y la maldad de uno de sus hijos. El peor...

En ayuda oportuna al monólogo tragicómico del párroco, con esa precisión con la cual a veces sorprende la casualidad, rodó en el cielo un trueno —debía estar lloviendo en los cerros—. El pánico se apoderó entonces del futuro prioste y del coro de indios que le acompañaban. Taita Diosito había respondido con voz de caverna y látigo de relámpago. ¡Oh! Aquello era superior a todo co-

---

[204] *Hidrópicas:* cargadas de agua.

raje, a toda rebeldía. Huyeron con sinuosa cautela Tancredo Gualacoto y sus cómplices.

—¡Señor! Comprendo que vuestra cólera es justa, es santa. Pero... Detened vuestro brazo airado en el castigo. El blasfemo... —continuó el piadoso sacerdote y al bajar los ojos a la tierra y buscar a los runas pecadores se encontró que ellos habían desaparecido.

—¡Pendejos!

Saturados de terror —inconsciencia de quienes se sienten perseguidos por fuerzas sobrenaturales —los indios malditos, luego de cruzar como sombras silenciosas y diligentes el pueblo, entraron por un chaquiñán que trepa la ladera. Quizá buscaban el huasipungo, o una quebrada, o un hueco que les ampare. Pero Taita Dios... Taita Diosito es implacable... A medida que corrían y el cansancio aceleraba el pulso y estrangulaba la respiración, se agigantaba el miedo, crecían extrañas y amenazadoras voces a las espaldas:

—¡Bandidooos! ¡Malditos del cielooo! ¡Enemigos de Taita Dios! ¡De Mama Virgen!

—Nuuu.

—Aaay.

Cada fugitivo trataba de disculparse en voz baja, de evadir el castigo, la condenación eterna:

—Nu, Taiticu.

—Pur el Gualacotu miserable.

—Miserable.

—Yu acompañante nu más.

—¿Qué culpa?

—Yu he de dar nu más misa de cientu, de duscientus sucres también.

—El Gualacotu. Así mismo es, pes, Taiticu.

—Perdúuun.

—Taiticuuu.

—Pur él.

—Bandidu. Miserable...

Aquel sentimiento tormentoso —mezcla de venganza y de temor— que había surgido irrefrenable en los amigos de Gualacoto se debilitó entre suspiros a la vista de las chozas de las orillas del río. Eran el refugio para todos los males. Allí esperaban los guaguas, la guarmi. Allí se convivía amigablemente con la indiferencia y el desprecio a los bienes de la tierra y del cielo. Allí... ¡Oh! Sintiéndose salvados, aunque jadeaban como bestias, los indios hicieron una pausa para mirar hacia el valle. Luego, instintivamente, buscaron la reconciliación... Pero de improviso —clamor ronco que rodaba por el río— despertó el paisaje, estremeció el aire con olores a tierra húmeda. Sí. Un clamor infernal que llegaba del horizonte:

—¡Malditooo!

De nuevo atrapó el pánico a Gualacoto y sus compañeros. Con amenazante rumor, hinchado en olas lodosas, el río se precipitaba por la boca de la quebrada grande, extendiendo sobre las dos orillas un cúmulo de escenas de terror y desolación.

—La creciente —murmuró uno de los indios del grupo que rodeaba al futuro prioste.

Como un eco centuplicado llegó desde todos los rincones del valle el mismo anuncio:

—¡La crecienteee!

De las chozas acurrucadas a lo largo de la vega se desprendieron entonces en carrera despavorida —espanto que dispara sin lógica—, abandonándolo todo —el sembrado, los animales, la cama en el suelo, la olla de barro, el fogón, los trapos, los cueros de chivo—, mujeres alharaquientas, runas viejos dando traspiés de angustiosa impotencia, muchachos veloces como pájaros asustados, guaguas inexpertos en la fuga. Y aquel caótico clamor, al mezclarse con la furia babosa de la naturaleza, saturaba todo el aire de tragedia.

—¡La crecienteee!

Alarido que estallaba más alto y desesperante cuando el vientre adiposo de las aguas turbias se precipitaba voraz sobre la cerca de un huasipungo, arrasando con el sembrado y los animales, despedazando la choza en pajas y palos renegridos.

—¡La crecienteee!

—¡Uuu!

A ratos, al declinar el clamor confuso —sin novedad que lo alimente—, se dejaban oír los gritos de alguna india que había olvidado al guagua tierno en el jergón, al perro amarrado, a la vaca con cría, a las gallinas, a los cuyes, al abuelo paralítico:

—¡Ayayay! Mi guagua, sha.

—¡Ayayay! Mi taita, sha.

—¡Ayayay! Mi ashco, sha.

—¡Ayayay! Mis choclitos[205], sha.

—¡Ayayay! Mis cuicitos, sha.

—¡Ayayay! Mis trapitos, sha.

—¡Ayayay! Mi shungooo.

Entretanto, impasible el aluvión seguía inundándolo todo, seguía su rodar que enhebraba la tragedia a cada tumbo violento de sus olas, seguía orillando con una especie de desprecio humano restos de cosas y de vidas que arrebató en su camino. Sobre las pardas lomas de sus aguas enfurecidas se alcanzaba a distinguir —viaje macabro— la puerta de un potrero, un árbol arrancado de raíz, un cerdo, un tronco, un trapo, el cadáver de un niño. A cuyo paso el ingenuo atrevimiento de algunos indios apostados en las márgenes altas lanzaban el lazo de sus huascas sobre el torbellino.

—Mamiticu.

—Angelitu.

—¿De quién será, pes, el guagua?

—De quién también será.

—De taita José.

—De taita Manuel.

—Guagua de natural parece.

—¿Entonces?

—¿Y el puerquitu que va comu zambu[206] negru?

—¿De lus Alulema será?

—Nu. Coloradu es ése, pes.

—Ave María.

—Ganado de hacienda parece.

---

[205] *Choclo:* mazorca de maíz tierno.

[206] *Zambo:* especie de calabaza, elemento importante en la cocina popular ecuatoriana.

183

—¡Jesús! Cristianu es.

—O natural será.

—Vieju.

—Joven.

—O guambra será.

—Mayur parece.

—Taita Diositu. ¿Cómu, pes?

—Echen las huascas.

—¡Las huascas!

—¡Oooh!

Cansados de ver, de comentar, de afanarse inútilmente, los grupos de indios y de longas de las dos orillas cayeron en una pausa de alelada pena. De pronto alguien propuso:

—Veamus si más abaju.

—¿En dónde, pes?

—En la pampa del vadu grande, pes.

—¡Aaah!

—Ciertu.

—Cierticu.

—Vamus, caraju.

—Vamus.

Con la esperanza de pescar alguna noticia, por mala que sea, la indiada se precipitó camino abajo. La duda con la cual avanzó en el primer momento estalló muy pronto en carrera desenfrenada. A cada cual le faltaba alguien o algo: el hijo, el abuelo, la mujer, el perro, el amigo más cercano, los restos de los huasipungos. En el vértigo de aquella marcha hacia una meta en realidad poco segura —entre caídas y tropezones—, con la fatiga golpeando en la respiración, a través de los maizales, salvando los baches, brincando las zanjas, cruzando los chaparros, las gentes iban como hipnotizadas. Hubieran herido o se hubieran dejado matar si alguien se atrevía a detenerles. Las vueltas y rodeos obligados avivaban la angustia de la marcha. No les importaba hundirse hasta las rodillas en el barro, dejarse arañar por las moras y por los espinos de las pencas de cabuya, resbalar de culo por las pendientes pedregosas, meterse en los remansos hasta las ingles.

Al llegar la muchedumbre al pequeño valle donde el

río pierde sus riberas y se extiende como una sabana, todos entraron en el agua apartando los restos —basura de trapos, paja, palos, chambas y soguillas— de las chozas que devoró la corriente para detenerse, llorando a gritos, junto al encuentro macabro del cadáver de un niño, de un anciano o de un animal.

—¡Mamiticu!

—¡Boniticu!

—¡Shunguiticu!

—¿Cun quién he de cainar, pes?

—¿Cun quién he de trabajar, pes?

—¡Ayayay, Taitiquitu!

—Cadáver de cristianu cun cadáver de animal.

—Cun cadáver de choza y huasipungo.

—¡Ayayay, Taiticu!

Luego cada cual rescató su cadáver querido y lo que pudo de su huasipungo.

Entretanto los indios que acompañaban a Gualacoto, paralizados y enloquecidos de nuevo por ese sentimiento de culpa que sembró en ellos el sotanudo, no se dejaron arrastrar por la locura de la muchedumbre; permanecieron inmóviles, y saturados de desesperación, de odio, de venganza, buscaron contra quién irse.

—¡Caraju! —exclamó uno de ellos mirando en su torno, buscando algo, alguien...

—¿Pur qué, pes, caraju? —murmuró otro en el mismo tono.

—¿Pur qué, pes, Taita Dius?

—¿Qué culpa tienen lus guaguas?

—¿Que culpa tienen las guarmis?

—¿Qué culpa tienen lus animalitus?

—¿Que culpa tienen lus sembradus?

—¿Qué culpa tiene la choza?

—¡Caraju!

Temblando de indignación, sin saber a dónde podría arrastrarles la cólera, José Tixi, Melchor Cabascango, Leonardo Taco, Andrés Chiliquinga, miraron con recelo a Gualacoto. Y un demonio de extraña venganza despertó entonces en el pecho de cada uno con grito insidioso:

«¡Malditos! ¡Castigo de Taita Dios es...! ¡Por ustedes! ¡El santo sacerdote...!»

—Caraju.

—Taiticu.

—Nuuu.

Mentalmente, ciegos de terror supersticioso, se disculparon íntimamente los amigos del futuro prioste: «Por él... Porque es miserable con Mama Virgen... Taita cura dijo... Dijooo...»

—Runa mismu... Brutu... —exclamó Tixi encarándose en actitud de desafío con el maldito.

—¡Miserable con Taita Dius, con Mama Virgen! —aprobaron todos en eco libre de control y de compasión.

—¿Yu? ¿Pur qué, pes? —interrogó Gualacoto retrocediendo con pánico que desorbitaba sus ojos y desencajaba sus mejillas prietas.

—Así diju amu cura.

—Así diju.

—Pur vus nu más.

—¡Nu, taiticus!

—¡Arí!

—¡Arí, caraju!

El marcado temor y las humildes palabras de Gualacoto exaltaron más y más la venganza confusa y ardiente de sus compañeros. Aletearon los ponchos, se elevaron los puños como garrotes.

—Yu... Nu tengu culpaaa...

—Miserable... Arí, caraju —respondió el coro, descargando salvajemente su furia.

Sintiéndose perdido, Gualacoto cayó de rodillas implorando perdón, misericordia. Nadie escuchó las razones y los ruegos de aquel ser maldito; había de por medio una voz interior que enloquecía, que enajenaba hasta el crimen a los runas del coro: «¡Malditos por él. Miserable con Mama Virgen! El castigo... La creciente... La muerte... Y fue así como en el tumulto de una crueldad sin nombre los ruegos de la víctima —Gualacoto tendido en el suelo— se transformaron en quejas y las quejas se transformaron a la vez en ronquidos dolorosos, agónicos.

186

—Tuma, caraju.

—Tuma, miserable.

—Tuma, condenadu.

Y cuando se cansaron de castigar, el indio Taco anunció ante la inmovilidad del caído:

—Ya creu que está jodidu.

—¿Jodidu?

—Arí, pes.

Fue a la vista de la sangre que manchaba la tierra, el poncho, la cara de la víctima y el garrote con el cual uno de ellos operó sin piedad, que los amigos y verdugos de Gualacoto huyeron desaforadamente.

Como la tragedia de la creciente era mayor, y cada cual se lamentaba de su pena, la desaparición del indio con fama de rico sólo inquietó a los parientes.

—Arrastradu pur la creciente —murmuró uno de ellos.

—Pur diablu coloradu —opinó alguien.

—¿Pur qué, pes?

—Pur miserable cun Mama Virgen.

—¿Eh?

—Así diju taita cura.

Y era verdad. El santo sacerdote, aprovechando la embriaguez de pánico y de temor que mantenía a los indios como hipnotizados, pregonaba en ejemplo del cielo aquel castigo frente a la tacañería de los fieles en las limosnas, en el pago de los responsos, de las misas, de las fiestas y de los duelos.

—¡Castigo del Señor! ¡Castigooo!

«Cuando él dice, así debe ser, pes», pensaban entonces cholos e indios e íntimamente acoquinados por aquel temor se arrodillaban a los pies del fraile, soltaban la plata y le besaban humildemente las manos o la sotana.

Las fiestas, las misas y los responsos dejaron al señor cura las utilidades suficientes para comprarse un camión de transporte de carga y un autobús para pasajeros.

—No dejaré pelo de acémila —exclamaba el sacerdote cada vez que los choferes le entregaban el dinero de su nuevo negocio. Y, en realidad, no eran exageradas sus afirmaciones. Poco a poco, caballos, mulas y borricos fueron quedando sin oficio ni beneficio, y el buen número de arrieros que había a lo largo y a lo ancho de toda la comarca perdieron su trabajo y fueron presa de las lamentaciones y de los recuerdos mientras la pobreza y la angustia crecía en sus hogares. En cambio, en el campo, especialmente en la hacienda de don Alfonso Pereira, las cosas cambiaron en otro sentido. El patrón ordenó sembrar mucho más que de costumbre y la tierra fue generosa. Aquel año, a la vista de las sementeras maduras, los peones murmuraron:

—Ahura sí, pes. Guañucta cosechará el patroncitu.

—Guañucta.

—Ha de dar buenus socorritus para el pobre natural.

—Sin tener nada, pes, cun lu de creciente.

—Ave María. Cun lu de creciente.

—Sin maicitu.

—Sin papitas.

—Sin nada, pes.

—Comu perru sin dueñu.

—Comu terrún peladu de caminu.

—Muriendo de necesidad.

—De hambre también.

Al oír el mayordomo aquellas lamentaciones en un corte de cebada, murmuró con voz aguardentosa —había tomado mucho guarapo del que mandó el patrón para los peones:

—Sólo en eso están pensando. Apuren breve, carajo.

—Uuu... Jajajay... —respondieron en coro los indios y las indias semihundidos entre las espigas antes de inclinarse de nuevo sobre la tierra con esa pereza que muerde en los riñones enmohecidos de cansancio.

—Apuren... Apuren para darles un buen mate[207] de guarapo...

—Dius so lu pay, taiticu.

---

[207] *Mate:* calabaza seca y vaciada que se emplea como vasija.

—Primero terminen este lado.

—Uuu...

A la tarde, caballero en mula de buena alzada, malhumorado y nervioso —fermentaba la codicia por los buenos negocios que podía hacer por el carretero—, don Alfonso llegó hasta el lindero de la sementera donde se cosechaba y, con áspera voz, llamó la atención del mayordomo, que cabeceaba la modorra de una dulce embriaguez sentado sobre el barril de guarapo:

—¡Eeeh! ¡Carajo! Linda manera de cuidar a los runas.

—Patrón... Yo...

—Véanle. No sabe lo que le pasa. ¿Durmiendo, no?

—Ahoritica no más, su mercé.

—¿Alcanzará el guarapo para todo el corte?

—Bastantes brazos han venido, patrón.

—¿Y quién se ha tomado casi todo el barril? —interrogó en tono acusador don Alfonso.

—Verá su mercé. Es que... —murmuró el cholo acercándose a la cerca por donde se asomaba el amo para evitar que sus disculpas mentirosas sean escuchadas por los indios.

—¿Quién?

—Duro está el trabajo. Dos veces les he dado.

—Debe alcanzar sólo con eso. No estoy dispuesto a gastarme un centavo más.

—Así haremos, pes.

Y al intentar retirarse don Alfonso se volvió de improviso hacia el mayordomo como si un problema importantísimo le retuviera, para exclamar:

—¡Ah! Más de una vez he advertido. Ahora insisto. Si por casualidad viene alguna india o algún longo chugchidor[208] hecho el que ayuda para que le dejen hacer de las suyas, le sacan a patadas. ¿Entendido?

—Sí, patrón.

—En las otras sementeras también he ordenado lo mismo. Se acabó esa costumbre salvaje.

---

[208] *Chugchidor:* el que recoge las espigas olvidadas en la recolección.

—Así mismo es, pes.

—Que compren. Que me compren. Para eso ganan... Para eso tienen plata... A los que todavía no han llevado suplido les hemos de descontar no más.

—Uuu... Toditos tienen, pes, llevado más de la cuenta.

—Entonces que se jodan.

—Es que... Verá, patrón... —intentó objetar el cholo, recordando al caballero que se trataba de una vieja costumbre enraizada en esa tendencia un poco patriarcal del latifundismo.

—¿Se han creído que soy taita, que soy mama de ellos? ¿Qué se han creído? ¡El chugchi[209], el chugchi! A robar las cosechas es a lo que vienen y no a recoger los desperdicios.

—No hable muy duro, patrón. Donde sepan los que están trabajando han de dejar no más sin terminar, pes. No ve que siempre se les ha dado mismo.

—¿Ah, sí? Bonito. ¡Carajo! Se les hace terminar a palos. ¿Acaso no son mis indios?

—¿Cierto, no? —concluyó con sonrisa babosa el mayordomo, como si en ese instante descubriera aquella verdad. Era el temor a la indignación del amo lo que...

—A varias mujeres que llegaron del pueblo creyendo que voy a ser pendejo como en otros años dando el chugchi, también les despaché con viento fresco. Que vayan a buscar quien les mantenga.

En ese instante —interpretando mal la mímica altanera de don Alfonso contra el cholo— llegaron hasta la cerca, desprendiéndose de su trabajo, unos cuantos longos y algunas indias. Rápidamente, adelantándose a cualquier solicitud inoportuna, el amo, dirigiéndose al mayordomo, interrogó:

—¿Ya tomaron el guarapo? ¿Les diste bastante?

—Lo que...

—Aun cuando la Juana me sacó toda la plata por los

---

[209] *Chugchi:* espigas y otros restos de la cosecha que la recolección deja en las sementeras.

veinte barriles que le compré para las cosechas, yo quiero que beban, que estén alegres mis indios.

—Patroncitu...

—Si no han tomado, que tomen.

—Dius su lu pay, taitiquitu —murmuraron los peones en coro, aplazando sin duda para más tarde o para otra ocasión la solicitud que llevaban.

—Así haremos, pes —dijo en tono de burla solapada el mayordomo.

—Que tomen no más otro mate. Siempre es bueno ser compasivo. Hay que ver cómo están los pobres: sudando, fatigados... —afirmó don Alfonso Pereira como si reprendiera al cholo Policarpio, el cual, bajando la cabeza para esconder una sonrisa imprudente de cómplice, respondió en voz baja:

—Bueno, patrón.

Satisfecho de su hábil proceder —fingida generosidad—, el amo picó con las espuelas a su mula y se metió por el camino que lleva al pueblo, mientras el cholo mayordomo, hecho un verdadero lío en sus entendederas, tomaba como simple amenaza aquello de prohibir el chugchi, aquello de... «¡Oh! Nunca así. Él mismo. Antes no era tanto. Las cosechas no fueron tan buenas. No está, pes, justo. Lo de la creciente también por él mismo fue. Que no vaya a la limpia, me dijo. Él me dijo. ¿Entonces...? ¡Carajo! Por conciencia debe darles algo. Algo. Uuu... Yo... Mejor es... Puede joderme... Joderme... Indios puercos, pobres manavalis... En cambio él...», pensó el cholo mientras volvía mecánicamente al barril de guarapo.

—Tomen. Tomen, runas facinerosos. Para eso tienen un patrón bueno. Bueno... —exclamó Policarpio al repartir el brebaje. Le parecía urgente que ellos, que él, que todos debían creer lo que afirmaba.

El viento, al estrellarse en la puerta de la choza de Andrés Chiliquinga, le abrió con imprudencia que dejó al descubierto sus entrañas miserables, sucias, prietas, sórdidas. En la esquina del fogón, en el suelo, la india Cunshi tostaba maíz en un tiesto de barro renegrido. Como el maíz era robado en el huasipungo vecino, ella, llena de sorpresa y de despecho, presentó al viento intruso una cara adusta: ceño fruncido, ojos llorosos y sancochados[210] en humo, labios entreabiertos en mueca de indefinida angustia. Al darse cuenta de lo que pasaba, ordenó al crío:

—Ve, longu, ajustá la tranca. Han de chapar lus vecinus.

Sin decir nada, con la boca y las manos embarradas en mazamorra de harina prieta, el pequeño —había pasado de los cuatro años— se levantó del suelo y cumplió la orden poniendo una tranca —para él muy grande— tras la puerta. Luego volvió a su rincón, donde le esperaba la olla de barro con un poco de comida al fondo. Y antes de continuar devorando su escasa ración diaria echó una miradita coqueta y pedigüeña hacia el tiesto donde brincaban alegres y olorosos los granos de maíz.

—Estu ca para taiticu es. Vus ya comiste mazamurra —advirtió la india, interpretando el apetito del pequeño.

—Uuu...

—Espera nu más. Unitus hemus de rubar a taita. Probanita para guagua, pes.

A pesar de la esperanza el rapaz colgó la jeta[211], y, sin más preámbulos, se acurrucó en el suelo, puso la olla entre las piernas y terminó su mazamorra.

Después de hablar con los compañeros de la ladera del cerro mayor, donde el hambre y las necesidades de la vida

---

[210] *Sancochados:* medio cocidos.
[211] *Colgó la jeta:* puso gesto de enfado.

se volvían cada vez más duras y urgentes —en esa zona se amontonaban en cuevas o en chozas improvisadas las familias de los huasipungueros desplazados de las orillas del río—, el cojo Andrés Chiliquinga descendió por el chaquiñán. Es de anotar que los indios que quedaron sin huasipungo por la creciente y toda la peonada de la hacienda —unos con amargura, otros con ilusión ingenua— esperaban los socorros que el amo, o el administrador, o el arrendatario de las tierras —desde siempre— tenían por costumbre repartir después de las cosechas. «¿Será para el día del Santitu Grande?», «¿será para el domingu?», «¿será para la fiesta de Mama Virgen?», «¿será...?», «para cuándu también será, pes», se preguntaban íntimamente los runas a medida que pasaban los días. En realidad, los socorros —una fanega de maíz o de cebada—, con el huasipungo prestado y los diez centavos diarios de la raya —dinero que nunca olieron los indios, porque servía para abonar, sin amortización posible, la deuda hereditaria de todos los huasipungueros vivos por los suplidos para las fiestas de los Santos y de las Vírgenes de taita curita que llevaron los huasipungueros muertos— hacían el pago anual que el hacendado otorgaba a cada familia india por su trabajo. Alguien del valle o de la montaña aseguraba que el patrón debía haberse olvidado de aquella costumbre, pero las murmuraciones que corrían por el pueblo eran distintas: «No... No dará socorros este año», «se jodieron los runas», «se jodieron...», «está comprando para llenar las trojes», «está comprando como loco...», «está comprando para imponer los precios más tarde cuando...», «nos joderemos nosotros también, cholitos», «no dará un grano a nadie. Nooo...»

Cuando la espera se volvió insufrible y el hambre era un animal que ladraba en el estómago, gran parte de los runas y de las longas de las propiedades de don Alfonso —en manada prieta, rumorosa e incontenible— llegaron hasta el patio de la hacienda. Como era muy temprano y además garuaba, cada cual buscó su acomodo por los rincones hasta que el patrón se levante de la cama y decida buenamente oírles. Después de una hora de larga espera solicitaron de nuevo la ayuda del cholo Policarpio, que entraba y salía a cada momento de la casa:

—Por caridad, pes, amu mayordomu. Socorritus... Socorritus venimus a pedir...

—Socorritus.

—Amu mayordomu mismu sabe.

Orgulloso y ladino el cholo por las súplicas de los indios y de las longas, repartía noticias de vaga esperanza:

—Ya... Ya se levantó el patrón, carajo.

—Ojalá, pes.

—Está tomando el café. No jodan tanto.

—Taitiquitu.

—Bravo está... Bravo...

—Ave María. Dius guarde.

Con el ceño fruncido y llevando un fuete en la diestra, don Alfonso se presentó en el corredor que daba al patio.

—¿Qué hay? ¿Qué quieren? —gritó con voz destemplada.

De inmediato los indios y las longas, con diligencia mágica y en silencio al parecer humilde, se congregaron a prudente distancia del corredor. En los primeros segundos —incitándose mutuamente entre pequeños empujones y codazos— ninguno quiso comprometerse para llevar hasta el patrón el ruego que urgía. Impaciente, dándose con el látigo en las botas, don Alfonso gritó de nuevo:

—¿Qué quieren? ¿Qué? ¿Se van a quedar callados como idiotas?

Algo turbado y con zalamería de perro adulón intervino el mayordomo —él también aprovechaba con unas cuantas fanegas en los socorros:

—Verá, patrón. Han venido a suplicar a su mercé que haga la caridadcita...

—¿Eh?

—La caridad, pes.

—¿Más...? ¿Más caridades de las que les hago, carajo? —cortó don Alfonso Pereira, pensando liquidar de una vez el atrevimiento de la indiada. Él sabía...

194

—¡Lus socorritus, pes! Muriendu de hambre el pobre natural. Sin nada. Siempre mismu dierun, su mercé —atreviéronse a solicitar en coro los indios que formaban el grupo de los desplazados de las orillas del río. Y como si alguien hubiera abierto la compuerta de las urgencias físicas de aquella masa taimada y prieta, todos encontraron de inmediato algo que decir del hambre de los guaguas, de las enfermedades de los viejos, de la carishinería de las longas, de la tragedia de los huasipungos desaparecidos, de la miseria posible de otros años y de la imposible del que vivían. Rápidamente aquello se volvió un clamor de amenaza, caótico, rebelde, en donde surgían y naufragaban diversos gritos:

—¡Socorrus, taiticu!
—¡Siempre hemus recibidu!
—¡Siempreee!
—¡Guagua, también...!
—¡Guarmi, también...!
—Socorrus de maicitu para tostadu.
—Socorrus de cebadita para mazamurra.
—Socorrus de papitas para fiesta.
—¡Socorruuus!

Como encrespadas olas las súplicas invadieron el corredor de la casa de la hacienda envolviendo al amo, cada vez más nervioso, cada vez más empapado en esa amargura fétida de las voces de la peonada. Pero don Alfonso, sacudiendo la cabeza, pudo gritar:

—¡Basta! ¡Basta, carajo!
—Taiticu.
—¡Ya he dicho una y mil veces que no les he de dar! ¿Me entienden? ¡Es una costumbre salvaje!
—¿Cómu, pes, patroncitu?
—Para eso les pago... Para eso les doy el huasipungo...
—Socorritus también, pes.
—¿Y siguen, carajo? ¡Fuera de aquí! ¡Fuera!

Silenciaron de inmediato las quejas, pero la multitud permaneció inmóvil, petrificada, dura. Por la mente del amo cruzaron cálculos mezquinos: «Tengo que ser fuerte. Cuarenta o cincuenta quintales sólo para regalar a los roscas. ¡No! Se pueden vender a buen precio en Quito. Para pagar el transporte. Para... Si no soy fuerte no participaré en los negocios de los gringos. ¡Oh! Han tropezado conmigo. ¡Con un hombre!» Maquinalmente Pereira dio uno, dos pasos hacia delante, hasta ponerse en el filo de la primera grada de piedra del corredor. Arqueó luego con las dos manos el cabo flexible del látigo, y, rompiendo el silencio, exclamó:

—¿Qué? ¿No han oído, carajo?

Como un muro impasible permaneció la indiada. Ante semejante testarudez don Alfonso no supo qué decir por largos segundos. En un instante quizá se sintió perdido, ahogado por lo que él creía un atrevimiento inaudito. ¿Qué hacer con ellos? ¿Qué hacer con su cólera? Casi enloquecido bajó las tres gradas de piedra, y, dirigiéndose al grupo más próximo, pudo agarrar a un longo por el poncho, sacudiéndole luego como a un trapo sucio mientras murmuraba maldiciones rotas. Al final el indio zarandeado rodó por el suelo. El mayordomo, temeroso por lo que podía acontecer —era demasiado turbia la furia congelada en los ojos de los indios—, levantó al caído mientras le reconvenía en alta voz para que se enteren todos:

—No sean rústicos. No le hagan tener semejantes iras al pobre patrón. Se ha de morir. Se ha de morir no más. ¿Qué pasa, pes, con ustedes? ¿No entienden o no tienen shungo?

A la sombra de las palabras del cholo, don Alfonso se sintió mártir de su deber, de su destino. Con voz gangosa de fatiga alcanzó a gritar:

—Estos... Éstos me van a llevar a la tumba... Yo... Yo tengo la culpa, carajo... Por consentirles como si fueran mis hijos...

—Pobre patrón —insistió el mayordomo e instintivamente —defensa contra cualquier posible ataque de la indiada enloquecida— montó en su mula.

El latifundista, en cambio, inspirado en el ejemplo del señor cura, alzó los ojos y los brazos al cielo y con voz que exigía un castigo infernal para sus crueles enemigos, chilló:

—¡Dios mío! ¡Mío! Tú, que ves desde las alturas... Tú, que muchas veces me has dicho que sea más enérgico con estos runas salvajes... Ampárame ahora. ¡Defiéndeme! ¿No me oyes? Un castigo ejemplar... Una voz...

La actitud y el ruego de don Alfonso consternaron a la peonada. Era peligroso para ellos cuando el sotanudo o el patrón se ponían a discutir con Taita Dios. Sí. Era algo superior a sus fuerzas de hombres atrapados en la trampa del huasipungo, de hombres sucios, humildes, desamparados. Olvidaron los socorros, olvidaron por qué estaban allí, olvidaron todo. Una ansia de huir se apoderó de ellos, y, de inmediato, unos sigilosamente, otros sin disimulo, empezaron a desbandarse.

—¡Carajo! Suelten a los perros. ¡A los perros bravos! —gritó entonces el mayordomo, transformando con diabólico cinismo sus bondades y sus temores en gritos y actitudes de verdugo.

Los perros bravos y los aciales de los huasicamas y del mayordomo, más bravos todavía, limpiaron el patio en pocos minutos.

Cuando volvió Policarpio junto al patrón le anunció con sinuosidad babosa:

—Verá su merced. Ahora, cuando perseguía a los runas, les alcancé a oír que juraban y rejuraban volver a la noche a llevarse de cualquier forma los socorros.

—¿Cómo?

—Están hambrientos. Pueden matar facilito.

—Eso podrán hacer con algún pendejo, no conmigo. Tengo la fuerza en mis manos.

—Así mismo es, pes —murmuró el cholo por decir algo.

—Vuélate donde el teniente político y dile que me mande a los dos chagras que tiene de policías. Armados...

—Bueno, patrón.

—¡Ah! Y dile que telefonee a Quito. Que hable con el señor intendente en mi nombre y que le pida unos cuantos policías para dominar cualquier intento criminal de los runas. No te olvides: en mi nombre. Él sabe bien...

—Sí. Cómo no, pes.

Salió disparado el mayordomo y don Alfonso, al sentirse solo —los huasicamas son indios y podían traicionarle, la cocinera y las servicias son indias y podían callar—, fue presa de un miedo extraño, de un miedo infantil, torpe. Corrió a su cuarto y agarró la pistola del velador, y, con violencia enloquecida, apuntó a la puerta mientras gritaba:

—¡Ya, carajo! ¡Ahora, indios puercos!

Como sólo le respondió el eco de su amenaza se tranquilizó un tanto. No obstante, dio algunos pasos y miró receloso por los rincones. «Nadie... Soy un maricón...», se dijo, y guardó el arma. Luego, agotado por ese nerviosismo cobarde que le dejaron las impertinencias de los indios, se echó de bruces sobre su cama como una mujer traicionada. No lloró, desde luego, pero en cambio evocó sádicamente escenas macabras que comprobaban el salvajismo de los runas. ¿Cómo mataron a don Víctor Lemus, el propietario de Tumbamishqui? Obligándole a caminar por un sendero de cascajos con las manos y los pies previamente despellejados. Y a don Jorge Mendieta, echándole en la miel hirviente de la paila del trapiche[212]. Y a don Manuel Ricardo Salas Jijón abandonándole en la montaña en un hueco de una trampa. «Todo... Todo por pendejadas... Que no se les da lo que ellos quieren... Que se les gana algún pleito de tierras o de aguas... Que las longas carishinas han sido violadas antes de hora... Que... Pequeñeces... Pendejadas...», pensó don Alfonso.

A la noche la presencia de los dos chagras armados y de Policarpio tranquilizó al latifundista. No obstante, una vez en la cama, se dijo: «Estos criminales se levantarán algún día. ¡Ah!, pero para ese entonces no se les podrá ahogar como ahora... Como ahora... Entonces yo...» Una voz clemente pulsó en la esperanza del gran señor de la comarca: «Que se jodan los que vienen atrás».

—Sí. Que se jodan —murmuró con sonrisa de diabólico egoísmo don Alfonso en la oscuridad.

---

[212] *Trapiche:* ingenio para elaborar panes de azúcar y miel de caña.

Entretanto, afuera en el corredor, envueltos en el misterio de la noche campesina, los dos chagras armados comentaban sus urgencias cotidianas y sus temores presentes:

—¿Qué viste?

—Algo se mueve.

—Son las sombras de los árboles, pendejo.

—He oído algo por ese lado.

—Estás viendo y oyendo visiones.

—¿Hasta cuándo nos tendrán aquí?

—Uuu... Mi mujer está pariendo.

—¿Oíste de nuevo?

—No hay nadie.

—Nadie.

Año angustioso aquél. Por el valle y por la aldea el hambre —solapada e inclemente— flagelaba a las gentes de las casas, de las chozas y de los huasipungos. No era el hambre de los rebeldes que se dejan morir. Era el hambre de los esclavos que se dejan matar saboreando la amargura de la impotencia. No era el hambre de los desocupados. Era el hambre que maldice en el trabajo agotador. No era el hambre con buenas perspectivas futuras del avaro. Era el hambre generosa para engordar las trojes de la sierra. Sí. Hambre que rasgaba obstinadamente un aire como de queja y llanto en los costillares de los niños y de los perros. Hambre que trataba de curarse con el hurto, con la mendicidad y con la prostitución. Hambre que exhibía a diario grandes y pequeños cuadros de sórdidos colores y rostros de palidez biliosa, criminal. Hambre en las tripas, en el estómago, en el corazón, en la garganta, en la saliva, en los dientes, en la lengua, en los labios, en los ojos, en los dedos. ¡Oh! Hambre que se desbordaba por los senderos lodosos de los cerros y las estrechas callejuelas del pueblo en forma de manos pedigüeñas de mendigos, de llanto de rapaces, de cínicos comentarios de la vieja Matilde, quien a la puerta de su choza daba de mamar por las mañanas su teta seca, floja, prieta, a un crío de flacura increíble, que en vez de succionar voraz su alimento boqueaba con pereza de agonía. Las mujeres que pasaban junto a aquella escena comentaban:

—¿Por qué no le da al guagua mazamorra de mashca?

—Uuu...

—Va a morir.

—Así parece.

—Un pite, aunque sea.

—No hay, pes, mama señora[213].

—¿Y leche de cabra?

—Peor.

—Algo que sustituya al chuco seco, manavali.

—Así estamos todos, mama señora. ¿Acaso ustedes...?

—Eso también es cierto. Si yo tuviera algo... Da pena ver al chiquito... Pero para mis guaguas me está faltando.

—Ni maicito, ni cebadita, ni la ayuda del compadre que tenía el huasipungo en la orilla del río. Nada.

—Hambre de brujeado tiene.

—No quiere mamar.

—¿Qué, pes? Si sólo le está saliendo sangre.

—Así mismo sale, mama señora.

—Hambre de brujeado.

—Uuu...

—El guagua de la india Encarnación también ha muerto.

—Sí, pes.

—Y el de la longa Victoria.

—Parece epidemia.

La epidemia de los niños también atacó a los mayores. La chola Teresa Guamán encontró a su conviviente, el costeño que le llamaban el Mono, acurrucado sobre la cama —actitud uterina—, tieso, con un hilillo de baba

---

213 *Mama señora:* abuela.

sanguinolenta que le chorreaba de la boca. Las gentes comentaron:

—Castigo de Taita Dios por vivir amancebado.

—Tísico también creo que era el pobre.

—Castigo...

Aquella mañana llegó el cholo Policarpio a la hacienda con una consulta urgente al patrón:

—Ahora que fuimos al rodeo[214]. Verá... Verá no más... Encontramos, pes, su mercé.

—¿Qué? ¿Más reclamos? —interrogó nervioso Pereira. Desde que negó los socorros y alcanzó a leer en la actitud taimada de los indios una venganza que podía obstaculizar sus planes, no lograba librarse plenamente de un temor malsano, indefinido.

—Que el buey pintado[215] se ha muerto, pes.

—¿El grande?

—No. El viejo.

—¿Y cómo ha sido?

—¿Cómo también sería, pes? En un hueco de la loma le encontramos tendido. Parece que ya son varios días, porque apestando está. Rodado[216] sería... El mal[217] sería... ¿Qué también sería?

—Bueno. ¿Qué le vamos a hacer?

—Así mismo es, patrón. Pero verá... Me tardé porque con algunos runas estuve haciendo sacar a la mortecina de la zanja.

—Bueno...

—Y ahora los indios quieren...

—¿Qué?

—Como la carne está medio podridita... Quieren que les regale, su mercé. Yo les ofrecí avisar. Avisar no más, patrón —concluyó el mayordomo al notar que don Alfonso se arrugaba en una mueca como de protesta y asombro.

---

[214] *Rodeo:* se dice del lugar donde se reúne el ganado, y también de la acción de reunirlo y del conjunto del ganado reunido.

[215] *Pintado:* de piel blanca y negra.

[216] *Rodado:* despeñado.

[217] *Mal:* enfermedad.

—¿Que les regale la carne?

—Así dicen...

—¡La carne! No estoy loco, carajo. Ya... Ya mismo haces cavar un hueco profundo y entierras al buey. Bien enterrado. Los indios no deben probar jamás ni una miga de carne. ¡Carajo! Donde[218] se les dé se enseñan y estamos fregados. Todos los días me hicieran rodar una cabeza. Los pretextos no faltarían, claro. Carne de res a los longos... ¡Qué absurdo! No faltaba otra cosa. Ni el olor, carajo. Así como me oyes: ni el olor. Son como las fieras, se acostumbran. ¿Y quién les aguanta después? Hubiera que matarles para que no acaben con el ganado. Y de lo peor, de lo más trágico, siempre hay que buscar lo menos malo. Entierra lo más profundo que puedas a la mortecina.

El mayordomo, que se había dejado arrastrar por el claro e inteligente argumentar de don Alfonso, después de limpiarse la nariz chata y perlada de sudor con el revés del poncho, procurando mantener oculto un espeso acholamiento[219], murmuró:

—Así mismo es, pes, patrón. Yo sabía desde antes eso... Pero como ellos...

—¡Sabía!

—Es que...

—Basta de pendejadas —chilló el latifundista. Y para desviar aquel asunto finiquitado, interrogó—: ¿No te han vuelto a hablar de los socorros?

—No, su mercé. Pero mal andan los roscas. Algo han de estar tramando.

—¿Algo?

—Sí, pes. Como son tan brutos.

—¿Y qué será?

—No sé, pes, patrón.

—¡Carajo! Y tanto alboroto de las cosechas. En treinta viajes que ha hecho el camión del señor cura ya no queda ni para semilla en las trojes —se quejó con afán de extraña disculpa Pereira.

---

[218] *Donde*: en esta ocasión equivale a *como*.
[219] *Acholamiento*: amilanamiento, confusión.

—Sí, pes.

—¿Ahora qué dirán? ¿Ahora qué pretenderán?

—Nada, pes, ya.

—Bueno. Corre a enterrar al buey. ¿No ha bajado del monte algún nuevo toro?

—Ese que le mató al Catota no más. El que le mató en la fiestas de la Virgen. Dicen los cuentayos[220] que le han visto rondando otra vez por la talanquera.

—¿Cuántas cabezas tendremos ahora?

—Unas seiscientas, patrón.

De acuerdo con las órdenes dadas por don Alfonso, el mayordomo se metió por la loma arreando a seis indios. La apatía que desde la falta de socorros caracterizaba al trabajo de la peonada, en aquella ocasión parecía haber cedido el puesto a la agilidad, a las bromas y a las risas. En realidad, a los indios que iban con Policarpio no les esperaba la embriaguez del guarapo, ni el hartazgo de un prioste, pero ellos sabían y les inquietaba la esperanza de oler carne de res, de hurtar una lonja y llevarla bajo el poncho hasta la choza.

Uno de los perros de la hacienda que había seguido al mayordomo, al descubrir de pronto en el aire ese olor inconfundible de la carne descompuesta, corrió hacia adelante con el hocico en alto. Instintivamente los indios se lanzaron entre risas y empujones tras el animal. Como el mayordomo adivinara la intención de los peones espoleó a su mula, y, enarbolando el acial, gritó:

—¿Dónde corren, carajo?

Nadie le hizo caso. Tuvo que echar mano de la huasca enrollada sobre una de las alforjas. Al disparo del lazo, uno de los longos cayó al suelo. El caído, al sentirse bajo

---

220 *Cuentayo:* indio que cuida de las reses en una hacienda.

las patas de la bestia, trató de defenderse cubriéndose la cara con las manos y el poncho.

—¡Te trinqué, bandido! —chilló el cholo en tono de triunfo.

—Taiticu.

—Y ahora verán los otros, carajo.

Mas, de pronto, al descender un chaquiñán, asustados por el perro y la algazara de los runas, levantaron el vuelo una veintena de gallinazos[221]. Todos dieron entonces con el espectáculo de la mortecina del buey. Surgieron de inmediato los comentarios:

—Ave María.

—Hechu una lástima la comidita de Taita Dius.

—Una lástima.

—Han empezadu nu más lus gashinazus.

—Guañucta la carne.

—Guañucta el mondongu.

—Guañucta.

—Olur de ricurishca comu para poner la carne en el fogún.

—Nada de guañucta ni nada de fogón. ¡A cavar un hueco profundo, indios vagos!

—¿Un huecu?

—Sí. Para enterrar al animal.

—Ave María.

—Taiticu.

—¿Enterrar comu a cristianu?

—Es orden del patrón.

—Taita Dius castigandu, pes.

—Eso no es nuestra cuenta. Allá entre blancos.

—Castigandu porque nu es de hacer así.

—A ustedes les ha de castigar porque se vuelven unas fieras cuando huelen carne.

—Acasu todus mismu...

—¡A cavar el hueco, carajo!

Cuando los peones arrastraron a la mortecina para

---

221 *Gallinazo:* especie de buitre de plumaje negro, que se alimenta de carroña y otras inmundicias.

echarla en la fosa —abierta con prontitud inusitada—, cada cual procuró ocultar bajo el poncho un buen trozo de carne fétida. También Andrés Chiliquinga, que se hallaba entre los enterradores, hizo lo que todos. El buey, con las tripas chorreando, con las cuencas de los ojos vacías, con el ano desgarrado por los picotazos de las aves carnívoras, cayó al fondo del hueco despidiendo un olor nauseabundo y dejando un rastro de larvas blancas y diminutas en las paredes de aquella especie de zanja.

—Nadie se mueve. ¡Un momento, carajo! —exclamó el mayordomo bajándose de la mula. Un estúpido sentimiento de culpa paralizó a los peones.

—Taiticu...

—A devolver la carne que robaron. ¡Yo vi, carajo! ¡Yo vi que escondían bajo el poncho!

—Patroncitu mayordomu —alcanzaron a murmurar los indios en tono de súplica que era una verdadera confesión.

—Ajajá. ¡Saquen no más! ¡Devuelvan lo que robaron! ¡Devuelvan he dicho! A mí no me vienen con pendejadas —insistió el cholo, y, sin más preámbulos, usando el acial y los puños cuando era necesario, registró uno por uno a los enterradores de la mortecina. A cada nuevo descubrimiento de carne robada, Policarpio advertía:

—Que no sepa el patrón semejante cosa. Que no sepa, porque les mata, carajo. ¡Indios ladrones! ¡Condenados en vida!

Y luego de echar toda la carne rescatada en la fosa, el cholo ordenó:

—Ahora sí... Tapen no más con tierra y pisen duro como si fuera tapial.

—Taiticu.

—¡Pronto! Así... Más... Más duro...

Cuando la noche cubrió la tierra, Andrés Chiliquinga se levantó de su rincón donde había esperado junto a su mujer la alcahuetería de las tinieblas para deslizarse como una sombra en busca de algo que... De algo... Aquella noche tenía un plan —un plan que quedó prendido en la porfía de todos los indios que enterraron la mortecina de la res—. Un plan que murmuró al oído de Cunshi muy bajito, para que no lo oigan ni el guagua ni el perro y quieran seguirle.

Cautelosamente salió y cerró la puerta el cojo Chiliquinga. Olfateó las tinieblas antes de aventurarse en el seno de su misterio. Al saltar la cerca del huasipungo el perro se le enredó en los pies.

—¡Carajo! ¡Ashcu manavali! ¡Adentro! A cuidar a la guarmi... A cuidar al guagua...

Como una sombra pequeña, diligente, el animal se refugió en la choza, mientras Andrés, en medio del sendero, con obsesión malsana de apoderarse de la carne podrida que le quitaron, con un sabor amargo y apetitoso en la boca, se decidió a trepar por el chaquiñán más próximo, a gatas, orientándose instintivamente. Cruzó con sigilo de alimaña nocturna un chaparro, una larga zanja, lo resbaladizo de la ladera. En su fatiga evocó al patrón, al mayordomo, a taita curita. ¿Por qué? ¿Dónde? Vaciló unos segundos. ¿Cómo podían saber? ¿Quién podía saber? ¡Taita Dios!

—Caraju —murmuró entre dientes.

Pero su hambre y la de los suyos le impulsaron a la carrera, aplastando todo temor íntimo. El viento le trajo de pronto un olor. Era el olor que buscaba. Galopó su corazón sobre el potro de una alegría morbosa. ¿Correr más? ¿Ser más cauto? Era mejor lo último. Se impuso entonces actitudes temerosas y felinas. Sus pies darían con la tierra floja. Darían con...

—Taiticu —dijo de pronto.

Un ruido... Un ruido en la maldita oscuridad que lo devoraba todo petrificó al indio Chiliquinga en el pánico de cinco o diez segundos, largos como siglos. Un ruido que también se deslizaba por la quebrada, por el follaje de la cerca, por... No era el ruido que hacen los animales, no era el ruido que deben hacer las almas en pena. No. Forzó sus ojos Andrés en las pesquisas de la oscuridad. Y halló que eran... Que eran las siluetas de unos runas que corrían de un cobijo a otro del campo. «Caraju. Maldita sea. Han venidu toditicus. Más de los que enterramus mismu.

Conversones[222]...», pensó con despecho el indio. Pero a medida que avanzaba aquellos fantasmas —encorvados y recelosos— se le fueron acercando en silencio, sin temor. Todos sabían, todos eran presa del mismo impulso. Al sentirse acompañado, marchando en manada hambrienta, Chiliquinga perdió parte de su angustia y se sintió más ligero, arrastrado por una corriente ciega. Al llegar al terreno flojo que cubría a la mortecina comprobó que la mayor parte de los otros había sido precavida al traer sus herramientas. Nerviosas y diligentes las siluetas de los compañeros apartaron la tierra con palas y con azadones. Él y dos o tres más, en cambio, ayudaron con las uñas. Cuando el mal olor que despedía desde el principio el suelo se tornó eructo fétido y la mortecina se halló al descubierto y al alcance de la rapiña de los desenterradores, todo se realizó como por obra de magia. Se hablaron las manos en silencio. Y en cinco o diez minutos desapareció la carne. Quedaron los huesos, el pellejo. Como si alguien pudiera arrebatarles lo que con tanto afán consiguieron, nadie demoró en huir, en desbandarse en la oscuridad.

«Caraju... Me tocú la carne más chirle, más suavita... Pur nu traer machete grande, pes... Indiu brutu... La pierna estaba dura...», se dijo Andrés Chiliquinga palpando su robo, que lo había metido en el seno, bajo la cotona pringosa, y trepó de inmediato por la ladera lleno de un extraño remordimiento, donde se mezclaban y confundían las voces y las amenazas del patrón, del señor cura, del mayordomo y del teniente político. Además, le dolía a cada paso el pie cojo como en todas las noches oscuras. «Me agarra la luna mama[223]... El huaira mama[224] también...», pensó con temor supersticioso. Pero al llegar a la choza —único refugio— abrió con violencia la puerta para luego cerrarla precipitadamente y atrancarla con el descanso

---

[222] *Conversón:* charlatán.
[223] *Luna mama:* madre luna. Tiene una significación religiosa, eco de la veneración y el temor que los indios sentían hacia la luna, el sol y los fenómenos de la naturaleza.
[224] *Huaira mama:* madre viento.

de su cuerpo jadeante de miedo —denuncia que podía terminar en un castigo cruel.

A la luz del fogón —débiles llamas que se agigantaban y se abatían—, la india Cunshi, acurrucada en el suelo y con el guagua dormido en el regazo, observó al runa con mirada llena de preguntas. Él no respondió. Se ahogaba de fatiga. Fue el perro quien adelantó la noticia olfateando como si se tratara de algo bueno con el hocico en alto y meneando el rabo al ritmo de un gruñido feliz. Entonces el recién llegado se alzó el poncho, se desabrochó la cotona manchada de sangre como si... «Nuuu... Sangre y olur de charqui[225]...», se dijo la mujer, tranquilizándose.

—Ave María, taiticu.

—Ve... Traigu... Guañucta... —concluyó el indio desprendiendo de su cuerpo y de la cotona manchada un gran trozo de carne que no olía muy bien.

—Qué buenu, taiticu. Dius su lu pay. Ave María —murmuró Cunshi con ingenua felicidad de sorpresa, a punto de llorar. Luego se levantó del suelo para apoderarse del obsequio que le ofrecía el runa. Al mismo tiempo despertó el pequeño y ladró el perro. El ambiente del sórdido tugurio se iluminó de inmediato con seguridades de hartura. La india, animosa y diligente, echó a las brasas del fogón, sobre dos hierros mal cruzados, todo lo que recibió de Andrés.

Sentados en el suelo, frente a la lumbre que a ratos chisporroteaba como mecha de vela de sebo, envueltos en humo que olía a mortecina quemada, el indio, la longa Cunshi, el guagua y el perro —confianza y sinvergüencería de miembro íntimo de la familia—, saboreaban en silencio ante el espectáculo del asado.

—Mama...

—Espera nu más, longuitu. Comiste mazamurra...

Con experiencia de buena cocinera, Cunshi cuidaba que no se queme la carne dándole la vuelta cada vez que creía necesario. A ratos soplaba en las candelas, y, a ratos también, se chupaba los dedos humedecidos en el jugo de

_____

[225] *Charqui:* carne.

la carne con ruido de saboreo deleitoso de la lengua y de los labios. Aquello era en verdad una provocación, un escándalo que excitaba con urgencia angustiosa el apetito de los demás: el indio tragaba saliva en silencio, el rapaz protestaba, el perro no desprendía los ojos del fogón. Al final, cuando el muchacho, cansado de esperar y de repetir «mama... mama...», volvió a caer en el sueño, la madre retiró el asado de las brasas quemándose las manos, que las refrescaba como de costumbre en la lengua. Hizo luego pedazos el gran trozo y repartió a cada uno su ración. Comieron con gran ruido. Devoraron sin percibir el mal olor y la suave babosidad de la carne corrompida. El hambre saltaba voraz sobre los detalles. Sólo el guagua, al segundo o tercer bocado, se quedó profundamente dormido con la carne en la mano, con la carne que quiso aprovechar el perro y no le dejaron.

—Shucshi[226]

—Shucshi ashco manavali.

Mama Cunshi se agarró un pedazo, taita Andrés otro.

Y cuando la india apagó las candelas todos buscaron el jergón —el jergón extendido sobre el suelo, tras de unos palos y de unas boñigas secas—. El indio se quitó el sombrero y el poncho —lo único que se quitaba para dormir—, se rascó con deleite la cabeza por todo lo que no se había rascado en mucho tiempo. Al acostarse entre los cueros de chivo y los ponchos viejos, saturados de orines y de suciedad de todo orden, llamó por lo bajo a su hembra, a su guarmi, para que complete el abrigo del lecho. La india, antes de obedecer al hombre, sacó fuera de la choza al perro, acomodó algo en el fogón y llevó al crío hasta la cama —al crío profundamente dormido en mitad de la vivienda—. Y antes de acostarse amorosa y humilde junto al amante —más que padre y marido para ella—, se despojó del rebozo, de la faja enrollada a la cintura, del anaco[227].

---

[226] *Shucshi:* voz usada para espantar a los perros.

[227] *Anaco:* tela que la mujer india se ciñe a la cintura a manera de falda exterior.

Desde el primer momento a Cunshi le pareció más nauseabundo que de ordinario el jergón, más pobladas de amenazas las tinieblas, más inquieto el sueño. No obstante durmió: una, dos horas. Al despertar —por el silencio, pasada la medianoche—, un nudo angustioso le apretaba la garganta, le removía el estómago, le crujía en las tripas.

—Ayayay, taitiquitu —se quejó entonces la mujer por lo bajo para luego caer en un sopor que le pesaba en las articulaciones, que le ardía en la sangre.

También Andrés despertó con una dura molestia en el estómago. ¿Le dolía en realidad? Sí. Y fuerte. ¡Oh! Pero lo peor era la náusea, la saliva como de vinagre y zumo de hierba mora. Procuró quedarse quieto. Le parecía absurdo y penoso devolver lo que con tanto trabajo consiguió. De pronto —urgencia irrefrenable que le llenaba la boca—, el indio se levantó violentamente, abrió la puerta y, a dos pasos del umbral —no pudo avanzar más—, vomitó cuanto había devorado. Todo... Todo... Al volver al jergón un poco más tranquilo y descargado, oyó que Cunshi también se quejaba:

—Ayayay, taitiquitu.

—Ave María. ¿Queriendu doler barriga está?

—Arí... Arí...

—Aguanta nu más, pes. Aguanta un raticu... —aconsejó el indio. Le parecía injusto que ella también se vea obligada a devolver la comidita de Taita Dios.

Ambos callaron por largos minutos —cinco, diez, quizá veinte—. Él, luchando entre la atención que debía prestar a la hembra y la modorra de un sueño como de debilidad. Ella, obediente y crédula —todo lo aprendió al amañarse con Andrés Chiliquinga—, trataba a toda costa —quejas remordidas, manos crispadas sobre la barriga, actitud de feto— de soportar el dolor, de tragarse la náusea que en oleaje frecuente le subía hasta la garganta... Y cuando no pudo más...

—Ayayay, taitiquitu.

—¿Eh?

—Ayayay.

—Aguanta nu más, pes.

—Nuuu...

—¿Las tripas?

—Arí.

—¿Qué haremus?

—Uuu...

—Untar sebu.

—Sebu. Ayayay.

—Ladrillo caliente mejur.

—Mejur.

A tientas, el indio pudo llegar al fogón. Del rescoldo y de las cenizas sacó un ladrillo. Mas, en ese mismo instante, Cunshi, como una sombra estremecida por la náusea y los retortijones, salió hacia afuera, y junto a la cerca, bajo unas matas de chilca, defecó entre quejas y frío sudor. Antes de levantarse, con un ¡ay! angustioso, miró hacia el cielo inclemente, donde la oscuridad era infinita. Tuvo miedo, miedo extraño, y volvió a la choza. Al caer en el jergón, murmuró:

—Achachay. Achachay, taitiquitu.

Andrés, que había envuelto el ladrillo ardiente en una bayeta, le ofreció a la india:

—Toma nu más. En la barriga... En la barriguita... Caliente...

—¡Arrarray!228. Quemando está, pes.

—Aguanta un pite. Un pite.

El calor en el vientre calmó un poco los retortijones de la mujer, pero en cambio agravó la modorra y las quejas. Sobre todo las quejas. Se hilvanaron con frases y palabras sin sentido. Así pasó el resto de la noche, y así llegó la luz de la mañana filtrándose en silencio por las rendijas y las abras de la puerta, de las paredes, del techo de paja. Instintivamente Cunshi trató de incorporarse entre los ponchos y los cueros revueltos, pero no pudo. La cabeza, el dolor general... Y como sintió entre nubes de inconsciencia que le abandonaban las fuerzas, tuvo que troncharse sobre el hijo, que aún dormía.

---

228 *Arrarray:* exclamación que expresa sensación dolorosa de quemadura.

—Mama. Mamaaa —chilló el pequeño.

—Cayendo maicito... Cayendo papitas... Corre... Corre, pobre longu de huasipungo... Ayayay... —murmuró la enferma como si hablara con personajes invisibles.

Las voces despertaron al indio, el cual amenazó al muchacho:

—Longo pendeju. Taiticu sin dormir.

—Mama... Mama, pes —se disculpó el rapaz librándose del peso del cuerpo de la madre para luego retirarse a un rincón.

—Durmiendu... Durmiendu, pes, la pobre guarmi. Toditica la noche hechu una lástima mismo —opinó el indio acomodando la cabeza de la hembra, floja como la de un pelele desarticulado, sobre una maleta[229] de trapos sucios que le servía a la familia de almohada. Luego, al impulso de la costumbre, se levantó, se puso el poncho y el sombrero, buscó sus herramientas para el trabajo, y antes de salir, paralizado por una súbita inquietud, se dijo: «Nu... Nu está dormida... Respirandu comu guagua enfermu... Comu gashina cun mal... Comu cristianu brujeadu... Ave María... Taitiquitu... Veré a la pobre nu más, pes...», y volvió hasta el jergón llamando:

—Cunshi. Cunshiii. ¿Todavía duele la barriga?

El silencio de la mujer —los ojos semiabiertos, la boca hinchada, fatiga de fiebre en el aliento, palidez terrosa en las mejillas— produjo un temor supersticioso en el ánimo del cojo Chiliquinga, un temor que le obligó a insistir:

—¡Cunshiii!

Por toda respuesta lloró el rapaz creyendo que el padre chillaba de furia como en los peores momentos de sus diabólicas borracheras.

—Espera nu más, longuitu... Nu vuy, pes, a pegar... Mama está ni sé qué laya[230]... ¿Qué será de poner? ¿Qué será de dar? —advirtió el indio consolando al muchacho. A continuación buscó algo por los huecos de las paredes,

---

[229] *Maleta:* lío de ropa.
[230] *Ni sé qué laya:* ni sé cómo (*laya:* condición, calidad).

donde ella guardaba hierbas y amuletos contra el huaira; buscó por los rincones de la choza, buscó algo que él mismo no sabía lo que era. Cansado de buscar se acercó de nuevo a la enferma y murmuró:

—¿Qué te duele, pes? ¿La barriga? ¿Qué te pasa, guarmi? Comu muda. ¿Sueñu? Dormirás nu más otru pite.

Y dirigiéndose al muchacho, que observaba acobardado desde un rincón, le ordenó:

—Vus, longuitu, cuidarás a mama. Cuidarásle que nu se levante. Cuidarásle todo mismu, pes.

—Arí, taiticu —afirmó el rapaz tratando de meterse bajo las cobijas del jergón para vigilar mejor a su madre. Al destapar los ponchos viejos un olor a excrementos fermentados saturó el ambiente.

—Ave María. Comu si fuera guagua tierna la pobre guarmi se ha embarradu nu más, se ha orinadu nu más, se ha cacadu nu más. Hechu una lástima toditicu —se lamentó el indio y con un trapo se puso a limpiar aquella letrina.

—Ayayay, taitiquitu.

—Tuditicu hechu una pushca[231].

Cuando Andrés no pudo más —había empapado dos trapos y un costal—, llamó al perro para que le ayude:

—Totototo[232]...

El animal llegó feliz y a una indicación del amo se acercó al jergón y lamió con su lengua voraz las piernas y las nalgas desnudas y sucias de la enferma.

—¡Basta, caraju! —chilló el indio cuando ella empezó a quejarse más de la cuenta.

—Nu... Nu, taitiquitu... Defendeme, pes... Cuidándome... Amparándome... Ayayay... Yu... Yu pobre he de correr nu más... Guañucta... Patrún pícaru... Nu, taitiquitu... Nu, por Taita Dius... Buniticu... Nu, pes... Ayayay...

Sin saber por qué, Andrés se sintió culpable, recordó con amargura y hasta con remordimiento a los perros

---

231 *Hecho una pushca:* hecho una lástima (*pushca:* desgracia, infortunio).
232 *Totototo:* interjección usada para llamar a los perros.

que de continuo ahorcaba en el patio de la hacienda por orden del amo o del mayordomo —ambos personajes defendían con celo inigualable las sementeras de maíz tierno de la plaga canina—. Al morir cada animal colgado de la cuerda sacaba la lengua de un color violáceo oscuro, defecaba y orinaba. «Comu la Cunshi... La Cunshiii... ¿Estará para morir? Nu, mamitica... Nuuu... ¿Pur qué, pes? ¿Qué mal ha cometido, pes?», se dijo el indio aturdido por el miedo. Y se acercó a la enferma y le tomó con ambas manos de la cara. Felizmente no estaba fría como un cadáver. Por el contrario, la fiebre le quemaba en las mejillas, en los labios, en los párpados, en todo el cuerpo, en... Aquello —quizá no lo sabía— tranquilizó a Chiliquinga. Entonces agarró de nuevo las herramientas necesarias para el trabajo, insistió ante el hijo para que cuide a su madre y salió a toda prisa. Como siempre, avanzó por el chaquiñán. Se sentía alelado, mordido por un mal presagio, como si en su vida íntima se hubiera abierto una brecha, un hueco en el cual no acababa de caer, de estrellarse de una vez contra algo o contra alguien que le termine, que le aplaste. Buscó mentalmente apoyo, pero encontró en su torno todo huidizo y ajeno. Para los demás —cholos, caballeros y patrones—, los dolores de los indios son dolores de mofa, de desprecio y de asco. ¿Qué podía significar su angustia por la enfermedad de la india ante las complejas y delicadas tragedias de los blancos? ¡Nada!

—Caraju —exclamó en tono de maldición Andrés al llegar al trabajo.

Por sus penas y por las penas de los suyos no había más remedio que sudar en el eterno contacto y en la eterna lucha con la tierra. Quizá por eso esa mañana el cojo Chiliquinga hundió el arado más fuerte que de costumbre y azotó a los bueyes de la yunta con más crueldad.

A mediodía Chiliquinga no pudo resistir a la gana dolorosa de volver a su huasipungo. Abandonándolo todo, sin avisar a nadie, porque nadie le hubiera dejado ir —ni el mayordomo, ni los chacracamas, ni los capataces—, corrió loma arriba sin tomar en cuenta los gritos que desde el vasto campo semiarado lanzaban sus compañeros. Al llegar a la choza el muchacho le recibió llorando mientras repetía en tono lastimero:

—Mama... Mamitica...

—¿Qué, pes?

—Ayayay, mama.

En mitad de la vivienda el indio encontró a Cunshi, que se retorcía en forma extraña —los ojos extraviados, revuelto el cabello en torno de los hombros, casi desnuda, temblores de posesa en todo el cuerpo—. «El mal, caraju... Agarrada del mal de taita diablu coloradu... Del guaira del cerru...», pensó Andrés —si pensamiento podía llamarse el grito de sus entrañas—. Y aquella obsesión supersticiosa eclipsó cualquier otra posibilidad de curar. Sí. Era el huaira que le estropearía hasta matarla. Al impulso de un ansia de dominio, de una furia primitiva que se resistía a permanecer impasible ante la crueldad del maleficio que atormentaba a la pobre longa, el indio Chiliquinga se lanzó sobre la enferma y trató de dominar con todo el poder de sus músculos, con todo el coraje de su corazón, a los diabólicos espasmos. Pero los brazos, las piernas, las rodillas, el pecho, el vientre, entera ella era un temblor irrefrenable.

—Longuita... Espera... Espera, pes... Shunguitu... —suplicó el indio.

La enferma, de pronto, lanzó un grito remordido, arqueó el cuerpo, movió con violencia de negación la cabeza, para luego caer en un silencio chirle, en un mudo abandono. Como todo aquello era inusitado y estúpido en la timidez, en la debilidad y en la mansedumbre habituales de la india, Chiliquinga no se atrevió a soltarla de inmediato —podía de nuevo el demonio sacudirla y estremecerla sin piedad—, y, observándola detenidamente mientras esperaba que algo pase, pensó: «Respirandu... Respirandu está... Viviendu, pes... Taitiquitu... Espuma ha largadu de la boca la pobre... Dormida creu que está... Dormida... Hinchadus lus ojus también... Ave María... ¿Qué haremus, pes? Ojalá el huaira se compadezca... Ni cómu para avisar... Para...» Un tanto tranquilo al notar que el estado apacible de la mujer se prolongaba —sólo de cuando en cuando una queja ronca—, Andrés soltó a la enferma y se acurrucó vigilante junto al jergón. Y dejó pasar las horas sin pensar en nada, sin ir al trabajo —tal era su inquietud y su temor—. A la noche, ante la urgencia gimoteante del rapaz, buscó en la bolsa de su cucayo. No había mucho. Un poco de maíz tostado que entregó al pequeño. Pero a la mañana siguiente —penumbra delatora, esperanza de un amanecer sin quejas—, el indio, sigiloso y paternal, trató de despertar a la mujer:

—Cunshi... Cunshiii...

Ella no se movió, no respiró. ¿Por qué? ¿Acaso continuaba sumida en la fiebre y el delirio? O había... ¡No! La inquietud de una mala sospecha llevó inconscientemente al runa a palpar a la enferma: la cara, el pecho, la barriga, los brazos, el cuello. «Taitiquitu... Shunguiticu... Fría. ¡Fría está! Comu barra enserenada[233], comu piedra de páramu, comu mortecina mismu», se dijo Chiliquinga con la angustia de haber descubierto un secreto asfixiante, un secreto para él solo. No debía saber nadie. Ni el perro, ni los cuyes, que hambrientos corrían de un rincón a otro de la choza; ni los animales del huasipungo, que esperaban afuera a la india que les daba de comer; ni el hijo, que miraba a la puerta sentado junto al fogón como un idiota; ni el mayordomo, que descubriría la verdad; ni el patrón, que... «¡Oh! Está muerta, pes. ¡Muertita!»

—Cunshiii.

A la tarde de ese mismo día llegó Policarpio a la choza de Chiliquinga. Desde la cerca gritó:

—¡Andréeeees! ¿Por qué tanta vagancia, carajo?

Sin respuesta, el cholo bajó de su mula y entró en el patio del huasipungo. El muchacho y el perro —sobre todo

---

[233] *Enserenada:* expuesta al sereno durante la noche.

el perro, que había probado muchas veces la furia del acial de aquel poderoso personaje— se refugiaron en el chiquero. El mayordomo espió con cuidado de pesquisa[234] desde el umbral de la puerta de la vivienda. Cuando sus ojos se acostumbraron a la oscuridad del tugurio y pudo ver en el suelo el cadáver de la india, y pudo oír que el cojo Chiliquinga, acurrucado junto a la muerta, hilvanaba por lo bajo frases y lágrimas, y pudo entender toda la verdad, lo único que se le ocurrió fue reprochar y acusar al indio:

—Bien hecho, carajo. Por shuguas[235]. Por pendejos. Por animales. ¿Acaso no sé? Comerse la mortecina que el patrón mandó enterrar. Castigo de Taita Dios. El longo José Risco también está dando botes en la choza... Y la longa Manuela... Antes[236] ellos avisaron pronto... Hasta para ver a la curandera, pes. ¿Y ahora qué haremos?

Andrés Chiliquinga, al tratar de responder al visitante, alzó pesadamente la cabeza, miró con ojos nublados y, en tono de aturdida desesperación, exclamó:

—Ahura. Uuu... Amitu mayurdomu... Pur caridad, pes... Que taiticu, patrún grande, su mercé, me adelante algu para veloriu... Boniticu... Shunguiticu.

Policarpio habló sobre el particular a don Alfonso, el cual negó toda ayuda al indio, al indio ladrón y desobediente. También el mayordomo regó la noticia de la muerte de Cunshi por el valle y por las laderas. De inmediato, parientes y amigos de la difunta cayeron en el huasipungo poblando el patio y la choza de tristes comentarios y angustiosas lágrimas.

Cerca de la noche dos indios músicos —pingullo[237] y tambor— se acomodaron a la cabecera de la muerta, tendida en el suelo entre cuatro mecheros de sebo que ardían en tiestos de barro cocido. Desde que llegaron el tambor y el pingullo se llenó la vivienda mal alumbrada y he-

---

[234] *Pesquisa:* policía secreta.
[235] *Shugua:* ladrón.
[236] *Antes:* en este caso equivale a *pero.*
[237] *Pingullo:* flauta indígena, hecha de caña.

dionda con los golpes monótonos y desesperantes de los sanjuanito[238]. Andrés, miembro más íntimo de Cunshi, miembro más íntimo para exaltar el duelo y llorar la pena, se colocó maquinalmente a los pies del cadáver envuelto en una sucia bayeta negra, y, acurrucándose bajo el poncho, soltó, al compás de la música, toda la asfixiante amargura que llenaba su pecho. Entre fluir de mocos y de lágrimas cayeron las palabras:

—Ay Cunshi sha.
—Ay bonitica sha.
—¿Quién ha de cuidar, pes, puerquitus?
—¿Pur qué te vas sin shevar cuicitu?
—Ay Cunshi sha.
—Ay bonitica sha.
—Soliticu dejándome, nu.
—¿Quién ha de sembrar, pes, en huasipungo?
—¿Quién ha de cuidar, pes, al guagua?
—Guagua soliticu. Ayayay... Ayayay...
—Vamus cuger hierbita para cuy.
—Vamus cuger leñita en munte.
—Vamus cainar en río para lavar patas.
—Ay Cunshi sha.
—Ay bonitica sha.
—¿Quién ha de ver, pes, si guashinita está con güeybo?[239].
—¿Quién ha de calentar, pes, mazamurra?
—¿Quién ha de prender, pes, fogún, en noche fría?
—Ay Cunshi sha.
—Ay bonitica sha.
—¿Pur qué dejándome soliticu?
—Guagua tan shorando está.
—Ashcu tan shorando está.
—Huaira tan shorando está.
—Sembradu de maicitu tan quejando está.
—Monte tan oscuro, oscuro está.

---

238 *Sanjuanito:* música y danza propias de los indios ecuatorianos. Se conocen también por *Sanjuán* y *Aire de San Juan.*
239 *Güeybo:* huevo.

—Río tan shorando está.

—Ay Cunshi sha.

—Ay bonitica sha.

—Ya no teniendu taiticu Andrés, ni maicitu, ni mishoquitu[240], ni zambitu.

—Nada, pes, porque ya nu has de sembrar vus.

—Porque ya nu has de cuidar vus.

—Porque ya nu has de calentar vus.

—Ay Cunshi sha.

—Ay bonitica sha.

—Cuandu hambre tan cun quien para shorar.

—Cuandu dolor tan cun quien para quejar.

—Cuandu trabajo tan cun quien para sudar.

—Ay Cunshi sha.

—Ay bonitica sha.

—Donde quiera conseguir para darte postura[241] nueva.

—Anacu de bayeta.

—Rebozu coloradu.

—Tupushina[242] blanca.

—¿Pur qué te vais sin despedir? ¿Comu ashcu sin dueño?

—Otrus añus que vengan tan guañucta hemus de cumer.

—Este año ca, Taita Diositu castigandu.

—Muriendu de hambre estabas, pes. Peru cashadu, cashadu.

—Ay Cunshi sha.

—Ay bonitica sha.

Secos los labios, ardientes los ojos, anudada la garganta, rota el alma, el indio siguió gritando al ritmo de la música las excelencias de su mujer, los pequeños deseos siempre truncos, sus virtudes silenciosas. Ante sus gentes

---

[240] *Mishoquitu:* melloco, raíz feculenta y comestible de la planta del mismo nombre, propia de la montaña ecuatoriana.

[241] *Postura:* traje, ropa.

[242] *Tupushina:* tupullina, especie de pañuelo o chal que la mujer india lleva sobre el anaco.

podía decir todo. Ellos también... Ellos, que al sentirle agotado, sin voz y sin llanto, arrastráronle hasta un rincón, le dieron una buena dosis de aguardiente para atontarlo y le dejaron tirado como un trapo, gimoteando por el resto de la noche. Entonces, alguien que se sentía con derecho, por miembro de familia, por compadre o por amiga querida, sustituyeron a Andrés Chiliquinga en las lamentaciones, en los gritos y en el llanto a los pies de la difunta. Todos por turno y en competencia de quejas. De quejas que se fueron avivando poco a poco hasta soldarse al amanecer en un coro que era como el alarido de un animal sangrante y acorralado en medio de la indiferencia de las breñas y del cielo, donde se diluía para enturbiar la angustia la música monótona de los sanjuanitos.

—El chasquibay[243] de la pobre Cunshi —opinaron santiguándose los campesinos que de lejos pudieron oír aquel murmullo doloroso que se esparcía por la ladera en mancha viscosa de luto.

—El chasquibay que aplaca.

—El chasquibay que despide.

—El chasquibaaay.

Andrés bebió de firme, como si quisiera emborrachar un odio sin timón y sin brújula; un odio que vagaba a la deriva en su intimidad, y que de tanto dar vueltas en busca de un blanco propicio se clavaba en sí mismo.

El chasquibay, a los tres días, se consumió de podrido —la fetidez del cadáver, los malos olores de los borrachos, la ronquera, el cansancio—. Entonces se habló del jachimayshay[244].

—Arí, taiticu.

—Arí, boniticu.

—La pobre Cunshi pidiendo está.

—Jachimayshay. ¡Jachimayshay! —exigieron amigos

---

[243] *Chasquibay:* conjunto de lamentaciones de los deudos ante el cadáver del difunto.

[244] *Jachimayshay:* costumbre de bañar a los muertos para que realicen en regla su último viaje.

y deudos como si de pronto hubieran notado la presencia de un extraño visitante.

Con palos viejos —unos que hallaron en la choza, otros que alguien consiguió—, los indios más expertos del velorio hicieron una especie de tablado donde colocaron el cuerpo rígido y maloliente de Cunshi, y rezando viejas oraciones en quichua transportaron al cadáver hasta la orilla del río para el ritual del jachimayshay. Después de lavarse la cara y las manos, un grupo de mujeres desnudó a la difunta y le bañó cuidadosamente —frotándole con estopas de cabuya espumosa, raspándole los callos de los talones con cascajo de ladrillo, sacándole los piojos de la cabeza con grueso peine de cacho[245]—. Debía ir al viaje eterno limpia como llegó a la vida.

Andrés, en cambio, casi a la misma hora que sus amigos y parientes se ocupaban del jachimayshay, entró en el curato del pueblo a tratar con el párroco sobre los gastos de la misa, de los responsos y de la sepultura cristiana.

—Ya... Ya estaba extrañoso de que no vinieras a verme en esta hora tan dura. Pobre Cunshi —salmodió el sotanudo en cuanto el indio Chiliquinga dio con él.

—¿Cómu ha de figurar[246], pes, taitaquitu, su mercé?

—Claro. Así me gusta. Tan buena. Tan servicial que era la difunta.

—Dius su lu pay, amitu. Ahura viniendu, pes, el pobre natural a ver cuántu ha de pedir su mercé pur misa, pur responsus, pur entierru, pur todu mismu.

—Eso es...

—Patroncitu.

—Ven... Ven conmigo... La misa y los responsos es cosa corriente. Pero lo de la sepultura tienes que ver lo que más te guste, lo que más te convenga, lo que estés dispuesto a pagar. En eso tienes plena libertad. Absoluta libertad —murmuró jovial el sacerdote mientras guiaba al indio entre los pilares del corredor del convento y los puntales que sostenían las paredes de la iglesia desvencija-

---

[245] *Cacho:* cuerno.
[246] *Figurar:* figurarse, suponer.

da. Cuando llegaron a una especie de sementera de tumbas, toda florecida de cruces, que se extendía a la culata del templo, el sotanudo ordenó a su cliente:

—Mira... Mira, hijo.

—Jesús, Ave María —comentó Chiliquinga quitándose el sombrero respetuosamente.

—¡Mira! —insistió el cura observando el camposanto con codicia de terrateniente, según las malas lenguas aquello era su latifundio.

—Arí, taiticu. Ya veu, pes.

—Ahora bien. Estos... Los que se entierran aquí, en las primeras filas, como están más cerca del altar mayor, más cerca de las oraciones, y desde luego más cerca de Nuestro Señor Sacramentado —el fraile se sacó el bonete con mecánico movimiento e hizo una mística reverencia de caída de ojos—, son los que van más pronto al cielo, son los que generalmente se salvan. Bueno... ¡De aquí al cielo no hay más que un pasito! Mira... Mira bien —insistió el sotanudo señalando al indio alelado las cruces de la primera fila de tumbas, a cuyos pies crecían violetas, geranios, claveles. Luego, arrimándose plácidamente al tronco de un ciprés, continuó ponderando las excelencias de su mercadería con habilidad de verdulera:

—Hasta el ambiente es de paz, hasta el perfume es de cielo, hasta el aspecto es de bienaventuranza. Todo respira virtud. ¿No hueles?

—Taiticu.

—En este momento quisiera tener en mi presencia a un hereje para que me diga si estas flores pueden ser de un jardín humano. ¡De aquí al cielo no hay más que un pasito!

Luego el cura hizo una pausa, observó al indio —el cual se mostraba tímido, absorto y humillado ante cosa tan extraordinaria para su pobre mujer—, avanzó por un pequeño sendero y continuó su sermón ante las cruces de las tumbas que se levantaban en la mitad del camposanto:

—Estas cruces de palo sin pintar son todas de cholos e indios pobres. Como tú puedes comprender perfectamente, están un poco alejadas del santuario, y los rezos

222

llegan a veces, a veces no. La misericordia de Dios, que es infinita —el cura hizo otra reverencia y otro saludo con el bonete, con los ojos—, les tiene a estos infelices destinados al purgatorio. Tú, mi querido Chiliquinga, sabes lo que son las torturas del purgatorio. Son peores que las del infierno.

Al notar el religioso que el indio bajaba los ojos como si tuviera vergüenza de que la mercadería factible a sus posibilidades sea tratada mal, el buen ministro de Dios se apresuró a consolar:

—Pero no por eso las almas dejan de salvarse en estas tumbas. Algún día será. Es como los rosales que ves aquí: un poco descuidados, envueltos en maleza, pero... Mucho les ha costado llegar a liberarse de las zarzas y de los espinos... Mas, al fin y al cabo, un día florecieron, dieron su perfume.

Así diciendo avanzó unos pasos para luego afirmar poniéndose serio —seriedad de voz y gesto apocalípticos:

—Y por último...

Interrumpió su discurso el sotanudo al ver que el indio se metía por unas tumbas mal cuidadas, derruidas, cubiertas de musgo húmedo y líquenes grises.

—¡No avances más por allí! —gritó.

—¡Jesús, taiticu!

—¿Acaso no percibes un olor extraño? ¿Algo fétido? ¿Algo azufrado?

—Nu, su mercé —respondió Chiliquinga después de oler hacia todos los lados.

—¡Ah! Es que no estás en gracia de Dios. Y quien no está en gracia de Dios no puede...

El indio sintió un peso sombrío que le robaba las fuerzas. Con torpes y temblorosos movimientos se dedicó a hacer girar su sombrero entre las manos. Mientras el señor cura, con mirada de desdén y asco, señalando hacia el rincón final del cementerio, donde las ortigas, las moras y los espinos habían crecido en desorden de cabellera desgreñada de bruja, donde un zumbar continuo de abejorros y zancudos escalofriaba el ánimo.

—Amitu...

—Allí... Los distantes, los olvidados, los réprobos.

—Uuuy...

—Los del...

Como si la palabra le quemara en la boca, el cura terminó en un grito:

—... ¡infierno!

El indio, al oír semejante afirmación, trató de salir corriendo con el pánico de quien descubre de pronto haber estado sobre un abismo.

—Calma, hijo. Calma... —ordenó el párroco impidiendo la huida de Andrés. No obstante, concluyó—: ¿No oyes ese rumor? ¿No hueles esa fetidez? ¿No contemplas ese aspecto de pesadilla macabra?

—Taiticu.

—Es el olor, son los ayes, es la putrefacción de las almas condenadas.

—Arí, boniticu.

Preparado el cliente, el sotanudo entró de lleno a hablar de la cuestión económica:

—Ahora... Claro... Como tú te has portado siempre servicial conmigo te voy a cobrar baratico. Deferencia que no hago con nadie. Por la misa, los responsos y el entierro en la primera fila te cobraría solamente treinta y cinco sucres. ¡Regalado! En las tumbas de la mitad, que creo serán las que te convengan, te costaría veinticinco sucres.

—¿Y...?

—¡Ah! En las últimas, donde sólo habitan los demonios, cinco sucres. Cosa que no te aconsejaría ni estando loco. Preferible dejar a la longa sin sepultura. Pero como es obra de caridad enterrar a los muertos, hay que hacerlo.

—Arí, taiticu.

—Ya sabes...

—Taiticuuu —quiso objetar el indio.

—Fíjate antes de hablar. Es natural que todas las oraciones que no necesiten los de la primera fila aprovechen los de la segunda. Pero a la tercera no llega nada. No tiene que llegar nada. ¿Qué son treinta y cinco sucres en comparación de la vida eterna? ¡Una miseria! ¿Qué son veinticinco sucres en la esperanza de las almas?

—Bueno, pes, taiticu. En primera ha de ser de enterrar, pes.

—Así me gusta. De ti no se podía esperar otra cosa.

—Pero taiticu. Hacé, pes, una caridadcita.

—¿Que te rebaje? Para eso tienes las del centro. La pobre Cunshi padecerá un poco más, pero se salvará de todos modos. Se salvará.

—Nu. Dius guarde. Rebaja ca, nu. Que haga la caridad de fiar, pes.

—¿Eh? ¿Qué dices?

—Un fiaditu nu más. Desquitandu en trabaju. En lu que quiera, taiticu. Desde las cuatru de la mañana he de venir nu más a desquitar en sembradu, en aradu...

—¡No! ¡Imposible!

«¿Entrar al cielo al fío? No faltaba otra cosa. ¿Y si no me paga el indio aquí en la tierra quién le saca a la difunta de allá arriba?», pensó el párroco verdaderamente indignado. Luego continuó:

—No se puede. Eso es una estupidez. Mezclar las burdas transacciones terrenales con las cosas celestiales. ¡Dios mío! ¿Qué es lo que oigo? ¿Qué ofensa tratan de inferirte, Señor?

Como el cura trató en ese instante de alzar los brazos y los ojos al cielo siguiendo su vieja costumbre de dialogar con la Corte Celestial, el indio suplicó, apuradísimo:

—Nu, taiticu. Nu levantéis brazus...

—¿Qué respondes, entonces? Treinta y cinco, veinticinco...

—Ahura, taiticu...

—En el otro mundo todo es al contado.

—Así será, pes. Voy a conseguir platica, pes, entonces. Ojalá Taita Dius ayude, pes.

—Tienes que sacarte de donde quiera. La salvación del alma es lo primero. El alma de un ser querido. De la pobre Cunshi. Tan buena que era. Tan servicial... —opinó el párroco presentando una cara compungida y lanzando un profundo suspiro.

Cuando Andrés estuvo de vuelta en la choza, los deudos, los amigos, el hijo y hasta el perro, roncaban amontonados por los rincones. La muerta, en cambio, con su olor nauseabundo pedía sepultura a gritos. Nervioso y desesperado ante aquella urgencia, Chiliquinga volvió a perderse por los chaquiñanes de la ladera. Su marcha a veces lenta, a veces veloz como la de un borracho —borracho de esperanza, borracho de proyectos, borracho de las exigencias y de las palabras del sotanudo—, esquivaba, al parecer sin razón, todo encuentro. No había objeto. Nadie podría ayudarle. ¡Nadie! Conseguir... Conseguir el dinero... Todo lo que bebieron en el velorio apareció con las gentes que llegaron a llorar y a consolar la pena. De pronto imaginó un equivalente que pudiera cubrir las exigencias del entierro. Podía vender algo. ¿Qué? Nada de valor quedaba en el huasipungo. Podía pedir a alguien. ¿A quién? Su deuda en la hacienda era muy grande. Él en realidad no sabía... Años de trabajo para desquitar... Quizá toda la vida... Según las noticias del mayordomo el patrón estaba enojado. Pero podía... ¡Robar! La infernal tentación detuvo la carrera del indio. Murmuró entonces cosas raras por lo bajo buscando con los ojos en el suelo algo que sin duda esperaba ver aparecer de pronto: por las basuras del camino, por las pencas de las tapias, por los surcos que la carreta había dejado abiertos en el lodo, por el cielo... «El cielu para la Cunshi. Caraju. ¿Cun qué plata, pes?» Alguien le gritó desde sus entrañas: «¡Imposible!»

A lo lejos, más allá de la vega del río, los cuentayos y los huasicamas llevaban a encerrar en la talanquera el ganado de la hacienda. «Uuu... Las cincu...», pensó Chiliquinga observando la mancha parda de las reses que se desplazaba por el valle, y creyó haber apoyado inconscientemente su desesperación en una esperanza. ¿En una esperanza? ¿Cuál podía ser? Perdió el rastro, pero cobró aliento en un largo suspiro, para luego avanzar por un sendero que bordeaba el filo de un barranco. El sol había caído y la tarde maduraba hacia la noche entre algodones de neblina. Cansado de andar, Chiliquinga se preguntó adónde iba y murmuró a media voz, arrimándose a una cerca:

—¿Para qué, pes, tantu correr, tantu andar? Pur brutu nu más... Pur mal natural... Así mismu suy... Manavali... ¿Quién ha de compadecer, pes? ¿Quién ha de hacer caridad, pes? Caraju...

Y de pronto estremeció su ánimo agotado una extraña presencia a sus espaldas. «Respiración de taita diablu», se dijo mirando de reojo hacia atrás. Era... Era la cabeza de una res que alargaba el hocico sobre las cabuyas de la tapia en busca de pasto tierno.

—Ave María. Casi me asustu, pes... —murmuró el indio y saltó la cerca para ver mejor al animal. Era una vaca con la marca de la hacienda. «¿Cómu será, pes? Los cuentayus toditicu arrearun... Peru han dejadu la vaca solitica... Mañusa... Mayordomu... Patrún... Uuuy...», pensó Chiliquinga mientras trepaba un risco desde donde podía dar voces a las gentes del valle para que acudan en busca del animal extraviado. Mas una clara sospecha le detuvo. Podía... Dudó unos instantes. Miró en su torno. Nadie. Además, la neblina y el crepúsculo se espesaban por momentos. Una vaca vale... «Uuu... Peru será ayuda de Taita Dius o será tentaciún de taita diablu... ¿De quién será, pes?», se interrogó el runa escurriéndose de la peña adonde quiso trepar. Todo era propicio, todo estaba fácil. La soledad, el silencio, la noche.

—Dius su lu pay, Taita Diusitu —agradeció Andrés, aceptando sin vacilaciones en su conciencia la ayuda de Dios. Sí. Robaría la vaca para mandar a Cunshi al cielo. La solución era clara. Iría al pueblo del otro lado del cerro, donde no le conoce nadie. Esperó la noche y arreando a la vaca avanzó camino abajo.

Al amanecer del siguiente día regresó de su aventura Andrés Chiliquinga. Las cosas habían cambiado para él. Tenía diez billetes de a cinco escondidos en la faja que envolvía su cintura.

A los pocos días de aquello los caminos del valle y los chaquiñanes de las laderas se poblaron de pesquisas y de averiguaciones:

—Cien sucres dice el patroncitu que costaba.

—Cien sucres enteriticus.

—¿Cómo ha de ser justu que unu pobre tenga que pagar?

—Comu cuentayu, pes.

—Comu huasicama, pes.

—Comu cuidadur, pes.

—La vaca perderse.

—La vaca robarse.

—La vaca grande.

—La vaca manchada[247].

—Hacer cargu a unu pobre.

—¿Cuál se atrevería?

—¿Cuál será el shugua?

—Mala muerte ha de tener.

—Castigu de Taita Dius ha de recibir.

Y guiados por el olfato de los perros, por las huellas de las pezuñas, por la dirección de la llama que a manera de banderín bermejo y brújula diabólica flotaba en la punta de un leño encendido, los interesados no cesaron de rastrear la pista del ladrón.

—Pur aquí, caraju.

—Pur el otru ladu también.

—Ave María.

—Suelten... Suelten a lus perrus...

—Comparen las pisadas.

—¿Sun de natural cun hoshotas?

—¿Sun de cristianu cun zapatus?

—Parecen de natural.

—Jesús.

—Dius guarde.

Después de dos días de pesquisas surgió la verdad. Como el delincuente no podía devolver la vaca robada ni el costo de la misma, como el párroco alegó la imposibili-

---

[247] *Manchada:* con zonas de la piel de distinto color.

dad de hacer transacciones y devoluciones con las cosas del Señor de los Cielos, al culpable se le cargó cien sucres a la cuenta de anticipos como huasipunguero. Por otro lado, a don Alfonso le pareció indispensable hacer un escarmiento en pro de la moral de los indios —así los señores gringos no tendrán que escandalizarse ante el corrompido proceder de la gente del campo—. Sí. Un castigo público en el patio del caserío de la hacienda.

—Los runas verán con sus propios ojos que el robo, la pereza, la suciedad, la falta de respeto a las cosas del amo, sólo conducen a la sanción ejemplar, al castigo, a las torturas del látigo —anunció don Alfonso ante el teniente político, el cual se hallaba dispuesto a cumplir con toda precisión sus sagrados deberes.

—Lo que usted diga, pes. Estos indios perros le van a quitar la existencia. ¿Dónde un patrón así?

—Por eso mismo me quiero desligar de todo. Ya vienen los gringos. Ojalá en manos de esos hombres dominadores, de esos hombres que han sabido arrastrar con maestría el carro de la civilización, se compongan estos roscas bandidos, mal amansados. No quiero ser más la víctima.

—¿Siempre[248] nos deja mismo?

—¿Y qué más puedo hacer? —interrogó a su vez el latifundista con gesto de resignación de mártir.

—Malo está, pes.

—Prorrogué un poco la entrega de la hacienda por razones de orden sentimental. La tierra le agarra a uno duro. ¡Duro! El lugar de nuestros trabajos y de nuestros sufrimientos retiene más que el lugar de nuestros placeres.

Como plaza de feria se llenó de indios el patio del caserío de la hacienda para presenciar el castigo a Andrés Chiliquinga. Unos llegaron de buena voluntad, otros casi a la fuerza. De uno de los galpones que rodeaban a la casa misma sacaron a la víctima —cabizbaja, mirando de reojo, manos y temor acurrucados bajo el poncho—. El hijo

---

[248] *Siempre:* en este caso equivale a *ya.*

—huérfano de Cunshi—, con la ingenuidad de sus cortos años, marchaba orgulloso tras el padre, entre los chagras policías de la tenencia política del pueblo que cuidaban al indio criminal. El grupo que realizaría el espectáculo llegó al centro del patio, junto a la estaca —medio árbol seco— donde los vaqueros solían dominar la furia del ganado, donde se marcaba a las reses de la hacienda, donde eran amarradas las vaconas primerizas para ordeñarlas, donde se ahorcaba a los perros ladrones de maíz tierno.

—¡Tráiganle acá! —ordenó Jacinto Quintana, que oficiaba en el acto de maestro de ceremonias.

Arrastrado por dos policías fue el ladrón hasta los pies del teniente político. Como si todo estuviera previsto y ordenado, se le despojó del poncho y de la cotona en medio del silencio general. Sin duda nadie quería perder ningún detalle. Desnudo el pecho y la espalda hasta el ombligo, se le ató una huasca a los pulgares.

—Verán que todo esté bien ajustado. No se vaya a zafar y salga corriendo. Pasen la otra punta por arriba —ordenó con voz ronca Jacinto Quintana, más ronca en el silencio expectante, con ínfulas de gran capitán.

Obedientes los policías y los huasicamas comedidos echaron la cuerda por encima de la pequeña horqueta abierta en la punta de la estaca. Al primer tirón de los esbirros los brazos y las espaldas desnudas del indio tuvieron que estirarse en actitud como de súplica al cielo.

—¡Duro! ¡Con fuerza, carajo! —chilló el teniente político al notar que los hombres que tiraban de la huasca no podían izar al runa desgraciado.

—Ahora, cholitos.

—¡Unaaa!

Al quedar suspendido crujieron levemente los huesos de Andrés Chiliquinga y la huasca se templó como cuerda de vihuela.

A cada movimiento de su cuerpo Andrés Chiliquinga sentía un mordisco de fuego en los pulgares. En la multitud flotaba, con vaguedad inconsciente, la triste impresión de hallarse frente a su destino. En ese momento el teniente político, luego de escupirse en las manos para asegurar el látigo, y a un gesto imperativo de don Alfonso Pereira —quien presidía desde el corredor de la casa aquel «tribunal de justicia»—, flageló al indio.

Sonaron los latigazos sobre el silencio taimado de la muchedumbre. La queja de la víctima enmudecía más a los espectadores, reprimiendo el fermento de una venganza indefinida: «¿Pur qué, taiticu? ¿Pur qué ha de ser siempre el pobre natural? ¡Carajuuu! ¡Maldita seaaa! En la boca zumu de hierba mora, en el shungo hiel de diablu. Aguanta no más taiticu retorciendu comu lombriz pisada. Para más tarde... ¿Qué, pes? Nada, carajuuu...»

Desde un rincón, donde había permanecido olvidado, con salto felino se abalanzó el hijo de Cunshi a las piernas del hombre que azotaba a su padre y le clavó un mordisco de perro rabioso.

—¡Ayayay, carajo! ¡Suelta!

—Uuu...

—¡Longo, hijo de puta! —gritó Jacinto Quintana al descubrir al pequeño aferrado con los dientes a su carne.

—¡Dale con el fuete! ¡Pronto! ¡Que aprenda desde chico a ser humilde! —ordenó el amo avanzando hasta la primera grada, en el mismo instante en el cual el cholo agredido se desembarazaba del muchacho arrojándole al suelo de un empellón y un latigazo.

—¡Carajo! ¡Bandido!

Teniente político, policías y huasicamas domaron a golpes al pequeño. El llanto y los gritos del huérfano sembraron en la muchedumbre una ansia de suplicar: «¡Basta, carajuuu! ¡Basta!» Pero la protesta se diluyó en la resignación y en el temor, dejando tan sólo un leve susurro de lágrimas y mocos entre las mujeres.

Volvió el acial a caer sobre la espalda de Chiliquinga. Nadie fue capaz de volver a interrumpir la sagrada tarea.

—¡Indio carajo! Agachó el pico rápido. ¡Maricón!

En la soledad de la choza padre e hijo se curaron los golpes y las heridas con una mezcla rara de aguardiente, orines, tabaco y sal.

Por el pueblo corrió de boca en boca la noticia de la llegada de los señores gringos.

—Traen plata, guambritas.

—A repartir.

—Jajajay.

—Dizque son generosos.

—Ojalá nos saquen de la hambruna que soportamos.

—Dicen que harán mejoras en el pueblo.

—Tenemos que salir al encuentro.

—¿Qué nos darán?

—¿Qué nos traerán?

—Por aquí han de llegar.

—¡Luchitaaa!

—¡Mande!

—Barrerás la delantera de la tienda. Esta gente no puede ver la basura.

—Máquinas traen.

—Así dicen.

—Así comentan.

—Más de veinte dice el Jacinto que son.

—Bueno está, pes.

—Traen plata, mama.

—¡Vivan los señores gringos!

—¡Vivaaa!

Todas las banderas del pueblo adornaron las puertas y las ventanas —costumbre capitalina en los días de la Patria, del Corazón de Jesús y de la Virgen Dolorosa—. Las chagras casaderas se peinaron ese día con agua de manzanilla para que se les aclare el pelo y se echaron cintas de colores chillones al pelo y al cuello.

A la hora de la hora todos los habitantes del pueblo se congregaron en la plaza a recibir la buena nueva —el señor cura y el sacristán desde la torre de la iglesia, las mujeres desde la puerta de sus tiendas, desde el corredor

232

abierto al camino de las casas las viejas y los hombres, desde la calle, jinetes en palo o en carrizo, los muchachos.

Por desgracia, los señores gringos, sin tomar en cuenta la inquietud de la gente y los adornos del pueblo, pasan a toda marcha en tres automóviles de lujo. Los aplausos, los vivas y la alegría general fueron así decapitados. Entre los vecinos del pueblo sólo quedó el recuerdo:

—Yo le vi a un señor de pelo bermejo.

—Bermejo como de un ángel.

—Yo también le vi.

—Toditos mismo.

—Parecían Taita Dios.

—¿Cómo serán las mujeres?

—¿Cómo serán los guaguas?

—¿Beberán aguardiente puro?

—¿Con qué se chumarán?

—No pararon aquí como pensábamos.

—¿Para qué, pes?

—No hablaron con nosotros.

—Cómo han de hablar, pes, con los pobres chagras.

—Eso...

—¿Qué les hubieras dicho?

—Yo...

—¿Qué les hubieras ofrecido?

—Adonde el patrón Alfonso Pereira pasaron derechito.

—Con él sí, pes.

—Él sí tiene cómo...

—Todo entre ellos.

—Todo.

Encaramados en una tapia, don Alfonso, míster Chapy y dos gringos más planearon —en amena conversación— sobre la vasta extensión de la sierra el croquis para sus grandes proyectos.

—Lo del río está bueno. Gran trabajo. Allí pondremos nuestras casas, nuestras oficinas —anunció uno de los extranjeros.

—Well... Well... —dijo el otro.

—El carretero no es malo tampoco.

—Lo que yo ofrezco cumplo —advirtió don Alfonso, lleno de orgullo.

—Así se puede tratar.

—He tenido que meter mucho pulso, mucho ingenio, mucho dinero.

—¡Oh! Magnífico, amigo.

—Gracias.

—Pero... Mire... En esa loma nosotros pondremos el aserradero grande. La queremos limpia... Sólo eso falta... —anunció míster Chapy, señalando la ladera donde se amontonaban los huasipungos improvisados de los indios desplazados de la orilla del río y donde también se hallaba la choza de Chiliquinga.

—¡Ah! Eso... —murmuró don Alfonso en tono de duda que parecía afirmar: «No me he comprometido a tanto».

—No es mucho. La mayor parte...

—Está realizada.

—Yes. Pero... También eso.

—Se hará —concluyó un poco molesto el hacendado. Luego, desviando el tema de la plática, dijo—: A este lado tenemos, como ustedes podrán ver, bosques para un siglo. Maderas...

—Eso es otra cosa. Nosotros vamos por otro camino. No ha leído usted que la cordillera oriental de estos Andes está llena de petróleo. Usted y su tío tendrán buena parte en el negocio.

—Sí, claro...

—Lo de la madera es sólo para principiar... Para que no molesten...

—¡Ah! Eso, no. Aquí ustedes están seguros. Nadie se atreverá a molestarles. ¿Quién? ¿Quién puede ser capaz? Ustedes... Ustedes han traído la civilización ¿Qué más quieren estos indios? —chilló Pereira dando una patada en el pedestal de tierra que le sostenía. Pero como la tapia era vieja se desmoronó sin soportar aquel alarde de fuerza y el terrateniente, entre nubes de polvo, dio con su humanidad en el suelo.

—¿Ve? ¿Ve usted cómo no sabemos dónde pisamos?

234

De acuerdo con lo ordenado por los señores gringos, don Alfonso contrató unos cuantos chagras forajidos para desalojar a los indios de los huasipungos de la loma. Grupo que fue capitaneado por el Tuerto Rodríguez y por los policías de Jacinto Quintana. Con todas las mañas del abuso y de la sorpresa cayeron aquellos hombres sobre la primera choza —experiencia para las sucesivas.

—¡Fuera! ¡Tienen que salir inmediatamente de aquí! —ordenó el Tuerto Rodríguez desde la puerta del primer tugurio, dirigiéndose a una longa que en ese instante molía maíz en una piedra y a dos muchachos que espantaban a las gallinas.

Como era lógico los aludidos, ante lo inusitado de la orden, permanecieron alelados, sin saber qué decir, qué hacer, qué responder. Sólo el perro —flaco, pequeño y receloso animal— se atrevió con largo y lastimero ladrido.

—¿No obedecen la orden del patrón?

—Taiticu... —murmuraron la india y los rapaces clavados en su sitio.

—¿No?

Como nadie respondió entonces, el cholo tuerto, dirigiéndose a los policías armados que le acompañaban, dijo en tono de quien solicita pruebas:

—A ustedes les consta. Ustedes son testigos. Se declaran en rebeldía.

—Así mismo es, pes.

—Procedan no más. ¡Sáquenles!

—¡Vayan breve, carajo!

—Aquí vamos a empezar los trabajos que ordenan los señores gringos.

—Taiticuuu.

Del rincón más oscuro de la choza surgió en ese momento un indio de mediana estatura y ojos inquietos. Con voz de taimada súplica protestó:

—¿Pur qué nus han de sacar, pes? Mi huasipungo es. Desde tiempu de patrún grande mismu. ¡Mi huasipungo!

Diferentes fueron las respuestas que recibió el indio del grupo de los cholos que se aprestaban a su trabajo devastador, aun cuando todas coincidían:

—Nosotros no sabemos nada, carajo.

—Salgan... ¡Salgan no más!

—¡Fuera!

—En la montaña hay terreno de sobra.

—Esta tierra necesita el patrón.

—¡Fuera todos!

Como el indio tratara de oponerse al despojo, uno de los hombres le dio un empellón que le tiró sobre la piedra donde molía maíz la longa. Entretanto los otros, armados de picas, de barras y de palas, iniciaban su trabajo sobre la choza.

—¡Fuera todos!

—Patruncitu. Pur caridad, pur vida suya, pur almas santas. Esperen un raticu nu más, pes —suplicó el runa temblando de miedo y de coraje a la vez.

—Pur Taita Dius. Pur Mama Virgen —dijo la longa.

—Uuu... —chillaron los pequeños.

—¡Fuera, carajo!

—Un raticu para sacar lus cuerus de chivu, para sacar lus punchus viejus, para sacar la osha de barru, para sacar todu mismu —solicitó el campesino, aceptando la desgracia como cosa inevitable; él sabía que ante una orden del patrón, ante el látigo del Tuerto Rodríguez y ante las balas del teniente político nada se podía hacer.

Apresuradamente la mujer sacó lo que pudo de la choza entre el griterío y el llanto de los pequeños. A la vista de la familia campesina fue desbaratada a machetazos la techumbre de paja y derruidas a barra y pica las paredes de adobón —renegridas por adentro, carcomidas por afuera.

No obstante saber todo lo que sabía del «amo, su mercé, patrón grande», el indio, lleno de ingenuidad y estúpida esperanza, como un autómata, no cesaba de advertir:

—He de avisar a patrún, caraju... A patrún grande... Patrún ha de hacer justicia.

—Te ha de mandar a patadas, runa bruto. Él mismo nos manda. ¿Nosotros por qué, pes? —afirmaron los hombres al retirarse dejando todo en escombros.

Entre la basura y el polvo la mujer y los muchachos, con queja y llanto de velorio, buscaron y rebuscaron cuanto podían llevar con ellos:

—Ve, pes, la bayetica, ayayay.

—La cuchara de palu también.

—La cazuela de barru.

—Toditicu estaba quedandu comu ashcu sin dueñu.

—Faja de guagua.

—Cotona de longo.

—Rebozu de guarmi.

—Piedra de moler pur pesadu ha de quedar nu más.

—Adobes para almohada también.

—Boñigas secas, ayayay.

—Buscarás bien, guagua.

—Buscarás bien, mama.

—Ayayay.

El indio, enloquecido quizá, sin atreverse a recoger nada, transitaba una y otra vez entre los palos, entre las pajas, entre los montones de tierra que aún olían a la miseria de su jergón, de su comida, de sus sudores, de sus borracheras, de sus piojos. Una angustia asfixiante y temblorosa le pulsaba en las entrañas: ¿Qué hacer? ¿Adónde ir? ¿Cómo arrancarse de ese pedazo de tierra que hasta hace unos momentos le creía suyo?

A la tarde, resbalando por una resignación a punto de estallar en lágrimas o en maldiciones, el indio hizo las maletas con todo lo que había recogido la familia, y seguido por la mujer, por los rapaces y por el perro se metió por el chaquiñán de la loma, pensando pedir posada a Tocuso hasta hablar con el patrón.

Un compadre, al pasar a la carrera por el sendero que cruza junto a la choza de Andrés Chiliquinga, fue el primero que le dio la noticia del despojo violento de los huasipungos de las faldas de la ladera.

—Toditicu este ladu van a limpiar, taiticu.

—¿Cómu, pes?

—Arí.

—¿Lus de abaju?

—Lus de abajuuu.

Aquello era inquietante, muy inquietante, pero el indio se tranquilizó porque le parecía imposible que lleguen hasta la cima llena de quebradas y de barrancos donde él y su difunta Cunshi plantaron el tugurio que ahora... Mas, a media mañana, el hijo, quien había ido por agua al río, llegó en una sola carrera, y entre pausas de fatiga y de susto, le anunció:

—Tumbandu están la choza del vecinu Cachitambu, taiticu.

—¿Qué?

—Aquicitu nu más, pes. Amu patrún policía diju que han de venir a tumbar ésta también.

—¿Cómu?

—Arí, taiticu.

—¿Mi choza?

—Arí. Diju...

—¿A quitar huasipungo de Chiliquinga?

—Arí, taiticu.

—Guambra mentirosu.

—Arí, taiticu. Oyendu quedé, pes.

—Caraju, mierda.

—Donde el patoju[249] Andrés nus falta, estaban diciendo.

---

[249] *Patojo:* cojo, rengo.

—¿Donde patoju, nu?

—Arí, taiticu.

—Caraju.

—Cierticu.

—Nu han de robar así nu más a taita Andrés Chiliquinga —concluyó el indio rascándose la cabeza, lleno
de un despertar de oscuras e indefinidas venganzas. Ya le
era imposible dudar de la verdad del atropello que inva-
día el cerro. Llegaban... Llegaban más pronto de lo que él
pudo imaginarse. Echarían abajo su techo, le quitarían la
tierra. Sin encontrar una defensa posible, acorralado
como siempre, se puso pálido, con la boca semiabierta,
con los ojos fijos, con la garganta anudada. ¡No! Le parecía absurdo que a él... Tendrían que tumbarle con hacha
como a un árbol viejo del monte. Tendrían que arrastrarle con yunta de bueyes para arrancarle de la choza donde
se amañó, donde vio nacer al guagua y morir a su Cunshi.
¡Imposible! ¡Mentira! No obstante, a lo largo de todos los
chaquiñanes del cerro la trágica noticia levantaba un revuelo como de protestas taimadas, como de odio reprimi-
do. Bajo un cielo inclemente y un vagar sin destino, los
longos despojados se arremangaban el poncho en actitud
de pelea como si estuvieran borrachos; algo les hervía en
la sangre, les ardía en los ojos, se les crispaba en los dedos
y les crujía en los dientes como tostado de carajos. Las indias murmuraban cosas raras, se sonaban la nariz estrepi-
tosamente y de cuando en cuando lanzaban un alarido en
recuerdo de la realidad que vivían. Los pequeños llora-
ban. Quizás era más angustiosa y sorda la inquietud de los
que esperaban la trágica visita. Los hombres entraban y
salían de la choza, buscaban algo en los chiqueros, en los
gallineros, en los pequeños sembrados, olfateaban por los
rincones, se golpeaban el pecho con los puños —extraña
aberración masoquista—, amenazaban a la impavidez del
cielo con el coraje de un gruñido inconsciente. Las mujeres, junto al padre o al marido que podía defenderlas, pla-
neaban y exigían cosas de un heroísmo absurdo. Los muchachos se armaban de palos y piedras que al final resultaban inútiles. Y todo en la ladera, con sus pequeños

arroyos, con sus grandes quebradas, con sus locos chaquiñanes, con sus colores vivos unos y desvaídos otros, parecía jadear como una mole enferma en medio del valle.

En espera de algo providencial, la indiada, con los labios secos, con los ojos escaldados, escudriñaba en la distancia. De alguna parte debía venir. ¿De dónde? ¿De dónde, carajo? De... De muy lejos al parecer. Del corazón
mismo de las pencas de cabuya, del chaparro, de las breñas de lo alto. De un misterioso cuerno que alguien soplaba para congregar y exaltar la rebeldía ancestral. Sí.
Llegó. Era Andres Chiliquinga que, subido a la cerca de
su huasipungo —por consejo e impulso de un claro coraje en su desesperación—, llamaba a los suyos con la ronca
voz del cuerno de guerra que heredó de su padre.

Los huasipungueros del cerro —en alerta de larvas ve-
nenosas— despertaron entonces con alarido que estremeció el valle. Por los senderos, por los chaquiñanes, por
los caminos corrieron presurosos los pies desnudos de las
longas y de los muchachos, los pies calzados con hoshotas
y con alpargatas de los runas. La actitud desconcertada e
indefensa de los campesinos se trocó al embrujo del alarido ancestral que llegaba desde el huasipungo de Chiliquinga en virilidad de asalto y barricada.

De todos los horizontes de la ladera y desde más abajo
del cerro llegaron los indios con sus mujeres, con sus guaguas, con sus perros, al huasipungo de Andrés Chiliquinga. Llegaron sudorosos, estremecidos por la rebeldía,
chorreándoles de la jeta el odio, encendidas en las pupilas
interrogaciones esperanzadas:

—¿Qué haremus, caraju?
—¿Qué?
—¿Cómu?
—¡Habla no más, taiticu Andrés!
—¡Habla para quemar lu que sea!
—¡Habla para matar al que sea!
—¡Carajuuu!
—¡Decí, pes!
—¡Nu vale quedar comu mudu después de tocar el
cuernu de taitas grandes!

—¡Taiticuuu!

—¡Algu has de decir!

—¡Algu has de aconsejar!

—¿Para qué recogiste entonces a los pobres naturales como a manada de ganadu, pes?

—¿Para qué?

—¿Pur qué nu dejaste cun la pena nu más comu a nuestrus difuntus mayores?

—Mordidus el shungu de esperanza.

—Vagandu pur cerru y pur quebrada.

—¿Pur qué, caraju?

—Ahura ca habla, pes.

—¿Qué dice el cuernu?

—¿Quéee?

—¿Nus arrancarán así nu más de la tierra?

—De la choza tan.

—Del sembraditu tan.

—De todu mismu.

—Nus arrancarán comu hierba manavali.

—Comu perru sin dueñu.

—¡Decí, pes!

—Taiticuuu.

Chiliquinga sintió tan hondo la actitud urgente —era la suya propia— de la muchedumbre que llenaba el patio de su huasipungo y se apiñaba detrás de la cerca, de la muchedumbre erizada de preguntas, de picas, de hachas, de machetes, de palos y de puños en alto, que creyó caer en un hueco sin fondo, morir de vergüenza y de desorientación. ¿Para qué había llamado a todos los suyos con la urgencia inconsciente de la sangre? ¿Qué debía decirles? ¿Quién le aconsejó en realidad aquello? ¿Fue sólo un capricho criminal de su sangre de runa mal amansado, atrevido? ¡No! Alguien o algo le hizo recordar en ese instante que él obró así guiado por el profundo apego al pedazo de tierra y al techo de su huasipungo, impulsado por el buen coraje contra la injusticia, instintivamente. Y fue entonces que Chiliquinga, trepado aún sobre la tapia, crispó sus manos sobre el cuerno lleno de alaridos rebeldes, y, sintiendo con ansia clara e infinita el deseo y la urgencia de

241

todos, inventó la palabra que podía orientar la furia reprimida durante siglos, la palabra que podía servirles de bandera y de ciega emoción. Gritó hasta enronquecer:

—¡Ñucanchic[250] huasipungooo!

—¡Ñucanchic huasipungo! —aulló la indiada levantando en alto sus puños y sus herramientas con fervor que le llegaba de lejos, de lo más profundo de la sangre. El alarido rodó por la loma, horadó la montaña, se arremolinó en el valle y fue a clavarse en el corazón del caserío de la hacienda:

—¡Ñucanchic huasipungooo!

La multitud campesina —cada vez más nutrida y violenta con indios que llegaban de toda la comarca—, llevando por delante el grito ensordecedor que le dio Chiliquinga, se desangró chaquiñán abajo. Los runas más audaces e impacientes precipitaban la marcha echándose en el suelo y dejándose rodar por la pendiente. Al paso de aquella caravana infernal huían todos los silencios de los chaparros, de las zanjas y de las cunetas, se estremecían los sembrados y se arrugaba la impavidez del cielo.

En mitad de aquella mancha parda que avanzaba, al parecer lentamente, las mujeres, desgreñadas, sucias, seguidas por muchos críos de nalgas y vientre al aire, lanzaban quejas y declaraban vergonzosos ultrajes de los blancos para exaltar más y más el coraje y el odio de los machos.

—¡Ñucanchic huasipungooo!

Los muchachos, imitando a los longos mayores, armados de ramas, de palos, de leños, sin saber hacia dónde les podía llevar su grito, repetían:

—¡Ñucanchic huasipungo!

El primer encuentro de los enfurecidos huasipungueros fue con el grupo de hombres que capitaneaba el Tuerto Rodríguez, al cual se había sumado Jacinto Quintana. Las balas detuvieron a los indios. Al advertir el teniente político el peligro quiso huir por un barranco, pero desgraciadamente, del fondo mismo de la quebrada por don-

---

[250] *Ñucanchic:* nuestro.

de iba, surgieron algunos runas que seguían a Chiliquinga. Con cojera que parecía apoyarse en los muletos[251] de una furia enloquecida, Andrés se lanzó sobre el cholo, y, con diabólicas fuerza y violencia, firmó la cancelación de toda su venganza sobre la cabeza de la aturdida autoridad con un grueso garrote de eucalipto. Con un carajo cayó el cholo y de inmediato quiso levantarse, apoyando las manos en el suelo.

—¡Maldituuu! —bufaron en coro los indios con satisfacción de haber aplastado a un piojo que les venía chupando la sangre desde siempre.

El teniente político, atontado por el garrotazo, andando a gatas, esquivó el segundo golpe de uno de los indios.

—¡Nu has de poder fugarte, caraju! —afirmó entonces Chiliquinga persiguiendo al cholo, que se escurría como lagartija entre los matorrales del barranco, y al dar con él y arrastrarle del culo hasta sus pies, le propinó un golpe certero en la cabeza, un golpe que templó[252] a Jacinto Quintana para siempre.

—¡Ahura ca movete, pes! ¡Maricún!

Cinco cadáveres, entre los cuales se contaban el de Jacinto Quintana y el del Tuerto Rodríguez, quedaron tendidos por los chaquiñanes del cerro en aquel primer encuentro, que duró hasta la noche.

Al llegar las noticias macabras del pueblo junto con los alaridos de la indiada que crecían minuto a minuto a la hacienda, míster Chapy —huésped ilustre de Cuchitambo desde dos semanas atrás—, palmoteando en la espalda del terrateniente, murmuró:

—¿Ve usted, mi querido amigo, que no se sabe dónde se pisa?

—Sí. Pero el momento no es para bromas. Huyamos a Quito —sugirió don Alfonso con mal disimulado terror.

—Yes...

---

251 *Muleto:* muleta.
252 *Templar:* derribar, matar.

—Debemos mandar fuerzas armadas. Hablaré con mis parientes, con las autoridades. Esto se liquida sólo a bala.

Un automóvil cruzó por el carretero a toda máquina, como perro con el rabo entre las piernas ante el alarido del cerro que estremecía la comarca:

—¡Ñucanchic huasipungooo!

A la mañana siguiente fue atacado el caserío de la hacienda. Los indios, al entrar en la casa, centuplicaron los gritos, cuyo eco retumbó en las viejas puertas de labrado aldabón, en los sótanos, en el oratorio abandonado, en los amplios corredores, en el cobertizo del horno y del establo mayor. Sin hallar al mayordomo, a quien hubieran aplastado con placer, los huasipungueros dieron libertad a las servicias, a los huasicamas, a los pongos[253]. Aun cuando las trojes y las bodegas se hallaban vacías, en la despensa hallaron buenas provisiones. Por desgracia, cuando llegó el hartazgo, un recelo supersticioso cundió entre ellos y huyeron de nuevo hacia el cerro de sus huasipungos, gritando siempre la frase que les infundía coraje, amor y sacrificio:

—¡Ñucanchic huasipungooo!

Desde la capital, con la presteza con la cual las autoridades del Gobierno atienden estos casos, fueron enviados doscientos hombres de infantería a sofocar la rebelión. En los círculos sociales y gubernamentales la noticia circuló entre alarde de comentarios de indignación y órdenes heroicas:

—Que se les mate sin piedad a semejantes bandidos.

—Que se acabe con ellos como hicieron otros pueblos más civilizados.

---

[253] *Pongo:* indio dedicado gratuitamente al servicio doméstico.

—Que se les elimine para tranquilidad de nuestros hogares cristianos.

—Hay que defender a las glorias nacionales... A don Alfonso Pereira, que hizo solo un carretero.

—Hay que defender a las desinteresadas y civilizadoras empresas extranjeras.

Los soldados llegaron a Tomachi al mando de un comandante —héroe de cien cuartelazos y de otras tantas viradas y reviradas—, el cual, antes de entrar en funciones, remojó el gaznate y templó el valor con buena dosis de aguardiente en la cantina de Juana, a esas horas viuda de Quintana, que se hallaba apuradísima y lloriqueante en los preparativos del velorio de su marido:

—Mi señor general... Mi señor coronel... Tómese no más para poner fuerzas... Mate a toditos los indios facinerosos... Vea cómo me dejan viuda de la noche a la mañana.

—Salud... Por usted, buena moza...

—Favor suyo. Ojalá les agarren a unos cuantos runas vivos para hacer escarmiento.

—Difícil. En el famoso levantamiento de los indios en Cuenca traté de amenazarles y ordené descargar al aire. Inútil. No conseguí nada.

—Son unos salvajes.

—Hubo que matar muchos. Más de cien runas.

—Aquí...

—Será cuestión de dos horas.

A media tarde la tropa llegada de la capital empezó el ascenso de la ladera del cerro. Las balas de los fusiles y las balas de las ametralladoras silenciaron en parte los gritos de la indiada rebelde. Patrullas de soldados, arrastrándose al amparo de los recodos, de las zanjas, de los barrancos, dieron caza a los indios, a las indias y a los muchachos, que con desesperación de ratas asustadas se ocultaban y arrastraban por todos los refugios: las cuevas, los totorales de los pantanos, el follaje de los chaparros, las abras de las rocas, la profundidad de las quebradas. Fue fácil en el primer momento para los soldados —gracias al pánico de los tiros que seleccionó muy pronto un grupo numeroso de valientes— avanzar sin temor, adiestrando la puntería en las longas, en los guaguas y en los runas que no alcanzaron a replegarse para resistir:

—Ve, cholo. Entre esas matas está unito. Él cree...

—Cierto. Ya le vi.

—Se esconde de la patrulla que debe ir por el camino.

—Verás mi puntería, carajo.

Sonó el disparo. Un indio alto, flaco, surgió como borracho del chaparral, crispó las manos en el pecho, quiso hablar, maldecir quizá, pero un segundo disparo tronchó al indio y a todas sus buenas o malas palabras.

—Carajo. Esto es una pendejada matarles así no más.

—¿Y qué vamos a hacer, pes? Es orden superior.

—Desarmados.

—Como sea —dijo el jefe.

—Como sea...

También en un grupo de tropa que avanzaba por el otro lado de la ladera se sucedían escenas y diálogos parecidos:

—El otro me falló, carajo. Pero éste no escapa.

—El otro era un guambra no más, pes. Éste parece runa viejo.

—Difícil está.

—¿Qué ha de estar? Verás yo...

—Dale.

—Aprenderás. Un pepo[254] para centro[255].

Cual eco del disparo se oyó un grito angustioso; enredando entre las ramas del árbol las alas del poncho, cayó al suelo el indio que había sido certeramente cazado.

—¡Púchica! Le di. Conmigo no hay pendejadas.

—Pero remordido me quedó el alarido del runa en la sangre.

—Así mismo es al principio. Después uno se acostumbra.

—Se acostumbra...

---

[254] *Pepo:* balazo.
[255] *Centro:* el círculo interior y más pequeño del blanco de tiro.

En efecto: la furia victoriosa enardeció la crueldad de los soldados. Cazaron y mataron a los rebeldes con la misma diligencia, con el mismo gesto de asco y repugnancia, con el mismo impudor y precipitación con el cual hubieran aplastado bichos venenosos. ¡Que mueran todos! Sí. Los pequeños que se habían refugiado con algunas mujeres bajo el follaje que inclinaba sus ramas sobre el agua lodosa de una charca, cayeron también bajo el golpe inclemente de una ráfaga de ametralladora.

Muy entrada la tarde, el sol, al hundirse entre los cerros, lo hizo tiñendo las nubes en la sangre de las charcas. Sólo los runas que lograron replegarse con valor hacia el huasipungo de Andrés Chiliquinga —defendido por chaquiñán en cuesta para llegar y por despeñaderos en torno— resistían aferrándose a lo ventajoso del terreno.

—Tenemos que atacar pronto para que no huyan por la noche los longos atrincherados en la cima. La pendiente es dura, pero... —opinó impaciente el jefe entre sus soldados. Y sin terminar la frase, con salto de sapo se refugió en un hueco ante la embestida de una enorme piedra que descendía por la pendiente dando brincos como toro bravo.

—Uuuy.

—Carajo.

—Quita.

—Si no me aparto a tiempo me aplastan estos indios cabrones —exclamó un oficial saliendo de una zanja y mirando con ojos de odio y desafío hacia lo alto de la ladera.

—Es indispensable que no huyan. A lo peor se conectan con los indios del resto de la República y nos envuelven en una gorda... —concluyó el jefe.

Metidos en una zanja que se abría a poca distancia de la choza de Chiliquinga, un grupo de indios —estremecidos de coraje— empujaba piedras pendiente abajo. Y uno, el más viejo, disparaba con una escopeta de cazar tórtolas.

De pronto los soldados empezaron a trepar, abriendo en abanico sus filas y pisando cuidadosamente en los peldaños que ponían —uno tras otro— las ráfagas de las ametralladoras. Al acercarse el fuego, la imprudencia de las longas que acarreaban piedras fuera de la zanja les dejó tendidas para siempre.

—¡Caraju! ¡Traigan más piedras, pes! —gritaron los runas atrincherados. Por toda respuesta un murmullo de ayes y quejas les llegó arrastrándose por el suelo. De pronto, trágico misterio, del labio inferior de la zanja surgieron bayonetas como dientes. Varios quedaron clavados en la tierra.

—Pur aquí, taiticu —invitó urgente el hijo de Chiliquinga, tirando del poncho al padre y conduciéndole por el hueco de un pequeño desagüe. Cuatro runas que oyeron la invitación del muchacho entraron también por el mismo escape. A gatas y guiados por el rapaz dieron muy pronto con la culata de la choza de Andrés, entraron en ella. Instintivamente aseguraron la puerta con todo lo que podía servir de tranca —la piedra de moler, los ladrillos del fogón, las leñas, los palos—. El silencio que llegaba desde afuera, las paredes, el techo, les dio la seguridad del buen refugio. La pausa que siguió la ocuparon en limpiarse la cara sucia de sudor y de polvo, en mascar en voz baja viejas maldiciones, en rascarse la cabeza. Era como un despertar de pesadilla. ¿Quién les había metido en eso? ¿Por qué? Miraron solapadamente, con la misma angustia supersticiosa y vengativa con la cual se acercaron al teniente político o al Tuerto Rodríguez antes de matarles, a Chiliquinga. Al runa que les congregó al embrujo diabólico del cuerno. «Él... Él, carajuuu». Pero acontecimientos graves y urgentes se desarrollaron con mayor velocidad que las negras sospechas y las malas intenciones. El silencio expectante se rompió de súbito en el interior de la choza. Una ráfaga de ametralladora acribilló la techumbre de paja. El hijo de Chiliquinga, que hasta entonces había puesto coraje en los runas mayores por su despreocupación ladina y servicial, lanzó un grito y se aferró temblando a las piernas del padre.

—Taiticu. Taiticu, favorecenus pes —suplicó.

—Longuitu maricún. ¿Por qué, pes, ahura gritandu?

Estáte nu más cun la boca cerrada —murmuró Chiliquinga tragando carajos y lágrimas de impotencia, mientras cubría al hijo con los brazos y el poncho desgarrado.

Nutridas las balas, no tardaron en prender fuego en la paja. Ardieron los palos. Entre la asfixia del humo que llenaba el tugurio —humo negro de hollín y de miseria—, entre el llanto del pequeño, entre la tos que desgarraba el pecho y la garganta de todos, entre la lluvia de pavesas, entre los olores picantes que sancochaban los ojos, surgieron como imploración las maldiciones y las quejas:

—Carajuuu.

—Taiticuuu. Hacé, pes, algo.

—Morir asadu comu cuy.

—Comu alma de infiernu.

—Comu taita diablu.

—Taiticu.

—Abrí nu más la puerta.

—Abrí nu más, caraju.

Descontrolados por la asfixia, por el pequeño que lloraba, los indios obligaron a Chiliquinga a abrir la puerta, que empezaba a incendiarse. Atrás quedaba el barranco, encima el fuego, al frente las balas.

—Abrí nu más, caraju.

—Maldita sea.

—¡Carajuuu!

Andrés retiró precipitadamente las trancas, agarró al hijo bajo el brazo —como un fardo querido— y abrió la puerta.

—¡Salgan, caraju! ¡Maricones!

El viento de la tarde refrescó la cara del indio. Sus ojos pudieron ver por breves momentos de nuevo la vida, sentirla como algo... «Qué carajuuu», se dijo. Apretó al muchacho bajo el sobaco, avanzó hacia afuera, trató de maldecir y gritó, con grito que fue a clavarse en lo más duro de las balas:

—¡Ñucanchic huasipungooo!

Luego se lanzó hacia adelante con ansia por ahogar a la

estúpida voz de los fusiles. En coro con los suyos, que les sintió tras él, repitió:

—¡Ñucanchic huasipungo, caraju!

De pronto, como un rayo, todo enmudeció para él, para ellos. Pronto, también la choza terminó de arder. El sol se hundió definitivamente. Sobre el silencio, sobre la protesta amordazada, la bandera patria del glorioso batallón flameó con ondulaciones de carcajada sarcástica. ¿Y después? Los señores gringos.

Al amanecer, entre las chozas deshechas, entre los escombros, entre las cenizas, entre los cadáveres tibios aún, surgieron, como en los sueños, sementeras de brazos flacos como espigas de cebada que, al dejarse acariciar por los vientos helados de los páramos de América, murmuraron en voz ululante de taladro:

—¡Ñucanchic huasipungo!

—¡Ñucanchic huasipungo!

Vocabulario

Acacito: Diminutivo de acá.
Achachay: Exclamación. Expresa sensación de frío.
Ahura: Ahora.
Allacito: Diminutivo de allá.
Amaño o amañarse: Convivir maritalmente antes de la unión «civilizada». Tiempo para acostumbrarse al completo conocimiento sexual.
Amitu: Amito. Generalmente el indio cuando habla en castellano cambia la última *o* de una palabra en *u*.
Anaco: Bayeta que la mujer india se envuelve en la cintura a manera de pollera.
Arí: Sí.
Arrarray: Exclamación. Expresa sensación dolorosa de quemadura.
Ashco: Perro.
Atatay: Exclamación. Expresa sensación de asco.

Ca o ga: Sólo sirve para dar fuerza a la frase.
Cabuyo: Planta espinosa.
Cainar: Pasar el día o las horas en algún lugar.
Canelazo: Infusión de canela con buena dosis de aguardiente.
Capacho: Sombrero viejo y deforme.
Careo: Descanso de los gallos en las peleas para prepararles a un nuevo encuentro.
Cari: Hombre.
Carishina: Mujer de pocos escrúpulos sexuales. Se desenvuelve como hombre.
Conchabando: Conquistando.

Cotejas: Iguales para la pelea.

Cotona: Especie de camisa que usa el indio.

Cucayo: Comestibles que se llevan en los viajes.

Cuchipapa: Patata para los cerdos.

Cuentayo: Indio que tiene a su cargo el cuidado de las reses de la hacienda.

Cuichi: Genio de maleficio que surge de los cerros o de las quebradas.

Cutules: Hojas que envuelven la mazorca de maíz.

Cuy: Conejillo de indias.

Chachi: Sentarse.

Chacra: Forma despectiva para designar las viviendas y las tierras de los campesinos.

Chacracama: Indio que cuida por las noches las sementeras.

Chagra: Gente de aldea. En la capital se les llama así a los que llegan de las provincias.

Chagrillo: Flores deshojadas para arrojar al paso de un Santo o de una Virgen que va en procesión.

Chaguarmishqui: Bebida dulce. Se saca de la savia fermentada del cogollo del cabuyo.

Chamba: Raíces y hierbas enredadas en barro.

Chamiza: Ramas secas para fogatas en general.

Chapar: Espiar.

Chapo: Mezcla de cualquier harina y agua.

Chaquiñán: Sendero en zigzag que trepa por los cerros.

Chasquivay: Lamentación de los deudos ante un cadáver.

Chicha: Bebida de maíz fermentada.

Chiguagua: Juego pirotécnico en forma de muñeco.

Chímbalos: Fruta silvestre.

Chocho: Planta leguminosa de fruta pequeña y comestible.

Cholo: Mestizo de indio y blanco.

Chuchaqui: Estado angustioso que sigue a la borrachera.

Chuchuca: Clase de maíz machacado para sopa.

Chuco: Seno materno.

Chugchi: Desperdicios recogidos en las sementeras después de la cosecha.

Chugchidor: El que recoge los desperdicios de las cosechas.

Chuma: Borrachera.

Dius su lu pay: Dios se lo pague.
Doña: Tratamiento que a veces se le da a la mujer india.

Equigüeyca: Se equivoca.
Estanco: Tienda donde se vende aguardiente.
Estico: Diminutivo de éste.

Farfullas: Persona alocada.
Fucunero: Tubo de caña o de metal por donde se dopla para avivar el fuego.

Ga o ca: Sólo sirve para dar fuerza a la frase.
Guagra: Un toro o un buey.
Guagua: Hijo. Toda criatura.
Guambra: Muchacho o muchacha.
Guañucta: Tener bastante.
Guarapo: Jugo de caña de azúcar fermentado. Bebida con la cual se emborrachan los indios.
Guarmi: Hembra. Hábil en los quehaceres domésticos.
Güiñachischca: Servicia a quien se le ha criado desde niña.
Güishigüishi: Renacuajo.

Helaqui: He aquí.
Hoshotas: Alpargatas de indio.
Huasca: Lazo de pellejo de res.
Huasquero: El que usa y sabe manejar la huasca.
Huasicama: Indio cuidador de la casa del amo.
Huasipungo: Huasi, casa; *pungo,* puerta. Parcela de tierra que otorga el dueño de la hacienda a la familia india por parte de su trabajo diario.
Huasipunguero: El que habita y se halla atado a la deuda del huasipungo.

Indias servicias: Mujeres indias que prestan servicios en la casa del amo.

Jachimayshay: Costumbre de bañar a los muertos para que realicen en regla su viaje eterno.
Jambato: Especie de rana.

Jue: Fue.

Lejura: Muy lejos.
Limeta: Media botella de aguardiente.
Locro: Sopa de patatas.
Longo o longa: Indio o india joven.
Lueguito: Diminutivo de luego.

Macana: Especie de chal de india.
Manavali: Que no vale nada.
Mañoso: Taimado. Con muchas mañas.
Mashca: Harina de cebada.
Matiné: Blusa de chola.
Minga: Trabajo colectivo. Vieja costumbre heredada del Incario.
Minguero: El que trabaja en la minga gratuitamente.
Misu: Mismo.
Mishcado: Llevar abrazado y seguro algo provechoso.
Morocho: Especie de maíz.

Nigua: Insecto parecido a la pulga, pero más pequeño y que penetra bajo la piel.

Ño o Ña: Contracción de niño o niña. Forma de tratar de los indios a los blancos sin especificación de edad.
Ñora: Señora.
Ñuca: Mío
Ñucanchic: Nuestro o nuestra.

Pes: Contracción de pues.
Pegujal: Parcela de tierra.
Picante: Comida sazonada con mucha pimienta y ají.
Picarse: Comer un picante.
Pilche: Recipiente de media calabaza.
Pinganilla: Elegante.
Pishco: Pájaro.
Pite: Poco.
Pondo: Barril de barro en forma de cántaro, con boca chica para guardar el agua o la chicha.
Pongo: Indio del servicio doméstico gratuito.

Probana: Obsequio para probar.
Pupo: Ombligo.
Puro: Aguardiente de caña.
Pushca: Exclamación. Hecho una desgracia.

Ricurishca: Placer. Cosa muy agradable.
Rosca: Tratamiento despectivo para el indio.
Runa: Indio.
Runaucho: Potaje de indio.

Sanjuanito: Música y danza de indios.
Sha: Está allá. Queja para lo que está distante, perdido.
Shacta: La casa del campo, del pueblo.
Shapingachos: Tortillas de patata.
Shorandu: Llorando.
Shucshi: Forma de espantar a los perros.
Shugua: Ladrón.
Socorros: Ayuda anual que con el huasipungo y la raya —diario nominal en dinero— constituyen la paga que el patrón da al indio por su trabajo.
Soroche: Enfermedad de los páramos por la altura.

Taita: Padre.
Tan: También.
Treintayuno: Potaje de intestinos de res.
Trincar: Sorprender en delito.
Tostado: Maíz tostado.
Tupushina: Especie de pañuela o chal que usa la mujer india prendido en los hombros.
Tusa: Carozo.

Yapar: Obsequiar más de la medida de la compra.

Zamba: Mulata.